U0449072

孤独笔记

贾洋 著

图书在版编目（CIP）数据

孤独笔记 / 贾洋著. — 重庆：重庆出版社，2023.8
ISBN 978-7-229-17703-4

Ⅰ.①孤… Ⅱ.①贾… Ⅲ.①长篇小说—中国—当代 Ⅳ.①I247.5

中国国家版本馆CIP数据核字（2023）第111001号

孤独笔记
GUDU BIJI

贾洋 著

出　品：华章同人
出版监制：徐宪江　秦　琥
策划编辑：张铁成
责任编辑：王昌凤
责任印制：白　珂
责任校对：王　靓
营销编辑：史青苗　刘晓艳
封面设计：吉度∞无限

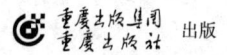

重庆出版集团
重庆出版社 出版
（重庆市南岸区南滨路162号1幢）
北京毅峰迅捷印刷有限公司　印刷
重庆出版集团图书发行有限公司　发行
邮购电话：010-85869375
全国新华书店经销

开本：880mm×1230mm　1/32　印张：13.25　字数：272千
2023年8月第1版　2023年8月第1次印刷
定价：49.80元

如有印装质量问题，请致电023-61520678

版权所有，侵权必究

献给小狮子

愿你不必行我的路

春夜里,明月高悬。我想起你,我的内心变得完整。

——费尔南多·佩索阿

目录

第一部　纸上呓语 / 1

第一章　我、牛肉面以及失真感 / 2

第二章　"桌子"俱乐部 / 6

第三章　"纸牌"游戏 / 14

第四章　不知名的16岁少年 / 18

第五章　我又想起她在电梯里哭的样子 / 29

第六章　记得带雨伞，等你回家 / 35

第七章　这一章的事情听上去不像真的 / 49

第八章　谈谈（上）/ 54

第九章　谈谈（下）/ 68

第十章　这一章的意义暂时还不明确 / 77

第十一章　一个安静明亮的下午 / 79

第十二章　没有猫牌五星，也没有虎牌 / 102

第十三章　不重要但必须做的事 / 111

第二部　在异乡 / 119

第一章　除了等待什么也不做 / 120

第二章　重要人物 / 127

第三章　在雾中 / 133

第四章　约翰李 / 138

第五章　带有宿命意味的一场大雨 / 153

第六章　从黑暗中醒来 / 158

第七章　当铺 / 166

第八章　幸运数字 / 176

第九章　事情自然不会如此顺利 / 186

第十章　没有救生员的游泳池 / 199

第十一章　给戴水滴形耳环的女孩的一封信 / 204

第十二章　番外：戴水滴形耳环的女孩 / 212

第十三章　一座20世纪的老房子 / 224

第十四章　藕片先生的故事（上）/ 228

第十五章　藕片先生的故事（下）/ 240

第十六章　藕片先生年代记 / 245

第十七章　离开故乡的感觉 / 247

第三部　荒原之上 / 251

第一章　603号房间 / 252

第二章　这是哪里 / 257

第三章　除了风声什么也没有 / 262

第四章　单卵男人

　　　　（又名：一个持刀者的自白）（上）/ 265

第五章　单卵男人

　　　　（又名：一个持刀者的自白）（下）/ 276

第六章　新的发现 / 288

第七章　洪水来了 / 290

第八章　我将去往何处 / 293

第九章　从未体验过的黑暗 / 296

第四部　别无选择 / 303

第一章　渡海，登岛 / 304

第二章　哪里出了问题 / 313

第三章　三天大风 / 318

第四章　第六日 / 321

第五章　在水中 / 341

第六章　暂时没有更好的办法 / 344

第七章　山上的白房子 / 353

第八章　"嘶嘶……嘶嘶……" / 357

第九章　没有月亮的夜晚 / 363

第十章　仪式 / 378

第十一章　灯在水中燃烧 / 381

第十二章　最后的画作 / 384

第十三章　酒吧长谈 / 390

第十四章　尾声 / 405

后记 / 409

第一部
纸上呓语

第一章
我、牛肉面以及失真感

"如果可以的话,我希望这样开始。"
"当然。"

*

说一下我。

我是一个会在中秋夜独自下楼去吃一碗牛肉面的人。从17岁开始,连续很多年,年年如此。

天气明显冷了,我还穿着半袖白衫。乘电梯下14层楼,右转,走过两个街口,等信号灯变绿穿过马路,沿人行道前行150米,拐入左边一条漆黑的小巷。

巷子深处,面馆极不显眼。招牌手写,门上悬一盏小灯。我推门进入,径坐门口墙边。因为相熟,店老板不发一语,打开炉灶,开始煮面。

店里只有我一个顾客,我坐在这里——一张褪色的简易餐桌的后面,十年十次,感觉自己像一个参加聚会迟到太久的人,因而错过了什么。

但究竟错过了什么呢?我从未想明白。

"一切不可知!"

*

这十年里,发生过许多事情。在啤酒和威士忌的轮番洗礼下,我忘记了其中绝大部分(或许是有意识这么做),只有两件事我记得清清楚楚:

1.牛肉面的价格涨了三次;

2.我从未跟面馆老板借过钱。

*

十年之后七月的一个下午,我试着去写一篇以牛肉面为主角的小说,竟未能写成。两周过后,我放弃了这个打算。

我想,这是缺少某种天赋所致,是人生无可奈何诸事之一。

每当想就热气腾腾的牛肉面写点儿什么,就会生出一种失真感,充斥左右。我开始感到周边的世界不再真实,进而觉得自己也不是一个真实的存在。相持一阵——可能只有几十秒，但感觉上过去了很久——我就会产生"我为什么会出现在这里"的想法。于自己而言，我成了一个陌生的存在。

每到这时候，我都会有想哭的感觉。

常常陷入这样一种境地——我盯着空白的稿纸，既进入不了牛肉面的世界，又感到身边的所在不再真实。——我甚至找不出一个准确的词去描述面的粗细。

八月初，一个炎热的早晨，我意识到自己不具备穿透这层壁障去获取真实的能力。于是坐在餐桌前默默吃完早餐——前一日剩下的一块干面包片罢了，起身去厨房洗盘子。那时，我决定不再去想牛肉面，而是写点儿别的。对着厨房的墙壁深叹一口气。我想，普通人用来打发时间、聊以慰藉的创作，或许就是这样：

"写你能写的，不写你不能写的。"

我有些难过，但还是把这句话写下来，贴在了卧室的门后。

那个八月的早晨，阳光明亮。我和我的苦闷、绝望围坐在厨房的茶桌旁，各自喝下了两瓶积发皮尔森（Jever Pilsener）啤酒。它们要求我在绿色包装盒的背面写下这样一段话：

一个便利店的收银员是不应该幻想写出像《卡拉马佐夫兄弟》那样的作品，一个生活在上帝的恩宠之中过着健康生活的普通人是不应该为此苦闷的。

我不是被神选中的那个人。

我只能用我认识的五百个汉字写作。

就这样,我度过了我的27岁生日,成为现在的我。

*

现在是凌晨3点,房间里只有一个睡不着觉的男子。他刚过完27岁的生日。这已经是他连续第68天睡不着了。现在他想就前面提到的失真感写点儿什么。

说一下失真感。

关于这种失真感是什么,我无论如何也书写不出来。假使你和我两人迎面对坐,我也没法用言语直接把它说出来,我只能用别的方式告诉你。

假如你愿意,请试着把自己想象成一只猕猴。一个晴朗的午后,你独自一人(猴)坐在月球的表面,双腿并拢,双臂置于膝上,不要去想甜果子,只管用你那棕黑色的眸子静静地注视远处那颗蔚蓝色的星球,不要眨眼,不要分神,10分钟后,你就能体会到我所说的这种失真感。

试试看!

第二章
"桌子"俱乐部

晚上7点,我锁好家里的门,去"桌子"俱乐部和他们玩一种叫作"纸牌"的游戏。

"桌子"俱乐部开在一栋红砖楼房的地下一层,离我的住所只有五站车程。我总是乘公交车去,深夜搭出租车回来。

总共有四个人——很长一段时间,每当夜幕降临,我们就聚在一起玩纸牌打发时间,虽然至今其他三位之中的任何一位姓甚名谁我全然不知。

不到8点,我便到了。

红砖楼位于一条宽马路的尽头。这里很安静,路两旁栽着高大的梧桐树,夜里有一种特别的气氛。夜晚,许多人在这儿现身,可等天一亮,你就再也见不到他们了。"桌子"俱乐部的地面铺着漂亮的木条镶花地板,墙上挂着爱德华·霍普的风景画仿作。天花板不高,但从不让人觉得难受。

这处场所的经营者是一个三十几岁、话很少的男人,离了婚,喜欢20世纪70年代的摇滚乐和伍迪·艾伦的电影,没事就坐在一张橘黄色的硬木椅子上抽烟斗,或是用不插电的电吉他弹奏滚石乐队和詹姆斯·泰勒的经典曲目。见我进门,他停下手里的活计,对我微笑,递过来一盒纸牌。我点头,向他道谢,接过纸牌走向后面的一个包间。

*

每晚固定坐我左手边的家伙已经到了。他面前摆着三个空啤酒罐和三个铝制拉环。拉环一字排开,像是酒业协会颁给他的迷你银质勋章。罢了,这家伙一向话少,玩纸牌游戏谁都玩不过他。

我放下手中的纸牌,在他身边坐下。

"心情不好?"我问。

"口渴。"他答。

如此便没了下文,如同踏入了沉默国王的领地。

我从外套口袋里掏出几页折好的稿纸递过去。他放下啤酒罐,伸出肉乎乎的小手,轻巧地接过,在明亮的光线下展开,认真读起来。我无事可做,只好打开一罐啤酒,我以同样的神情观察起这位目前为止我唯一的读者,他的脸上有着一种世间少有的认真,昭示出一种类似悲剧的意味。

*

"想去趟海边。"说着，坐在我右手边的家伙摘下眼镜，揉了揉太阳穴，看了看，又戴了回去。

"不错的主意。"我应道。

"昨晚没睡好。"他说，又想把眼镜摘下来。

"以为你不来了。"

"谈离婚的事来着。"

他叹口气，摘下眼镜，看了看，放在桌上。我看向对面，位子空着，那个每晚要双份威士忌加苏打水的男人还没来，说不定今晚不来了。三个人是没法玩纸牌游戏的，我只好回到婚姻的话题。

"谈得如何，有结果了？"我问。

"没谈成。"他短时地沉默下，"不知为什么，一下没了信心。"

"别灰心，慢慢来，一定能行的。"我劝慰道。

"这日子真难熬啊。"

"想想以前快乐的时光，"我拿起面前的一盒火柴，放在手中感受其分量，"总还是有的吧？"

"有，但稍纵即逝。"

"大家不都一样？"

"都一样，也都不一样！"

"至理名言啊。"

"当真吗？"

我点点头。

"能收入高中课本吗?"他接着问。

"不出十年。"我说。

他笑了。

"和你聊天真开心。"

说完这句,他一口气喝下半罐啤酒。我知道他还有话要说,便坐着不动,等待下文。

接下去几分钟,他不再讲话,目光落在手中的啤酒罐那个空洞的缺口上。他像是突然记起了某件事,可一时之间又想不起来了。

过了一会儿,他放弃了。

"你呢,女孩又来找过你吗?"

他放下手中的啤酒,戴回眼镜。这让他一下子成为另外一个人,一个似曾相识却想不起在哪里见过的人。

"没有。"我说。

"真是一段莫名其妙的经历。"

"相当莫名其妙!"我说。

"每天还是只能睡两个小时?"

"是的。"我点头。

"睡着的时候还是梦见金鱼?"

是的,我接着点头。

"每晚?"

"每晚。"

他摇摇头道:"该不会和那个女孩有关吧?"

我摇摇头，表示不知道。

"第一次听说这种事，每晚都做同样的梦。"

"其实……"我说，犹豫要不要解释一下，罢了。"今天是第74天。"我说。

"记得这么清楚！"

"我有在墙上画正字的习惯。"我开玩笑说。

他就此略作思索："下一步什么打算，比如去医院看看什么的。"

"还没想好，不过，"我说，"找医生解梦这条路怕是行不通。"

他点点头。

我点点头。

"我是说……"他忽然找不到合适的话语，转而拿手在空中画了一个圈，"你知道，就是……"

"我知道。"我说。

他点头。

我点头。

各自喝啤酒。

其实，梦境并不如他所说日日重复没个二样，梦里的金鱼已从起初的一尾，变成了目下的不可计数。

8点半，喝双份威士忌的家伙来了。他什么也没表示，在对面默默落座。左手边的家伙放下我的小说手稿，单手撑膝，眉头紧皱，似乎想对今晚的章节发表下看法。我朝他转了转，耐心等待着。等待的时间里，对面的家伙叫了双份威士忌加苏打水，右手边的这位则将牌连续洗了三遍。最后，我唯一的读者什么也没说，将手稿对折后递还给我。我将四页稿纸再次对折后塞回自己的外套口袋。四个人开始玩这个叫作纸牌的游戏。

*

游戏结束已是夜里两点。赢家是那个拥有15枚酒业银勋章的家伙。想离婚的人输了，手里的牌足有30张之多。没人提议再开一局，于是大家把牌扔在桌上，起身离开。

"桌子"俱乐部只有一个服务人员。她过来跟我们结账，今晚她穿了件黑色短裙。

老板正凑在小电视前看球赛转播，见我们要走，从柜台后面抬起头，朝这边挥挥手。我看到柜台上有一只白瓷招财猫也在做着同样的动作——一种似曾在哪里经历过的感觉。我冲他（们）笑笑，点一下头，转身推开门。

通向地面的是一条长长的过道，两两并排而行，一个小灯泡在头顶不远处发着微弱的光。没有任何征兆，它熄灭了，我们陷入短暂的黑暗。我听到坐我对面的家伙在我耳边悄声说道："今天的金鱼写得没有昨天的好。"这时我才想起，游戏的间隙他将我的手稿要过去速速看了一遍，可我记不清，上回他是否读过我的手稿。黑暗中，他的声音听上去很不真实，像出现在梦里花丛中的白粉蝶，那不停扇动着的双翅透着某种难以言说的不安。事实上，整晚我都被这种"即将要发生点儿什么"的感觉包围——我没有回答，等眼睛适应了黑暗，我们就走出了过道。

在路边止步，两个家伙去了对面。评论金鱼的这位先生没再开口，我也不想再去谈论金鱼或是任何事情。我们站了大约10分钟，他看上去非常疲惫，等出租车一到，我就让他上车先走了。

那辆出租车开走之后，我在原地又站了几分钟，最后干脆在马路牙子上坐下来哭了一会儿。一辆出租车闪着转向灯在我身边停住，我听到司机落下副驾驶这边的玻璃。我没有抬头，只举起右臂摆了摆。出租车犹豫了一下，开走了。

后来我想，坐在里边开车的，说不定是我的初中同学呢。

大致过了一刻钟，我站起来，看一眼身后的大街，决定走着回家。

水银灯将冷漠的白光投在行人道上。

沿着路肩走了差不多三站地。街边有家24小时营业的麦当劳餐厅，我进去买了个鱼肉汉堡，吃完就在靠窗的位置坐下。没过多久，天下起了雨。本想在这里坐到天亮，可雨很快就停了。雨一停，我就离开了那里。

回到家,还不到5点。我开亮灯,望一眼起居间的沙发,猫照旧睡在上面,同一个位置——挨近窗户的那头。我换好拖鞋,去厨房,打开冰箱,取出冰格,搁在滴水板上,然后去淋浴。洗完澡,换好睡衣,来到外面。我又看了一眼睡在沙发上面的柯西莫男爵(猫的名字),它还在睡,睡得十分投入,身体保持着与先前同样的姿势。我走过去,在它身边坐下,窗外传来"咕——咕"几声夜鸟的沉鸣。一只猫会在自己的梦里遇到什么呢?我想象不出。几分钟后,我起身去厨房给自己倒了一杯酒。我坐在餐桌边默默喝着,没有人过来问我今天过得怎么样——没有任何人。你不能指望一只猫来做这种事吧。我又安安静静坐了几分钟。除了钟表走动发出的"喀喀"声,房间里再没别的声音。5点半,我关掉外间的灯,拿起原味伏特加的酒瓶和一只威士忌酒杯,进了卧室。

第三章
"纸牌"游戏

我将四百字绿格子稿纸在枕头上铺开,从床头几上取过钢笔,决定不再写金鱼,写点儿别的。

写什么好呢?
我们又能知道些什么?
关于我们已知的部分又有哪些是可以刻在石板上的?

或许,一切只需如实记录。

头痛难忍,我喝下两口红牌斯米诺,扭头看墙上的石英挂钟:5点37分,秒针转动得异常吃力。时间仿佛在绷紧。冰块在厚底的玻璃杯中开始融化。

*

写一下"纸牌"游戏的玩法。

"纸牌"游戏说明书

这是一款没有名字的纸牌游戏，或者说它的名字就叫"纸牌"游戏。基于对发明者意愿的尊重，建议玩家不要再单独命名。

适合年龄：9 岁以上

游戏人数：4人

游戏时长：不固定

发明人&版权所有：不知名的16岁少年

发行时间：1999年

游戏特征：聚会、消磨时间

【游戏简介】

四个不爱说话的人聚在一起会怎样？这一有趣境况即在这游戏中出现。

【游戏流程】

这是个不需要智慧的游戏，只需玩家跟随自己的内心做出反应。所用道具也只是一盒54张传统纸牌。

想要胜出，只有一种方法，即保持手中纸牌的数量为四人之中最少。

将纸牌从盒中取出置于桌上，无须洗牌。

玩家保持静音状态，游戏开始：

假若A玩家想对天气发表自己的看法，A可以从桌上摸起一张牌。A此时拥有以下权利：
　1. 任意发言权，可以谈谈天气，也可以说点儿别的。
　2. 什么也不说，继续保持静音状态。

在A玩家之后，假若B玩家也想发言（比如谈一下离婚的事），B可以从桌上摸起一张牌（A玩家同步失去发言权，必须在第一时间回到静音状态）。B此时拥有以下权利：
　1. 任意发言权，可以继续A的话题，也可以改变话题。
　2. 什么也不说，恢复开局时的静音状态。

摸牌没有顺序限制，玩家可以任意切入。
最后一张纸牌被摸起，游戏结束。手中纸牌数量最多的玩家为输家。

【规则事项】
游戏进行期间禁止两名玩家同时开口，发言权总是在后面一个摸牌的玩家手里。
玩家说话内容不受限制，说话时间不受限制，除非其他玩家夺取该玩家的发言权。

中途退出者为输家，无论任何原因。

中途睡着者为输家，无论任何原因。

游戏结束，两人或多人手中纸牌数量相同，参照第一次发言时间，先开口的玩家为输家。

输家须为游戏进行期间消耗的酒水买单。

输家拥有要求再开一局的特权。其余玩家若不能参与，退出者要和输家平分账单。

【补充说明】

"纸牌"游戏简单易玩，男女皆宜，游戏场所不受限制，使用道具也不仅限于纸牌，一盒便宜的火柴就可替代传统纸牌来展开游戏。玩家若有兴趣，还可尝试一碟花生米、一袋M&M'S豆或是一盒卫生棉条带来的不同感受。

本说明书仅适用中文的用户，其他地区或语种的"纸牌"游戏说明书，请登录官方网站www.cardgame.com下载获取。

四个人，一副牌，夜晚不寂寞！

"试试看！"

*

6点17分，我感到睡意来了。我必须睡了。

第四章
不知名的16岁少年

说一下"纸牌"游戏的发明者。

我已经记不起他的名字。

和他第一次见面,是在1999年秋初——十几年前的事了。那时,我们刚刚读高中,我16岁,他也16岁,都是好得不能再好的年纪。一天,学校组织看电影,我们在放映礼堂前的花岗石台阶上相遇,之后成为朋友。

那是一部那个年代常会在校园放映的国产黑白老电影,电影的名字恕我忘得干净。总之,是一部不怎么对高中生口味的电影。借着一场夜戏的掩护,我溜出了礼堂。那个9月的下午,天空蓝得就像保罗·纽曼留在银幕上的那对眸子,举目望去,找不出一片云彩。一个男孩坐在不远处的台阶上,上身穿一件白色套头衫,下身是普通的校服裤子。他不声不响,背对着我。我看到两条黑色的耳机线贴着他两边的脸颊下来然后消失在衣领里面。我走过去,在离他两米远的地方坐下。阳光一尘不染,就像从洗衣机里刚刚取出的白床单。

——依旧记不起他的名字。

不管怎样,等到那个学期快结束时,我和他已经成了很要好的朋友。甚至连课间休息的短短几分钟,我都会爬两层楼去跟他聊几句。因此,我和自己班里的男生很快就疏远起来。

他的身世,我了解得不多。只知道他是有钱人家的孩子,这一点人人都看得出来。每当下雨天都会有辆黑色的高级轿车在校门口等他,这阵势在当年的学校里找不出第二个。他的右手腕上常佩戴一块朗格手表,表带上面的花纹已磨损得无法辨识。我根本不知朗格为何物,那个年代最富有的高中男生,也不过是拥有一块进口的卡西欧。我没有卡西欧,当然,也没有其他手表,16岁的我脑袋里是不上发条的。

他有个多年不见的祖父曾在民主德国居住,1989年冬天去了美国旧金山。表是他祖父留给他的,有几次他说到了他的祖父。我比别人了解的仅仅多这么一点点儿。

至于富家子弟何以来读普通的公立学校,就谁也说不上来了。

他说话的速度很慢,经常要等对方说完之后好一会儿,才能开口。

即便这样,我们仍然热衷跟对方分享自己认为有趣的事情,我们谈论各自喜欢的音乐、书籍，谈某部小说里的人物，谈老师奇怪的着装、女生的月经……我们无话不谈。只是，他从未跟我提及过他的父母，我也从未跟他说起过我的父母。无缘无故，我们经常在操场的一角一说就是半天，那光景就如同孤儿院的两个孩子在相互诉说记忆里的旧事。

他没有女朋友，我也没有。

喜欢他的女孩很多，喜欢我的也有几个。

我喜欢亨利·方达与海明威，他喜欢詹姆斯·迪恩与希刺克厉夫，而埃罗尔·弗林这个短命鬼我俩都很欣赏。

一个星期天的下午，我去了他的家。他家在使馆区附近，是一栋独立的复式房，很大的前院，种着几棵苹果树。我和他坐在客厅沙发上，一口气看了《无因的反叛》《伊甸之东》《巨人传》三部电影。窗外天色不觉间暗了下来，接着又变成了浓密的墨黑。我离开时已近午夜，他的父母还没有回来。他略一沉吟，从茶几上取过遥控器，关掉电视和VCD播放机，把我送到门口。

"明天见。"他说。

我点点头，跟他告别。

那年的圣诞节，我送给他一本《小王子》，用印有雪片的绿色礼品纸包着。那时，我最喜欢的书就是《小王子》，经常去旧书店找来不同语种的各种版本。送他的我认为是其中最好的一册。他说声谢谢，就收下了。

那年冬天,我没有收到任何圣诞礼物。

*

公元1999年12月14日,电视新闻里播放着这样一条消息:

  巴拿马运河主权交接仪式今日在巴拿马城附近的米拉弗洛雷斯船闸处举行,巴拿马总统米蕾娅·莫斯科索和美国前总统卡特分别代表两国政府签署了关于运河主权和管辖权交接的换文。

报道还说:

  根据该条约,巴拿马于1999年12月31日从美国手中正式全面接管巴拿马运河。在此之前,美国全部撤走其在巴拿马运河区的军队。

最后:

  运河回归标志着巴拿马人民为收回运河进行长期英勇斗争的最后胜利,同时也标志着美国在中南美洲大陆殖民统治的终结。

我是在家附近的超市里看到这则报道的。

从吉米·卡特放下签字笔，到美国士兵将最后一个烧烤架搬上吉普车的这段日子里，和我同桌的女孩每天都带一个宽口玻璃瓶来学校。每到课间休息，她就在一张张亮闪闪的纸片上写下自己的千禧年愿望，再把纸片叠成一颗颗饱满的星星投进瓶里，旋紧盖子。放学后，这个瓶子被她放进书包带走。

事情的起因是我说出了她不能接受的现实——公元2000年压根就不是千禧年，真正的千禧年是2001年。而那时，她那个随身携带的玻璃瓶中将会塞满100颗星星——一份足以让任何神明感到为难的愿望清单。

"人类的时间轴线上缺失了0年那一年。"我对她说。

她仗着自己是数学课代表而我的数学成绩又不值一提的一边倒优势和我力争。我不知为何，忽地从座位上站起。

"数学课代表也阻止不了上帝！上帝从我们手中偷走了一年！整整一年！"

我冲她大喊，她低下头哭了。

我心里也挺难过的。

我道歉，她把头埋进胳膊里，之后一周再没和我说一句话。

就这样，一边怀着深深的内疚，一边感受着女性的脆弱，我和我的数学课代表一起，迎来了那个什么也没发生的平平常常的公元2000年。

自然,她的愿望无一实现。我的脑海里则不断浮现出巴拿马运河水面上通行的船只桅影。我们又和好了,尽管她看上去还那么伤心。

"你真的相信有上帝存在吗?"她问我。

我说:"我不知道。"

她说她也不知道。

第二年,她没再叠星星。

*

2000年暑假,我们几乎没有见面。开学前最后一个晚上,我接到他的电话,他问我想不想去海边。

"去也可以,只是没记错的话,明天是开学的日子。"我说。

"就说记错开学日期了。"他说。

我迟疑了一下:"那就去吧。"

"有驾照吗?"他问。

"没有。"

"会开车吗?"他又问。

"不会。"

"那也没关系,明天见。"说完,他挂断电话。

我一面想着去海边的事,一面想着还未完成的暑期作业,快到天光放亮时,才沉入梦乡。我不知道自己睡了多久,那是一个很浅很浅的梦,一根细细的手指就可以把它戳破,蜘蛛在上面不能结出一张完整的网。我就躺在那个虚浅的梦里,等待日出时的微风吹进我的房间。

早上6点半,楼下传来两声清越的喇叭响。我穿好衣服下楼,发现一辆红色的家用轿车刚刚开走。

我在单元门前的阶梯上坐下,十几分钟后,一辆体形庞大的四驱丰田车在我跟前稳稳停住。这是他父亲的车。我拉开车门,坐进副驾驶的位置,系好安全带。据我所知,他也是没有驾照的。

清晨路面空旷,不到半个小时,我们就驶离了这座无比熟悉的城市。他车子开得稳稳当当。一路上我们几乎没有交谈。初秋的阳光在高速路的尽头闪耀,撒下一地明晃晃的碎镜子,我们就把前挡风后面的遮阳板放下来。车内很安静,开了冷气。道路车辆稀少。收音机里断断续续传出不知名的歌手在不知名的地方录制的不知名的歌曲,不知名的小灰鸟一群群飘忽着从前方掠过——就是这样一个9月的早晨,我一度以为我们行驶在一个坚实的梦里。只有偶尔闪入眼帘的车辆尾牌提醒着我,让我记起我的所在。

十点一刻抵达目的地。

把车子停在离海滩不远的开阔地带,步行到海边。开学日的海滩空无一物,像一排排闲置了许久的储物柜。只有柔和的海浪不厌其烦地划出一道道白线直连到远处一小截岩石裸露的海岬。

他默不作声,沿着碎浪的边缘向前走去。我跟在后面,俩人在身后留下一串犹如史前动物刚刚经过的足迹。

走了几百米,他突然停住脚步,回过身问我。

"你可曾想过我们为什么活着?"他问得极其认真,不像是开玩笑。

"为什么活着?"我重复他的话,看着他的眼睛,那里面有一片潮水退去的海滩。

"是的。"他肯定地点点头,接着问,"你听过小石匠的故事吧?"

我自然没听过小石匠的故事。

"大意是一个人生活不如意,时常感到疲惫沮丧,有一天,他在路边看到一个小石匠在敲打石头,一连敲了100次,石头纹丝不动,连条裂缝也没有,但就在小石匠敲下第101次时,石头应声分为两半。那个人很受启发,似乎得到了某种关于生活的启示。"

我点点头。

"可是从没有人问过,石匠为什么要一直挥动手中的锤子。"

我不知该怎样回答——这是一种无法形容的感受——就躲开他的视线看向大海一边。

"或许,因为他是石匠吧。"过了一会儿我才说道。

"或许。"他点头。

我和他不再交谈,脚踩粗粗的沙粒往前走。来到海滩尽头时,他问我想不想喝一点儿啤酒。我说想喝。他告诉我这个夏天他喝了很多的啤酒,没有任何帮助。

我不知他需要何种帮助,更不知他在经历什么。我的性格这种时候只会让我保持沉默。

那个开学日的下午,我和他开车跑了四个地方才买到冰镇罐装啤酒。折回海边,找片干净的沙滩坐下来,用了足足3个小时,就像啤酒信徒举行感恩仪式般,俩人喝光了24罐350毫升装的冰啤酒。起身拍掉身上的沙粒,驱车驶离海岸。回程路上没有小便,没有走错一个岔路口,临近黄昏,我们回到了那座忽然略感陌生的城市。我和他约好明天学校再见。

"再见。"

"再见。"

*

离旧历新年还有几天,下过一场雪,很冷。母亲站在门口,一手握着行李箱的拉杆把手,问我能不能照顾好自己。

我不知该如何回答,但不忍让她失望,想了几秒钟说:"能。"

母亲是流着泪走的。门关上后,我听到棕色行李箱的滑轮在楼道里留下一连串低沉沙哑的声响。接着是电梯门打开的声音。接着便什么也听不到了。我对着她留给我的存折上那八个阿拉伯数字和两个标点符号愣愣地发了两个小时呆。

这天是2001年1月21日。

那是我最后一次见到她。

*

除夕的晚上,我坐在书桌前,面前是一张平铺的白纸。我在纸的正中画下一条竖线,左侧写下关于生活我已掌握的东西,右侧写下我还未掌握但必须尽快掌握的东西。在新春的钟声敲响前,我把这张纸钉在卧室的门后。看着花了3个小时才完成的右侧那栏,我决心要成为勤勤恳恳、目标明确的18岁少年。

不!我已经成年了,我必须对自己负起责任。

再次回到学校时,街上的迎春花已经开了。我把自己关在家里两个月,期间只吃楼下小店买来的泡面和罐头食品。开学以后,家里的电话响过几次,我拔掉了话机后面的通信插头。我特别担心学校的老师找到我家,但敲门声一次也没有响起。一天夜里,我躺在床上,似乎听到有人在敲外面的门,细听又觉得不是,便关灭灯,睡了。

回到学校,面对责问,我只说了一句"父亲死了",他们就再没为难我。与此同时,我的朋友也不见了。他转去了别的学校,但没人知道去了哪里。

这时我才想起,他也已18岁,我们又朝着各自的人生迈出了各自的一步。伤心的感觉我是有的。毕竟,"再见"都没说一声就这样走了。

　　大学毕业后的一天，在街上偶遇他昔日的同班同学，无意中说起了他，才了解到事情的真相。我和他做朋友一年半，对此竟一无所知。
　　"那个混蛋，有什么——躁郁症，他爹妈给他弄到海边一所疗养院还是什么地儿了。"他用谈论富人的那种不友好的口气说道，"听说读高中那会儿就有自杀倾向。"
　　说毕，他把烟头扔在地上，用脚碾灭。

*

　　2002年夏天，我高中毕业了，被一所普通如街边花砖般不起眼的大学录取。入学前一天，我乘大巴去了海边，整个下午都坐在沙滩上。

　　是的，那时我还记得他的名字。

第五章
我又想起她在电梯里哭的样子

已经是第80天连续梦到金鱼了。

醒来是清晨5点46分。睡前写的文章还差一点儿没有完成。花了20分钟,我把结尾写好,起身去卫生间用冷水洗脸。闭上眼睛,眼前似乎还留有金鱼的残像。

我细细刮了胡子,擦干脸,站在镜前看着镜中的另一个自己——我已经27岁了。一事无成的27岁。我离开镜子,又返回镜前,再次确认镜中的那个形象。

是的,我已经27岁了。我无话可说。

给柯西莫男爵换上干净的饮用水,添一日量的口粮后,我在厨房站了10分钟。天光已亮,离上班还有段时间,与其看男爵大睡其觉,不如进卧室继续写点儿别的。

*

该怎样形容这样的女孩呢？

她长着花骨朵儿一样的眼睛，花骨朵儿一样的耳垂，花骨朵儿一样小小的凹下的肚脐，花骨朵儿一样的膝盖，最后是十个整齐排列花骨朵儿一样的脚指头。

"快点儿进来，别让我一个人待着。"

"嗜！别把酒带进卧室。"

"哎，大傻瓜，你看清楚了吗？"

"我不喜欢陀思妥耶夫斯基。"

"贝多芬是个不幸的人。"

"干吗每个房间都要有一块挂表？"

"你一点儿都不明白，这些和捕金鱼没有关系。"女孩说，"对我说来，我就喜欢25岁到29岁的男人。25岁之前和29岁之后的你们一点儿都不可爱，只有处在这五个年份中的你们才是最好的。和你们在一起，会让我身体里产生一种深层次的如同性欲那一类的东西，就像粉红色的阳光照进了清晨粉红色的房间，而我就躺在粉红色的床单上醒来。总之，是一种很美妙的感觉。可怜的大傻瓜，你是不会明白的。"

"你什么都不明白，就是因为这个，我才喜欢你。可你一点儿也不喜欢我。撒谎并不代表这个人真的想撒谎，这个你一定要明白。"

没错，这也是女孩说的。

现在是8月最后一个星期一的早上（自从失眠以来，确定时间于我而言是十分重要的事情）。我在稿纸上忙碌着，外间传来啪啦啪啦的细微声响——是柯西莫男爵在吃早饭。他什么时候醒的，我完全不知道。

昨天下午，我躺在起居间的沙发上一直在读《为什么我不是基督教徒》。这本薄薄的小书我读过很多遍，每次到同一个地方就停下来——科普尔斯顿神父试图说服罗素让他相信上帝是存在的，而罗素伯爵坚称自己不知道上帝是否真的存在或是否真的不存在。4点一到，我合上书本，去厨房准备晚饭。

等待土豆变熟的时间里，我开了一罐黄桃罐头，把自制的俄式腌黄瓜盛入盘中，再配上超市买来的辣白菜。我没想好一会儿要怎样跟女孩开口，只得望着汤在锅里沸滚。女孩跪在地板上，拿一个高尔夫球和柯西莫男爵逗玩，一整个下午他们都在玩这个游戏。白色小球在起居间的地板上滚来滚去，不时撞到某处传来一声脆响。

我把菜端上餐桌，给自己倒了杯酒。我不饿，也不想吃任何东西。我在餐桌边坐着，一面看女孩吃饭，一面喝酒，一面想高尔夫球的事。高尔夫球是在楼下草坪里捡到的，可记不清是哪一天了。过了一会儿，我想起是在一个下午。又过了一会儿，我放弃了，继续喝酒。

时间过去了一阵子。

女孩放下筷子，起身绕过我进到厨房。身后传来可乐罐打开的声音。女孩在那里逗留了几分钟，又坐回我对面。我低头凝望酒杯,感觉到她的目光就落在我的脸上。我坐着不动。

就这样过了大约喝半罐可乐的时间。

"你打算赶我走。"女孩先开口。

"吃饱了?"我问。

"你是不是要赶我走?"她有些激动。

我沉默不语。这时我想起了一件很久以前发生的事。我强迫自己不去想这件事。我将目光落在打开的黄桃罐头上。

"让我喝点儿你的酒。"她说,语气缓和不少。

"不可以。"

"为什么不可以?"

"你可以喝点儿啤酒。"

"我想喝你的酒!"

"不可以。"

"我想喝上次那样的酒。"

"上次的酒喝完了。"

"你骗人!"

我没骗人。冰箱里什么都有,就是没有调酒的心情。我继续喝剩下的威士忌。好一会儿又过去了。

沉默,沉默,沉默。

"我看我还是走吧。"

"我送你。"

"不用你送!"

"我送你。"我重复道。

她赌气般把手中的空可乐罐重重放回餐桌上。我喝下杯中最后一口威士忌,站起来。

"跟柯西莫男爵说再见吧。"我说。

女孩去和柯西莫男爵道别,接着便哭了。她只有15岁,这是第五次来我家。她的手掌只有我的一半大,我拉着她的手进电梯时她还在哭,嘴巴闭得紧紧的,像一个破折号。那个高尔夫球被她紧紧地攥在右手里。

我装作什么都没看见,隔着电梯厚厚的玻璃墙望向外面。夕阳照亮了一幢公寓的大半个楼体,又一个夜晚要来临了,我想。我让视线一直停留在那幢楼上,不去看身边的女孩。电梯缓缓下降,速度比平时慢了许多,从十四层下到一层,就像过完了一生。

我们终于走出了电梯。

公交车停在面前时,天色已近昏暗。我把提前准备好的零钱塞到她手里。

"上车吧。"我对她说。

"我不走。"她说。

"车要开了。"我说。

"你是个狠心的人。"她把钱丢到地上。

"别怪我,"我说,"我不想和任何人在一起。"

"你骗人!"

我抬头看车上的司机，一个40多岁的男人，戴着一副可笑的白手套，跟我对视一眼后，他开始按喇叭催促。或许这样做会让他觉得可以帮上我吧，我想。我扭头去看女孩哭肿的眼睛，看上去她又要哭了。

"你撒谎！"她说。

"我没有。"我说。我知道我没有。我捡起地上的钱放入她的口袋。这时间里，中年司机的手就没离开过一秒那该死的喇叭按钮。

她很不情愿，抽抽鼻子，上了车。车门立刻就关了。巨大的车体在我面前抖动了一下，吃力地开走了。后面的车随即填补了它留下的空白。我不想回家又不知该去哪里，就沿着脚下的花砖路继续往前走。路灯在这时亮了起来，街上都是回家的人。

*

走了大约10公里，我去了一个车站附近晚上也对外开放的公园。只是我在那里待了没多久，忽地想起家里的猫还没吃晚饭，就赶紧拦了一辆出租车往回赶。到家时，已是10点，柯西莫男爵正蹲在窗台上紧贴着玻璃呆愣愣地望向夜空。这时候，手机响了，是女孩发来的短消息，她说：真的很喜欢你。还有，你家的猫今天跟我说话来着，它叫我小妞。我摁下关机键，关掉手机。在餐桌边坐下，一个人默默吃了晚饭。这时我又想起她在电梯里哭的样子。

如女孩所说，要是猫会说话，就好多了。

第六章
记得带雨伞，等你回家

现在是9月的第一天，早上6点30分，外面下着雨，正是交谈的好时候。我的交谈对象就在那里，一只12周大的奶黄色猫咪，坐在起居间沙发的扶手上，它正望着窗外灰蒙蒙的天空，神情着迷又投入，简直就是一尊小小的石像。我来到它身后，它竟一点儿都没察觉。

"猫咪……"我呼唤道，尽量把声音放轻。

猫咪听到了，就回过头来答应，说："啊儿。"

"请问，你现在忙不忙？"我接着问。

"不忙，请问你有什么事？"

猫咪用两只圆圆的眼睛看着我，米黄色的睫毛下流淌着小小的忧愁。

"没什么重要事儿。只是——你方便的话可不可以跟我说会儿话？"

"可以呀，下雨天，我又没什么紧要的事儿急着去办。"

猫咪的声音十分乖巧。

我们挨着在沙发上坐下。

"怎么称呼你呢,猫咪,你叫什么名字?"

"我没有名字,就叫我猫咪好了。"

"好的,猫咪,谢谢你陪我说话。"

"不用客气,反正我也无事可做呀。"

"猫咪无事的时候都做些什么呢?"

"想想事情呀,睡睡觉,搞搞个人卫生,听听雨声,盯着挂钟的秒针转几圈,一天就过去了呀。"

"这才是真正的生活啊!"我说,侧过身改为和猫咪面对面坐。

"猫咪!"

"啊儿。"

"你会感到孤独吗?"

"嗯,我说不好。可是,孤独是个什么玩意儿啊?"

"孤独——"关于孤独,我总是想到这样一个场景:凌晨3点,这城市的一座住宅楼的27层一间空荡荡的房子里,有个男人正在准备他的晚餐,他面前摆着一只漂亮的西班牙火腿,他正把火腿上的肉一片片切下来。这是关于孤独,我所想到的。

我对猫咪摇摇头。

"你呢,你喜欢做些什么?"猫咪问,"你看上去很不开心,是不是最近消化不好?"

"猫咪——"我叹一口气。

"啊儿。"

"这个说来话长。"

"慢慢说呀，反正我今天也没什么安排。"

"也好。"我说，"请稍等。"

我去厨房取回一罐可乐、一盒牛奶和一个碟子，给猫咪倒了点儿牛奶，我喝可乐。

"冰的哦，慢慢喝。"

"没关系，天气热嘛。"猫咪答道，"那么，现在跟我说说你的事情，每天晚上把自己关在里面都做些什么呀？"

"写东西。"

"写些什么呢？"

"不知道该怎么和你说。"

"一句一句说啊。"

猫咪仰起小小的头颅看向我，这眼神任何人在任何时候都无法拒绝。

我点点头，说："几个月以前，我曾想写一篇小说或是文章之类的东西，主角是一碗沉默的牛肉面，可最后失败了，我没能在稿纸上写下哪怕一个句子。那像是一件很久很久以前的事了，仿佛生出这想法的人不是我，无法在稿纸上写下一个字的人也不是我。现在讲出来，有一种此事从未发生过的感觉，仿佛只是大梦一场。"

我喝口冰可乐接着说下去："后来，我不再考虑写任何主题性的东西,而是想到什么就写什么,想起什么就写下什么。无所谓计划性,只是一段接一段写下去,就像在织一只长袜子。猫咪,你可知道,去路边数汽车都比这个有意义啊。"

"喔哦,了不起!那该是多长的袜子呀!"

"很长很长,要织完才知道。这样做纯粹是为了打发人生,人生你懂吗?"

"人生不太懂。可是,你不睡觉吗?猫咪我可是每天要睡十六七个钟头。"

"就是因为这个——睡不着,又没其他事可做,才去织袜子的。靠织袜子消磨时间的成年男性,全世界恐怕只有我一个吧——并且,总是梦见金鱼。"

"金鱼!"

"是的,很多金鱼。"

"睡不着怎么还会梦见金鱼!"

"一样样跟猫咪说好吗,我脑子里也是乱得很。"

"好的呀。"

猫咪朝我转转身,四只白色的小爪子并拢在一块儿,尾巴盘在身体左侧。——真是一只乖巧的猫咪!

我一口气喝完余下的可乐,重新整理思路。

"最早的时候,"我说,"先讲金鱼。一开始,就像坐在一个巨大的鱼缸里面,金鱼只有一条,红色的,个头巨大,几乎感觉不到水的存在,背景近似透明,但绝非真正的透明,金鱼就在这样一个空间里缓慢游动。说起来,这算不得什么了不起的梦,对吧。起初我也不觉得有什么异常,但过了几天,金鱼变成了两条,是一模一样的两条金鱼,从嘴巴到胸鳍,从眼神到游动的姿态,找不出丝毫区别。几天过去,金鱼又变成了四条。接下来猫咪都可以猜到,四条金鱼变了八条,八条变为十六条,十六条变——猫咪懂数学公式吗?"

"就像是照镜子!过几天,镜子里的金鱼就活了过来。"

"一点儿没错!"我说,"每隔几天,金鱼的数量就多出一倍。"

"天哪!"

"数量多得无法清点,金鱼占据了整个梦境,填满所有空间,鱼缸也仿佛不存在了。"

"那后来呢。"

"记不清具体是哪天了,金鱼们不再来回游走,开始朝着一个固定方向游去。一条接一条,一尾接一尾,层层叠叠,密密麻麻,目力所及之处全是红色的鱼尾在摆动。那场面可真有点儿像史诗级的金鱼大迁徙,猫咪能想象吗?"

猫咪低下头,思考了一阵子。再抬头时,脸上露出兴奋的表情:"要是沙丁鱼就好了。"

"是啊。"我说,"那么大个的沙丁鱼,一条就要吃上一礼拜,翻个面儿还能再吃一礼拜。"

"好厉害!"

"奇怪的是，梦里没有声音，安静得出奇，听不到水声和其他任何声音。更不知金鱼从哪里来，要游去哪里也不得而知。"

"就像独自一人坐在巨幕影院的第一排看壮观的金鱼默片，对吗？"

"就是这么回事儿！猫咪真聪明，再来点儿牛奶好不好？"

往碟子里新添些牛奶，打开第二罐可乐，我接着说道："只是刚才说的那种安静是一种可怕的安静，总觉得有什么事要发生。"

猫咪点点头，盯着尾巴尖瞧了好一会儿，它在思考。如果没记错，猫咪下个月就要换牙了。

"金鱼为什么会在这里出现？"猫咪问。

我摇摇头。

"什么时候开始的？"

"82天以前。"

"那个时候我已经在你家了。"

"是咱们家。"我说。

"对，咱们家！"猫咪重复道。

不知从什么时候开始，我掌握了一样本领，就是从不会记错任何日期。

和女友分开是在今年4月。

和这只猫咪组成新家庭也快5个月了。

"想喝啤酒吗？"我问。

猫咪皱眉，摇了摇头："还不到早上7点，喝这些玩意儿不太合适。"

"也是。"我说。

一时无话，我取过长条几上的可乐罐，拿在手里，细细观察罐子外面凝起的密密水珠。依旧是炎热的一天啊，甚至比昨天还要炎热。

"你在想什么？"

"对不起。"我将思绪切回现实频道，"再跟猫咪说说失眠的事，好吗？"

猫咪点下头。

"失眠是从认识那个女孩开始的。"

"两个半月以前的事了。"猫咪补充说。

"她第一次来我们家。"

"我知道，女孩说自己19岁了，就要去外地读大学了。"

"是的。"

"她骗了你，她只有15岁。"

"是的，她骗了我。"

"这不怪你。"

我深吸一口气，然后缓缓吐出，接着说道：

"女孩是第二天下午走的，那时节天气已经很暖和了。送走女孩之后，我在车站边上的小店买了一包干果，步行去了附近的公园，听说有人在那里看见过松鼠。"

"你见到松鼠了？"

"没有。"

"好遗憾。"

"我在公园溜达了几圈,什么都没瞧见,就把果子撒在一大片空地上,这样松鼠看见了就一定会来吃。那时天就要黑了,我依旧步行从公园回来,突然感到有些难过,就坐在楼下草坪的长椅上,什么也不想,什么也不做,渴了就到对面便利店买瓶水来喝。后来,便利店也要关门了,我才想起自己还有一件事没有做。"

"你还没有吃晚饭。"

"猫咪真是聪明!——我本想去两条街外常去的汉堡店将就一顿,走了几步,又不想去了。我折回来,干脆在长椅上躺下,眼望天空,开始思考晚饭的事情。那晚天气不错,头顶有几颗星星,我看了很久。夜渐渐深了,风吹来几片薄云,遮住了星光。我还是不知道该去哪里吃这顿晚饭。就这样,时间来到了夜里两点,身边只剩下几盏亮着的路灯和树梢间传来的沙沙声。我从长椅上坐起来,终于,我还是回家了。"

"这听上去有些伤感。"

"我去厨房做了简单的晚餐,吃完喝了一杯兑水的威士忌,然后便进了卧室。我灭了灯,躺在黑暗里想着松鼠吃果子的情景。凌晨4点了,我还没有一点儿睡意。"

"猫咪从来不会这样。"

"到了凌晨5点,我还是没有一丝睡意。我闭眼躺在床上,松鼠们吃完果子早已回到树上,只留下一堆尖尖的果壳等我去打扫。"

"这是想象?"

"是的。"

"明白了,请继续。"

"于是我去了公园管理处,跟管理员提出借清扫工具一用,可那人很顽固,说什么也不肯借我,费了半天口舌才同意出借,还要远远地盯着我,生怕我会带着簸箕和扫帚逃走。经他这么一弄,我反而紧张起来。不过事情到了那个地步,也只能硬着头皮上了。我一手提簸箕,一手握扫帚,郑重其事地走到那片空地前。就在这当儿,耳朵深处传来一阵剧烈的刺痛,紧跟着眼前阵阵发黑,是那种持续的不容商量的百分之一百的黑。接着,视野里出现了一条金鱼。"

"睡着了?"

"后来才知道那是睡着了,在做梦呢。一瞬间的事。"

"这可真是麻烦。"

"眼前的金鱼太过真实,已经很难区分究竟是睡着还是醒着。只能醒来后,借助别的方式,才能确认自己身处在一个现实世界。入睡时间毫无规律可言,有时在凌晨2点,有时在凌晨4点,大多发生在后半夜。只有一次,我值夜班时突然睡着了,那时还不到晚上11点,同事怎么摇晃也醒不来,店长接到通知,立刻从家中赶来。可我呢,两个小时后跟上了弦的闹钟一样乖乖醒来。"

"没想过去看医生吗?"

我深吸一口气,再缓缓吐出。自打失眠以来,这似乎成了我的新习惯。

"想过，"我说，"后来放弃了。一来排队挂号什么的太麻烦。二来，猫咪可能不知道，医院那帮穿白大褂的家伙，只会开昂贵的进口处方药。没有染色体报告，他们连男女都分辨不来。"

"还有呢，他们不爱笑。你给他们5块钱，他们都不肯露8颗牙齿给你看。"猫咪说。

"是的，不过玩笑归玩笑，这些人都是工作很辛苦的人。"我说，"只有一点，只有一点是不变的——每次睡两个小时，然后到点醒来。一分不多，一秒不少。这日子久了，我逐渐能感知入睡时间来临时的微妙信号，我会提前几秒看一眼时间记在稿纸上。"

"这样岂不是很辛苦？"

"是的。"我叹口气，确是无可争辩的事实。

"你一定很想好好地睡上一大觉。"猫咪接着说。

"是的。"我点头。点头是我的另一个习惯。

"我听人说，有一个地方，叫睡谷。那是一个野花开满在青草间的地方，树和树之间挂满了白色吊床，和风从睡谷的另一面吹来，茂林间流着溪水，那里不拒绝任何人，谁都可以去。午后，你能在映着云朵的浅流中看到成群的小鱼追来追去，任何感到疲惫的人都可以去那里选一张自己喜欢的吊床躺下来好好睡上一觉。等你醒来，所有的疲倦和辛苦都没了。你睡多久都可以，在你睡着的这段时间，外面的一切都会为你停下，直到你睡够了，再次返回原来的生活，世界才开始重新转动。我觉得这是一个好地方。"

"猫咪。"

"嗯。"

"那是一个去不了的地方啊。"

"是吗？"猫咪低下头，陷入沉默。

我也感到有些无奈。

沉默了20秒，猫咪开口问道："会不会跟那个女孩有关系？"我点了下头，用手指刮去可乐罐上的水珠。

"我看到她戴一副银色的金鱼耳环。"

"什么金鱼耳环？"我完全没有印象。

"她耳朵上戴了副金鱼耳环呀，走起路来摇摇晃晃的，就像金鱼在水里游，银色的。"

"没有金鱼耳环，猫咪一定是看错了。"

"不会看错的，猫咪对鱼总是印象深刻。"

"这不太可能，女孩是学生，学校不允许戴首饰的，除非——"我在记忆里搜寻这副金鱼耳环，可是一无所获，"我们说的不是同一个人。"

只能得出这样的结论。

"是同一个人，那天她跟你一进门，我就看见了金鱼耳环。她走在你前面，手里拿一个凯蒂猫的零钱包，对不对呀？"

我头枕双臂，躺靠在沙发上，眼望天花板，一点点回忆女孩初次来家里时的情景。这种感觉有点儿像独自一人前往无人的海岛寻找某样失落已久的东西。周围全是水，热风吹起细沙，吹来一波波细浪冲上海滩，拍打意识的边缘。于是，记忆便如旧日电影回放那般，在脑海深处鲜明起来。

我缓缓闭上眼，想象自己坐在电影院的最后一排——那是一个5月的下午，女孩提出要来家里看看我养的猫。两个人一路步行，用了大约20分钟来到我的住处。电梯当时停在一楼，门是开着的，女孩没有犹豫，拉着我的手走了进去。出电梯时，我走在前面，一只手仍被女孩紧紧地握着，我用另一只手取出钥匙，打开门，然后站到一边。女孩活像个洋娃娃，只是个头略高。至少，在她那个年龄里面算是高的。她穿了件湖蓝色对襟夏季羊绒衫，一条驼色短裙，没戴帽子，一头闪着巧克力色光泽的短发，长度刚好遮住耳朵。左手拿一个粉红色凯蒂猫零钱袋，右手插在羊绒衫口袋里。女孩挨着我走进房间，一大截脖子露在外面，下方靠近骨节凸起的地方有一颗蓝色小痣。两片耳垂就像两颗水果软糖，自头发下面悄悄探出——没有金鱼耳环。

我睁开眼，将目光由天花板一角收回。

"没有金鱼耳环。"我对猫咪说。

"有的！"猫咪坚持道，"第二天你上班去了，她在咱们家待了整整一天。戴着那副金鱼耳环，在房间里走来走去。最过分的是她还把什么东西弹到我的牛奶里，到处弄出很大的声响，也不关卫生间的门，吵醒了猫咪我好几次。"

"对不起，猫咪，都是我不好。晚上带金枪鱼三明治给你吃。"

"这是真的吗？"

"真的。想吃别的也行，三文鱼寿司，进口猫罐头，我去超级市场给你买，香橙鳕鱼排也会做，想吃的话尽管开口。"

"幸福呀！"猫咪微笑着，露出6颗整齐的小小门齿。

床头几上的数字闹钟此刻显示：8点10分。

"猫咪，时间到了，我要上班去了。谢谢你今天陪我聊天，要喝牛奶就自己倒，随便一点儿。"

"谢谢你，可是……"

"什么？"

"猫咪能问个问题吗？"

"当然了，请说。"

"上班是个怎么回事？"

真是个令人头痛的问题，该怎么给猫咪解释呢？

"举个例子，拿我来说吧。我的工作就是每天说150遍'欢迎光临''欢迎再次光临'，收下顾客的钱，然后找零给顾客，以此换取购买粮食、猫罐头和威士忌的货币。货币就是钱，能买任何东西的东西。所谓谋生就是这么一回事吧，能明白吗？"

"明白一半。"

"作为一只猫咪，你不用考虑这些。"

"可是，猫咪讨生活也很辛苦呢。"

"理解。"

"我们生活得都很艰难。"

"是的。"

"生活中似乎充斥着绝望。"

"是的。"

"唉。真是悲观。"

听着猫咪的叹息,我从沙发上站起身。

"别太难过,你还有我呢。"

"嗯。"

"我现在要去上班了。"

"很遗憾,没能帮到你。"

"没关系。你肯陪我说话,我已经很开心了。"

"记得带雨伞,外面在下雨。"

"知道了猫咪,谢谢你。"

"不用客气,等你回家。"

第七章
这一章的事情听上去不像真的

猫开口说话了,这不是真的。

这个句子是一个真实的存在,孤零零地躺在稿纸上。我的字迹。睡前写下的。确切地说,是凌晨4点43分前几秒写下的。它现在就躺在这页400字绿格子稿纸的第一行,空两格写下第一个字,句号后面还余5个格子,下面是一条单划线。写它的工具就是此刻我手里握着的钢笔,墨水是同一款墨水。

也就是说,睡前发生的一切不是想象。

不是梦境。

那应该是什么呢?

看着这个句子,我的头开始隐隐作痛。已经是第86天连续睡不着觉,连续梦见金鱼了。醒来时是清晨6点43分。86,我不知道这个数字意味着什么。我是不是应该去厨房弄一杯不含酒精的什么喝，或者……没有或者，赤道上只有一座雪峰。

现在是7点5分，我被一种同时身处两地的感觉占据着。我开始在想是否有另外一个我存在。有，还是没有？我必须做点儿什么。我几乎听见自己把这句话说出了口。

"必须做点儿什么！"

这是个陌生的声音。

"趁现在记得清楚，写下来。把这些全部写下来，就写在这页稿纸上。"我听到自己对自己说。

*

昨晚共进行了两局纸牌游戏，走出桌子俱乐部，我感到十分疲倦，等送走另外三人，我坐上迎面开来的第一辆出租车。司机是个留着短发的男人，45岁左右，本地口音。他跟我谈起巴拉克·奥巴马几日前的全美电视讲话，我当然没有心情听。

"美国兵全撤了，只留了不到6万，帮着伊拉克人民在沙漠里掘水井呢。你说这是什么事儿啊！"

"好好一国家，说来就来，说走就走，看给人祸祸成啥样了！"

他一边开车，一边向我介绍眼下伊拉克人民的生活状况。他的描述精彩而又详实，如果他肯写小说，一定会是个很好的小说家。我坐在后排，双目紧闭，脑袋昏胀昏胀的，像是被人塞进了一个漏气的足球。司机熟练地换挡，看我没有表示——彼时我的胃正紧紧缩在腹部——就自顾自说下去。

赶在呕吐之前，车子开到了楼下。我付过车钱，不等这位先生找零，便跑上了门厅前的台阶。

我像往常那样打开房门，开亮灯。这时候，时间大概在4点30分。脱掉鞋子的间隙，我转头看向沙发那边，不见柯西莫男爵的身影。此时柯西莫男爵正端坐窗前仰头望向外面，像被什么吸引住了。

"嗨！柯西莫男爵，看什么呢？"跟平时一样，只要柯西莫男爵没有睡去，我都会跟它打个招呼。

"看月亮。"

我听到一个声音如此回答。

很快，我认定这个声音是我的错觉。房间里没有其他人。柯西莫男爵仍背对着我，不可能是它——猫是不会说话的。

我跑去厨房给自己倒了一杯冰水，在沙发上坐下来。有一个优秀的四分卫在球场上跑完一个来回的时间，世界一片寂静。接着，那个声音又出现了。

"迷人的夜。"它说，一个陌生男性的声音。

此时，我注意到柯西莫男爵脑袋两边探出来的两小截白胡须微微抖动了几下。

"是你吗，柯西莫男爵？"我问。

没有回答。

"柯西莫男爵?"

沉默。

沉默。

令人窒息的沉默。

我从沙发上站起来,目光扫过房间各处,最后停在柯西莫男爵的背影上。我静静地注视着这只猫的背影。三秒钟后,那两小截白胡须动了起来,一个声音从前面传来。

"金鱼就要来了。"这个声音说道,跟之前是同一个声音。

是柯西莫男爵在说话,我几乎喊出声来——一只猫在我面前讲着中文,且口齿清楚得犹如电视里的新闻播音员。这个世界究竟在以怎样的方式运转呢?我低头看向双手,手指的感觉真实无比。此刻,空调送出的凉风正缓缓吹过我的十个指尖。接着我冷静下来,毕竟不冷静也没别的办法。

"金鱼就要来了。"柯西莫男爵望着我,不知何时它已转过身来。

隔着起居间的沙发,我们静静对视。不知不觉,时间过去了好一会儿。

"明天再谈好吗?"一个适时的停顿后,白胡须又动了起来,"你先回到床上去。"

还未等我开口,柯西莫男爵已回过身去,再次将目光投向窗外。

沉默。梦一般的沉默。

我拍拍两边脸颊。

此刻,早上7点26分。

一种难以把握自我的感觉从身体里面渗透出来,填满了整个房间。

——失真感!

看来,我得找柯西莫男爵谈谈。

第八章
谈谈（上）

　　这是个清爽的早晨，有着夏天快要结束时的那种特有气息。我走出卧室，来到外间。柯西莫男爵已经在等着我了。它坐在餐桌靠窗台的那头，留了个平静的背影给我——和昨晚有些相像。这姿势有些意味深长，我说不好。从感觉上讲，柯西莫男爵似乎已经知道我要找它谈谈的事了。

　　当然啦，这是假设。

　　我在餐桌这头一把松木椅子上坐下来。
　　大约过去了5分钟，周围寂静无声，时间恍若成熟的果实那般在空气里微微摇颤。我清了清嗓子。
　　对面没有任何反应。
　　"那么……"我试着说，"想喝点儿什么？"
　　猫转过身来——准确地说是柯西莫男爵转过身来——这个动作

似乎在我的梦里出现过，在很久以前——我看到一双绿宝石那样的眼睛。不知是凑巧还是怎的，那双绿色的眼睛像在看我，又像透过我的身体看向后面。一时难以作出判断。

"要喝点儿什么吗？"我问。

柯西莫男爵只是望着我，一动也不动，像尊佛像。我借机观察起它的样貌。它的腿是白的，背毛棕黑两色，在8月的晨光里散发出幽微的光泽，鼻梁很高，颈毛又长又顺，在胸前围成一个白色领圈，像极了历史书中的伊丽莎白一世。只不过荣光女王的头顶不曾有过一个M形的花纹装饰，而是戴着一顶沉重的王冠。

时间又过去了几分钟，一切维持现状。我成了一个自说自话的人，像个笨拙的演员在背台词。"要喝点儿什么吗，夫人？""不，亲爱的，我只想参观你的卧室。"全世界的蹩脚电影都是这个路子，想让演员们站着谈情说爱是根本不可能的。

我开始觉得自己像个傻瓜了。

这时，一个声音从对面传了过来——"笨瓜。"

"笨瓜！"那个声音重复道。

"谁是笨瓜？"我问。

"除了你还有谁！"声音提高了八度。"我还没有疯狂到自己跟自己说话的份上！"它嚷着。

猫能说出如此之长的一个句子是我没想到的。我心跳得厉害，靠紧椅背，尽量让自己表现得沉着。对方不再开口。接下来是几分钟的沉默，一如之前的数次沉默。

说实话，如果没有这档子事，这真是一个不错的早晨。一切都安安静静的。小鸟唱完歌飞走了。孩子们仍在睡觉。男人醒了，在回味某个难舍的旧梦，怕被打扰，佯作睡着。女人早就醒了，背向丈夫，在心里细数过去的人生之中自己作出的一次次错误选择。然后有那么一刻，男人和女人同时想到了无可奈何的命运。

"好吧，"我打起精神，"要喝点儿什么？"

对方哼了一声，像在生谁的气。

"不想喝点儿什么吗？"我再次问。

"来罐冰啤酒，没礼貌的家伙！该怎么称呼一名男爵都不知道！傻到家了！"

"请稍等。"我说。

我没有马上站起来，而是手撑在桌子边缘，仿佛身体需要积蓄力量，几秒钟后我站起身走去厨房。

一边洗喝威士忌用的玻璃杯，一边想着该如何称呼一名男爵。脑子里乱如线团。因为睡眠不足，记忆力衰退得厉害，过去看过的欧洲古典小说也忘得一干二净。

"主人。遵命，我的主人。你应该这么说，野蛮人。"那个声音又在外面响起。

我打开冰箱，取一罐啤酒，拽掉拉环，插一根别了黄色小阳伞的吸管进去，返回桌边，轻放到柯西莫男爵的面前。

然后——我看见一张不现实的嘴靠近那根现实的吸管——然后，猫闭上眼睛轻轻啜了一口。

"嗯，星期天早上的冰啤酒。"那个声音说，像在读VOGUE杂志的一则标题。

我给自己倒了满满一大杯不掺水的"三得利"威士忌，我知道我需要这么多，坐回到椅子里。

"啤酒只有星期天早上的才最好喝。"猫继续说道，睁开眼睛，伸舌头舔舔两边嘴角，"什么时候都不对味，只有星期天的早上才最对味。"

我把玻璃杯中的金黄色液体喝下去两厘米。猫眯起了眼睛。

"可以问个问题吗？"我说，声音听起来不像是自己的。

"只能问一个。"它说，声音像是从很远的地方飘过来。

"我们是在做梦吗？"

"不是。"

"你说话是怎么回事？"

"不是说了只能问一个吗？"

"可以再问一个吗？"

"不可以。"

"为什么？"

"你的要求过分了！这可是星期天的早上。"

"我想再问一个。"

"不行。"

"再问一个。"我让重音落在"一个"上。

"不可以。"猫拒绝得很干脆，"问题就像洪水，一旦放开闸门，就会把你淹没。"

"真的只问一个。"这次我让重音落在"真的"上。

"真的不行。"猫回答，"你太以自我为中心了，这样我们没法相处。"

一阵沉默。

柯西莫男爵——如果它是我的那只柯西莫男爵的话——从桌上坐起，冲我眨一下眼睛，嘴巴再次凑到吸管前面。看得出来，它对这罐啤酒是满意的。因为喝啤酒的时候，它的两个眼珠子骨碌碌转着像是进入一种非常自我的状态。

"再问一个，看在啤酒的分上。"我说。

我看着他。

"真是麻烦，让我先来几口。好吧，这是最后一个了。"

我深吸一口气，说道："真实与梦境之间，是否存在着一条界线？"

它模仿起黑色电影里金发女人常会展露的慵懒风情，眼睛斜瞟，一边小口抿着杯中物，一边不紧不慢半是随意半是诱惑地回答：

"亲爱的，那得看你喝了多少呀！"

说完，猫闭上眼睛，继续喝那罐现实的冰啤酒。

"别这样，柯西莫男爵！求你了，我们在进行严肃的谈话。"

"有多严肃？"它用回自己的声调，"你喝着威士忌，我喝着冰啤酒，这可真是够严肃的。"

"别这样，柯西莫男爵，别这样，"我听到自己说，"我现在很痛苦，不明白这是怎么一回事。告诉我，这一切都是真实的吗？"

"真实？"它的表情像在回忆一件很遥远的事，可它没想起来，只是做做样子。它说："什么是真实？你怎么定义真实？你定义的真实又如何证明其为真？"

我摇头，这样的问题从来没有答案。

"你追求的真实不过是洞穴壁上的影子罢了。"它说。这话听上去就像是在我的人生边上用红笔写下一个注脚。

接下去它用那种类似夏日湖面的平静眼神望向我。一直望到我的身体里去。我感觉就像身处一个梦中。

"就像处在一个梦里。"我说。

"谁的梦？"湖面的平静打破了，"你的？我的？还是什么人的？"

我不知道——我自然不知道，一切毫无现实感可言。

"干吗总往梦上扯。"它接过话头，换上一副大学教授的口吻，"这个时代的人们总是这么缺乏想象力吗？"它一字一句，"你干吗不换个思路，想象自己正处在一部小说之中，这样一切理解起来会更容易些——并且，从时间和空间上讲，更具可能性。"

我想了几秒钟。

"我不理解。"我说。

"多喝几杯就理解了。"

"这是一个现实世界，猫咪怎么能开口说话呢！"

"猫咪为什么就不能开口说话？！谁规定猫咪不许说话了？"

"这是一个梦。"我说。

"那你打算什么时候醒。"

"会醒的。"我说。

片刻的沉默。

我喝一口威士忌，劝慰自己不要太难过。你只是睡不着。只是太疲惫了。咬牙坚持。一切会回到正轨。

"为什么不去厨房给头上浇盆冷水试试，笨瓜！那句话怎么说来着，'上帝呀，这些凡人怎么都是十足的笨瓜！'"它学着戏剧演员的腔调，"是这么说来着吧？"

"是傻瓜。"

"什么？"

"是傻瓜，不是笨瓜。"

"有什么区别？"

"没区别。"我轻声说，像是自我回答。

"就是说嘛！"

一阵突如其来的沉默，柯西莫男爵嚼啜起了啤酒。我十指交叉平放在桌上，盯着手边的橡木花纹看。这张桌子有四米乘两米那么大，是这些年来我买过的最贵的东西。四边摆了十把椅子，可从没坐满过。我扭头看墙上的挂钟，时针就要指向上午9点。这是一只没有秒针的钟，黑色指针在白色表盘上缓缓移行，显得格外沉默。我将目光由表盘上收回。就在这时候，猫——还是用柯西莫男爵这个称呼吧——喝光了它的第一罐啤酒。它伸出舌头开始清理前爪的一个肉球,这用去不少时间。然后是另一个。花费了双倍时间。终于,它觉得自己干干净净了,从啤酒罐后面抬起头来。

"再来一罐。看在上帝和啤酒的分上,我告诉你是怎么回事。"

我为它打开第二罐冰啤酒。

"是月亮。"它喝一口啤酒说,"月亮的能量让猫咪开口说话。"

我在记忆中找出月亮的形象,结果是一大盒冰激凌,上面插着两把小弯匙。

"明白了?月亮洞悉一切,月亮无所不能。"

"所有的猫咪,还是只有你一只,"我说,"会说话?"

"嗯……呃……这个嘛……"

"怎么!"

"只要猫咪愿意学,就都学得会。"

"真这样?你不会骗人吧?"

它把眼睛瞪大到能代表无辜的程度,然后摇摇头。"猫咪从不说谎。"它说。

我点点头,让它说下去。

它忽然变得语重心长起来。"听我说,"它说,"语言没啥了不起,别把你们的语言太当回事儿。你要知道,语言有它到达不了的地方,我们想要表达的和我们能够表达的之间横着一条东非大裂谷呢。"

我点头。

"里面还住着50万只山地大猩猩,你见过山地大猩猩吗?"

我摇头。

"我也没有,你想见见吗?"

我继续摇头。

"你不想见见吗?"

"不想见,"我说,"请继续。"

"继续什么?"

"说下去。"

"猩猩吗?"

"不!语言、月亮、别的猫咪。"

"呃。"

它表现得就像真的忘了自己刚刚说过什么,不过很快它又想了起来,只用了不到半秒的时间。

"好吧,"它说,"既然如此,那么,我就来谈谈我的观点。"

看样子要长篇大论一番。

"请。"我说。

"说到底,语言这东西就不是个准确的玩意儿,或者说根本多余。你不觉得,每当我们想说点儿'什么',那个'什么'就立马失去了意义。当我们谈论某样事物越多,我们就失去这样事物越多。文字就更别提了,又兜了一个圈圈。还有——'我的语言的界限意味着我的世界的界限'这话说得不对，我们的语言的界限并不意味着我们的世界的界限，我们的世界还包括那些不能够被说出来的。"它舔舔嘴唇继续宣讲，"最重要的是：说话就需要词语，而词语让我们变得不自由。猫咪不需要语言和文字，猫咪活在一个更为真实的世界。这个对不对头，那个对不对味，鼻子会告诉我们的。或许，再加上一点点直觉。"

"这些都是月亮教给你的？"

"很高兴你能这样理解。"

我点点头。

"不过这些都是我看来的。"

"一次把话说完不好吗？"

"我不喜欢长句子。"

"哪里看来的？"

"一本小书。"

"什么书？"

"你怎么这么多问题。"

"请。"

"我一点儿没看错，你真是顽固。"

我不说话。

"塞弗特·弗里德里希公爵在《我们为什么要敲门，献给美丽的阿格尼丝小姐》一书中写道：真正的绅士不与人争辩，他们选择刀剑或是沉默。因为语言里不含有真理，有的只是符号的堆砌和道德上的偏见。此外书中还提到：如果语言不存在，世界是否还是现在这个样子，我们是否还是我们？当然，对于这个问题，公爵没有给出自己的答案。在最后一章最后一节，塞弗特·弗里德里希公爵含蓄地表示：在大多数时间里，语言是多余的。此书于1500年面世，直到1526年塞弗特·弗里德里希公爵在匈牙利去世，只印行了2000册。公爵本人终身未婚，没有子女，没有政治上的敌人。他的墓碑竖在荒凉的山坡上，上面只有一个生卒日期，没有浮雕，没有华美的词句，甚至连他的名字都被略去。别问我在哪里看到的这本书，你的问题太多了，我不会告诉你的。"

我点点头，却不清楚自己为什么要点头。

"塞弗特·弗里德里希公爵是什么人？"我问。

"一个死于肺病的德国贵族。"

"请接着讲。"我说。到这里，我渐渐习惯——或者说接受了——和一只猫对谈的现实。一个问题却在心里盘桓不去：贵族为什么总是死于肺病呢？我想了一会儿，或许，这也是没有办法的事，人总要死，死法并不重要。

"还想知道什么，请尽管问。拜你所赐，我已经是一只没有原则的猫啦。"

"每只猫咪都会说话吗？"

"不。"它啜口啤酒，"凡事皆有例外！不是所有猫咪都肯下这番功夫。我的很多同类认为掌握一门外语毫无必要，他们讨厌人类，讨厌人类的啰里啰唆和虚情假意，时间宁可用来睡觉。"

"然后呢？"

"没有然后，猫咪的价值观五花八门，说也说不清。"

"像个杂货铺。"

"是的。"它说，"这可是比喻？"

"算是吧。"我说。

"你很有才华呀！"说着，它做出一个称得上是目瞪口呆的表情。

我不点头，也不摇头（事实上，我不知该做出何种反应）。

"干吗像位妻子似的那么严肃？"

"柯西莫男爵，请告诉我，猫咪是怎样跟着月亮学习说话的。"

"你这个人呀，缺乏幽默感，问的问题也一本正经，像个生活的受害者。"

我喝一口酒，放下酒杯，学着猫之前的样子舔舔嘴唇，问："这是比喻？"

"勉强算。"它说。

"厉害！"我说。

猫的反应超乎我的预料——它开心坏了，差一点儿从餐桌上摔下去。我认为这对话里并没有值得一笑的东西，但它费了好大劲才稳住身子。

罢了，罢了，只是一只猫，我想。

"是这么回事……"它喝下一口啤酒，"月亮背面有个专门教授外语的短波电台。每晚8点，准时开播，月亮亲自主持，至第二天清晨结束，全年不休。记住，是每晚8点哦！"

我等它说下去。

"这段时间里，全世界热爱学习的猫咪，都会坐在自家窗台上打开熊猫牌收音机跟着月亮学外语。不过，这也是因为猫咪和月亮关系好，换作一匹斑马，月亮未必肯教。那玩意儿看着眼晕，月亮怕掉下来。"

白胡须停止了抖动，我喝一口杯中物，考虑了三秒钟。

"这不是真的。"我说。

我看向对面，一双绿幽幽的眼睛也在望着我。

"这不是真的。"我重复道。

"真假很重要吗？"它反问道。

一下子，房间恢复了先前那种安静。我摇了摇头——其实我想说"我不知道"。

我们默默坐着，安安稳稳地坐着。柯西莫男爵换上一副淡漠的表情。我变得不再严肃，默默喝我的"三得利"。没人提问，也没人打比方。一阵沉寂。漫长的几分钟。过了好一会儿，我去厨房给自己添酒。

就在这时，身后传来柯西莫男爵的叫喊，那声音听起来就像房间里刚发现了一个死人，可实际情况只是它喝光了它的啤酒。

"乖乖！啤酒没了！"听上去就像一个意外。

"再来一罐吗？"

我把威士忌酒瓶的瓶口对准台面上的玻璃杯。

"可以赊账吗?我忘了带信用卡。"

"不可以。"我说,"一切都是免费的。"我给自己倒了小半杯酒。

"我没在做梦吧?"

我摇头,不过像是摇给自己看的。我把打开的啤酒放在它的面前。

第九章
谈谈（下）

打开第三罐啤酒的时候，隔着厨房的小窗我看见上午的阳光已照上楼下的树梢，草坪上涂了层淡淡的金色。我举杯啜一口威士忌，返回桌边，坐下来。

"为寻常事物烦恼可真的是非常烦恼啊！猫开口说话又不是什么了不起的事，让咱们换个角度谈谈。"柯西莫男爵对我说。

"看在啤酒的分上？"我问。

"不，看在你中午要煮5号意大利面的分上。"

"我没说过要煮意大利面。"我说。

"我知道，可是你会煮的，对吗？"

"我不知道。"我说。

"我知道，但是你会煮的，对吗？"

"暂时没这个打算。"

"我知道，但你会煮的，对不对？"

"求你别说这个了行吗，说点儿别的，我会煮的。"

"你真的会煮,对吗?"它再次询问。

"是的。"我做出肯定答复。

"是5号的吗?"

"是5号的。"

"我喜欢5号。"

"我知道。"

"谢谢,你真体贴。"

"不客气。"我说。

我喝一口威士忌。第二杯威士忌让我放松下来。

"谈谈你说话的事好了。"我说。

"你还是有点儿严肃,不如我讲个笑话给你听好吗?"

"还是谈谈你说话的事好了。"

"哎呀呀!这一罐的味道跟上一罐一模一样呀!"

"你喜欢吗?"

"喜欢!我喜欢这个牌子,和我很对路子。"

"那就谈谈你说话的事。"

"求你别再说了,我知道,我会的,让我先来几口,因为接下来这段话会很长。"

我静静等着,喝一口杯里的威士忌,看看柯西莫男爵,然后再喝一口,然后再看它。这种感觉很不真实。明明不信一只猫能说话,却又在等它的解释。我将目光从柯西莫男爵身上移到它身前的三个猫牌五星啤酒罐上,三个啤酒罐以某种奇特又随意的方式摆列，让人不禁想起索尔兹伯里平原上的巨石阵。一直盯着它们看，你会感觉到一种类似命运的东西。这是啤酒罐的命运，也是巨石的命运。是谁创造了它们？目的又是为何？此时，我脑中闪过一个念头，我想象在另外一个世界里，几万年时光可能在柯西莫男爵喝三罐啤酒的时间里就飞逝而过了。那里没有人类和食肉动物，食草动物们以家庭为单位幸福地生活在一起。我正打算为出场的动物们列一个名单，一双绿眼睛从对面看了过来。

"你在想什么？"

"没什么，请继续。"

"嗯，总体上说来就是不确定性——或者说可能性。"

"可能性？"我说。

"对，可能性——"它稍作停顿，像是临时改了主意。

"不明白。"

"非常简单。"

我静静注视着它。

它接着说下去："塞弗特·弗里德里希公爵在他的第二本书也是最后一本书《二二得四》的序言里写道：屋外的树，头顶的星，当人们拆掉经验这幢房子时，世界是充满可能性的。今天不谈别的，只谈谈这最后一句——世界是充满可能性的。从认知和感觉上讲，这句话里面包含有一定的真理成分。我们可以说这句话表达的内容为真，这是一句真话。也是一句废话。谁不知道世界是充满可能性的？这无关经验，那是另一个话题，世界自体就充满着可能性。当然，塞弗特·弗里德里希公爵说这话的背景是16世纪初的欧洲。抛开这个时间上的限制不谈，有时候，'真的东西'未必有用。所以我刚才问你'真假有那么重要吗？'或许，'重要'这个词不应该被摆在真假之间，真和假不存在谁重要、谁不重要、谁更重要的问题。在一个更高层级上说，那是一回事。我知道很多人无法接受这样的观点，毕竟这是超越形而上的一种说法。让我们换个窗口看看，我们看到了什么？——一片混乱！在社会生活中人们往往需要一个'真'的概念，可问题的所在是：谁来定义'真'？由某个人定义？还是由某群人定义？事实上，每个个体对'真'都有一套自己的看法。于是，多年以后，人们创造了各自的上帝，然后视彼此为异端。这其中又有少部分人宣称不需要上帝，他们要的是酒肉、司机、天鹅绒手套还有挥舞鞭子的快感，或者说最好由他们来扮演上帝。让我们关上这扇窗，现在想想看，我们之间还缺什么？对了。我们还缺一个关于'真'的假设前提。如若不然，我们之间的交谈就进行不下去，不会有结果，也没有意义。如果你不反对，我现在就把你我持统一观点且无不明确地带的那部分称之为'真'。有问题吗？你可以提出自己的意见。好的，你没有意见，那我继续。'世界是充满可能性的'简直无须证明。你瞧，昨天你们还在树上摘果子，今天穿上裤子就把自己当成了这个星球的主人，而且，果子还被你们制成了果酱。你不觉得这是一件非常神奇的事吗，还有些莫名其妙——"

它停下来看我："我指的不是果酱。"

"我知道。"

"在目前看，人们较能广泛接受的'世界'这一理念，是科学、数学、逻辑和语言组构的。但这样的一个'世界'不是绝对的那个世界，这样的一个'世界'也只能这样了。那个词怎么说来着——'仅此而已'。'世界'能够说明的十分有限。让我们来做一个词语联想的小游戏，比如说：威士忌，你想到了什么？——苏格兰。然后呢？——联合王国。然后呢？——剑桥大学。然后呢？——我想到了史蒂芬·霍金，我喜欢这个可怜的人还有他的工作，除了思考他什么也不做。跟在这个天才后面的是宇宙大爆炸和黑洞，然后是——虫洞——蚁穴，接下来是蚂蚁——社会分工——阶级——贫富差距——法国大革命。哎呀呀！别忘了那句'我的上帝啊，难道他们就不能去吃面包皮醮酱吗！'——还有"何不食肉糜！"——诸如此类吧。那么，这是一个可以永远进行下去的游戏吗？不。想象一下，我们在虚空中拉起一条晾衣绳，把前面提到的以及没有提到的但能够被表述出来的全部挂上去，再把人们常说的'我能感觉得到''我能感受得到''但我说不出来'的'什么什么'也以某种想当然的方式挂上去。现在，就这一刻这一秒说，我们需要一条无限长的绳子吗？"

"不需要。"我说。

"没错！我们不需要一条无限长的绳子。因为每个个体所知是有限的，个体的数量有限，因此个体组成的总体所知也是有限的。当人们已知能知的事情、事实和事物，再加上那些'什么什么'的内容穷尽的时候，我们就来到了绳子的尽头。这个尽头就是'人类世界'的尽头，但不是世界的尽头。世界还存在其他可能性。我们都知道——虽然你们常常忘记这一点——世界不是围绕人类中心主义思想转动的，很多存在本身已超出了灵长目哺乳动物的经验和感知范畴，在你的意识之外，你又如何去定义它。你能亲吻一个你不认识的姑娘，但你能说出一个你不知道的句子吗？你不能，我也不能。说到底，世界不是人类文明的产物，人类只是在试着解释他们遇到的一切。到今天为止，人类掌握的或自认已经掌握的并不是这个世界的全部。是多少呢？关于这个问题，上帝同他的两位学生曾有过一次对话。那是一个和暖可人的春日午后，米开朗琪罗问上帝：'是三分之一吗？'上帝回答：'可能是也可能不是。'于是，米开朗琪罗感到很迷惑。达芬奇跟着说：'那是四分之一啰？'他看着上帝，上帝微笑不语，先是点点头，接着又摇摇头。于是，达芬奇也感到很迷惑。"

"你想表达什么？"

"其实，我们是无法真正认识更谈不上把握这个世界的。因为我们在这个世界之中，而不是在世界之外。我们是世界的一部分，不是吗？"

我点点头。

"可以吗？请允许我举一个不贴切但能说明一点儿情况的例子。好的，谢谢。你真是一个理想的谈话对象。好的——好的——我这就说下去。回忆一下，在梦里我们是不知道自己在做梦的，对吗？我们是梦的一部分。我们看不清自己正处在一个梦里。即便你能在空中飘浮，飞上云端，你看到玫瑰色的大地上遍布金色的谷仓，你当上了副市长，你和丽塔·海华丝脱光了抱在一起吃小甜饼，你也意识不到这是一个梦，你还以为这一切都是真的呢。只有醒来——唯有醒来，才知道那是一个梦。但有时，你不过是在另一个梦里醒来。嗯——这有点儿像俄罗斯套娃，我应该选择这些小可爱们来举例子。我是一只猫，喜欢这些小玩意儿，有空的时候我会为它们写一首诗。"

我静静等他说下去。

"你明白我的意思吗？"他问。

"我明白。"我说。

"我知道这让人伤感。我们看不清自己所在的这个世界，世界很可能不是我们想象的这个样子，世界也没有规定猫咪不许说话。"它发出一声轻微的叹息，"人类总想把世界确定下来，你们一个个伸出手指——这是红的，这是绿的，这是对的，这是错的，这个能发光，这个不能发光，这个是可以说话的，这个是不可以说话的……真的是这样吗，成功了吗？看我在做什么——"它停顿了一下，然后继续，"谈谈塞弗特·弗里德里希公爵，好吗？"

"当然。"我说。

"你看上去好多了，威士忌真是个好东西。"

我点头，表示赞同。

它喘口气："塞弗特·弗里德里希公爵是少有的那种道德能够

匹配其智识的人。有一点我可以保证，没有人比我更喜欢他。"

"你喜欢的东西很多，要不要我找个本子记下来。"

"开玩笑吗？"

"不。"我说。

它换上一副嫌弃的表情："我不喜欢装模作样的家伙，所有装模作样的家伙我都讨厌，我自己除外。我不喜欢睡觉张着嘴的女人，逞强好胜的男人，不给买糖就满地打滚的孩子。还有……"它舔舔嘴唇接着说道："我不喜欢很多东西。"

我不再接话，几秒钟的沉默。

一时间，俩人（猫）不再说话。我喝完杯中余下的威士忌，眼望墙上挂表，指针指向上午11点。谈话就要结束了吧，至少感觉上是这样，可房间里的现实感并没有增加多少。

少顷，它又开口：

"说实话，我不喜欢自己这副高谈阔论的样子。如果这是一本小说，读者怕是早就厌倦这种对话了吧。"

"怕会是这样，不过，我喜欢你说的这一切。"

"不知怎地，话题就扯远了。"

"不必抱歉。"

"这么说——你接受我开口说话的事实了。"

我想了想，答道："我想你会说，这是世界万千可能性中的一种，它发生了，就是这样。"

"的确，我是打算这么说的。"

我不点头,也不摇头。只放开手中的空玻璃杯,让它独自待在桌面上。

"你看上去有些难过。"

"没什么。"我说。

"我想给你讲一个故事。"

"什么样的故事?"

"下午讲好了,那可是一个说来话长的故事。"它说。

第十章
这一章的意义暂时还不明确

食材是现成的。我煮了意大利面,用平底锅加热自制的番茄肉酱,余下的放回冰箱。打开一袋干酪碎,准备好笊篱和两个直径24厘米的盘子。当直觉告知我"面差不多要好了"时,烹调计时器几乎同步响起。我知道这不是凑巧,也不是恰好。这是一个老套的说法,计时器和我很像一对心有默契的夫妻,我们过着普通的生活,度过了许多平凡的日子。计时器从不背叛我,而我也给予它充分的信任——计时器从不说谎!一个人若是说过太多谎话,到最后连打个喷嚏都不能令人信服——我把这一点奉为生活的某种教导,但我从不要求所有人都和我一样。毕竟,信仰的选择是自由的。

其实,我能在厨房构筑的成就远非如此。如果我愿意,我完全可以写一本电话号码簿那么厚的私人菜谱,用中英德西四文写作。菜谱的第一道菜是中式鸡蛋羹,最后一道菜是生吃变色龙。当然,少不了烤骆驼和油爆小河虾。只是现在,我缺少一份期待——

那种做任何事情时心中所怀有的美好憧憬，那种对明天早点儿到来的期盼。我失去了某些东西，因此我的菜谱总也写不完。我在我的生命里感觉到了一种极度的平庸，一种被注定的平庸。我把它作为理解了的现实接受下来。

我一手拿着笊篱，一手关闭炉火，一面想最后一次见到电话号码簿是在什么时候。那些电话号码簿——千千万万的电话号码簿，后来都去了哪里？算了，我把面条从刚刚平复下去的沸水中捞起，控水，然后装入盘中，同酱料一起端上桌。所谓命运的说法，大致如此。一个小职员变成一只大甲虫这样的事也是有的。我们坐在餐桌前开始吃面条。

接下来是一个安静明亮的下午。

第十一章
一个安静明亮的下午

我把吃了一半的意大利面推到一边，什么也不想，只是靠在椅背上。几分钟后，我抬眼看墙上的挂钟：12点整。

"怎么，胃口不佳？"柯西莫男爵问。

"我吃不下去。"我说。

"是因为我吗？"它接着问。

"不是。"

"那就好。把剩下的给我好吗？"

"我可以为你再煮一份。"

"我不介意，请把盘子递给我，快一点儿。"

餐桌太大了，我不得不站起来，走到柯西莫男爵面前把盘子递给它。

"谢谢，你真是一个好人。这手艺值得去开一家面馆，你为什么不去开一家面馆。"

"世上的面馆已经足够多了。"我说。

"可你煮的面跟别处的不同，我在其中品尝到了一份孤独和绝望的味道。"

"有教养的孩子吃饭时不说话！"

"教养，不，咱们不需要教养，你和我都不需要。咱们需要的是家庭氛围，一个幸福的家庭从来不会安安静静地吃完一顿饭。"

我默然。

"干吗不把冷气打开，给此刻来点儿家庭氛围？"

我打开冷气机。

"再有一台开着的电视就完美了。"

"我从不看电视。"我说。

"我也不看，里面全是骗子。我是说——你懂我的意思，对吧？"

"我懂。"

"这面条真好吃。"

"谢谢。"

"我们再喝杯酒好吗？"

"当然。"

"我有个问题要问。"

"请说。"

"为什么每个房间都要挂块钟？"

"这很难解释。"

"明白。"

"真明白？"

"幸好我是一只猫，时间对我来说什么也不是。"

我点头，问："你可有睡不着觉的时候？"

"没有。"它回答得很干脆！

"是不是世上所有的猫都不会失眠？"

"不，我见过整日整夜醒着的猫咪。"

"总有例外对吧？你说的。"

它不语。时间过去了三秒钟。

"说点儿别的吧，这件事说起来有些残酷。"它说，眼中闪过片刻的悲哀。

"好，"我说，"说点儿别的。"

"对，说点儿别的。"

"你想吃黄桃罐头吗？"

"想。"

我们谈了会儿食物的话题，又说了点儿别的。柯西莫男爵告诉我，所有的猫粮无论昂贵或廉价，都散发着不真诚的味道。我跟它提起最近热映的一部根据畅销小说改编的电影，它表示没时间去看也不屑去看。这时我才知道猫咪是不读《巴黎评论》和《电影手册》的。

"受不了太热闹的玩意儿，我是只老派的猫咪。"它将最后一根面条吸入口中，"有诚意的作品、真正的作品相当匮乏，人们只热衷于自说自话、评论、否定别人，全是废话。"

"你是说——"

"我是说，人们把时间全花在打量他人的生活并发表平庸看法上了，压根没时间去思考。仅有的那点儿工夫你们还要吃饭，对，吃饭，吃饭，你们不停地吃，还有睡，过马路，挤地铁，去银行排队，补税，还要吸食商品鸦片——见了鬼了，我为什么要跟你说这些！一提起这些我就受不了，咱们还是说点儿别的吧。我落伍了，落在后面了。我滑稽的舞步已踩不准时代的拍子了。我三岁了，是只老猫咪了。对——说点儿别的！"

我们又闲聊了几句，便停止了交谈。我将桌上的杯盘送去厨房。午后安安静静，四周光线充足。我在厨房停伫了片刻，等转身回来，柯西莫男爵不见了。餐桌上空无一物。

我试着呼唤它的名字。

"笨瓜，来这里！"一个干干净净的小脑袋从起居间的沙发后面闪出来。

我走过去，在它身边坐下。它开始给我讲一个西班牙铁匠的故事。

*

"这是一个老套的故事。"柯西莫男爵说，"但值得一听。"

的确，这是一个老套的故事——很久很久以前的塞维利亚，厄运降临到一对年轻的恋人身上：谦卑的铁匠爱上了同城的富家小姐。

"自然，我们的富家小姐也以满腔的爱回报着铁匠，并暗中发誓，非此男子不嫁。"柯西莫男爵说。

我点点头，表示赞许。

"但正如善良的人们所担心的那样，"柯西莫男爵讲道，"两颗炽热的心日夜思念着彼此却难得相聚一次。富家小姐的双亲意识到问题已经偏离了他们对世界原本的理解，于是，这对塞维利亚城声名最显赫、最受人尊敬的夫妇做了一个冷酷的决定：从此不允许女儿踏出自家那两扇金色的大门半步——在女孩出嫁之前。诗人曾这样诵叹：'涉世未深的年轻人啊，请做好准备，因为有一天你们也会来到这只有金钱与权势才填得平的深壑边上！'

"铁匠出身卑微，和塞维利亚城所有出身卑微的铁匠一样——在一个个挥汗如雨的日子里，他们用手中的工具不停敲打着那些坚硬的金属，以此获得填饱肚子的食物和长夜里的安眠。铁匠年轻，英俊，对未来充满期待与信任。西班牙的阳光慷慨地照向瓜达尔基维尔河两岸，影子在紫色的土地上长短变换——一天天过去了。

"然后又是一天天。

"锤子敲击铁块，发出砰砰声响，震颤着一个年轻的、纯洁的、渴望去爱的灵魂。不知从哪一天开始，女孩的身影占据了铁匠工作的地方的每一寸空间，一张稚气没有完全褪去的面庞在他的眼前一遍遍浮现，她仿佛在同他说话。——噢，多么可爱的褐发女孩！多么漂亮的鼻子！多么可爱的眼睛！往日的情话又回响在铁匠的耳边，握着铁锤的手此刻正在颤抖，一颗年轻不谙世事的心再也承受不了这漫长无望的等待。

"一个星期天的早上。参加主日弥撒的人们看见铁匠穿上了他最好、最干净、最体面的衣服，夹在散去的人群中间走出教堂。他没有回去工作，而是朝城中方向走去。他们都知道他要去做什么。他请求女孩的父母——那对全城最尊贵的夫妇能与他见上一面，他想同他们谈一谈自己跟他们女儿的婚事。就像认识铁匠的人所不希望看到的那样：铁匠没能见上女孩的父母，他们拒绝了这位年轻人的请求。竖满尖塔的高墙把铁匠拦在了外面，两扇冷漠的大门也不曾为他打开半寸。太阳高升，我们的年轻人在那两扇嵌满了盛开的花朵却紧闭着的金色大门外面站了几个钟头后，离开了。

"铁匠去买来一只信鸽。男孩和女孩开始在一卷卷窄小的纸条上书写他们的爱情。可现实情况是：他们找不到合适的词来表达他们想说出的一切。没有一个词是恰当的，甚至连接近都谈不上。无奈，男孩和女孩选择了那些最为大家熟知、最普通的句子。那几句被千万人说过、被世世代代的人说过、在某个甜蜜的角落里你随时可能听到的话，被蘸了相思的羽毛一次次重复着——他们希望通过叠砌和数量来获得真实的效果、坦白自己的心。'痛苦，或许这个词是对的，最能接近我想说的！爱你的……'女孩在给男孩的一封信中这样写道。

"整个春天，鸽子在城市上空往返，飞过高墙，停落到心上人的窗前。女孩解下缚在鸽腿上的信筒，旋开盖子，取出里面的字条，再放一封写好的短信进去，然后，鸽子扇动双翅，飞向铁匠铺所在的城区一角……这样的日子一直持续到春天结束。

"坏消息传来是在一个4月的午后，铁匠一直担心却从未在信中提及的那类事情还是发生了——他未来的妻子就要在6月的最后一个星期日嫁给斐迪南多六世的一位远亲，这是女孩的父母费心尽责的结果。——女儿已经18岁了，该找个无忧的乐园盛放她那颗不安分的心了。当然呀，任何人都看得出来这门婚事中所包含的现实性考量。西班牙有句俗语，'国王的穷亲戚胜过铁匠的好手艺'。城中居民大多同情铁匠的遭遇，又对这门亲事抱有好感。毕竟，门当户对的嫁娶总让人觉得是上帝的安排。

"得知这个消息后，富家小姐表现得可谓镇定。她知道，一条清楚的人生道路将在她面前展开，那就是：她再也见不到铁匠了，她将在她的余生永远失去铁匠。在这件事情上，富家小姐表现出与她的年龄极不相称的成熟和理性——没有人知道她在想什么，她表现出来的一切就像是一个待嫁新娘所应该表现的那样。动身去马德里的前一天，女孩编了一个模棱两可的理由骗过了对她已放松戒备的父母。她换上平民的服装来到街上，衣服是提前准备好的，绕远道找到铁匠。'我是那么想你……你不知道我有多想你……我受不了了，见不到你的日子我一分钟也过不下去。'女孩急切切把唇贴上铁匠的嘴。'我们得离开这儿，'女孩又一次吻住男孩，'你愿意跟我一起离开这儿吗？'女孩继续亲吻男孩，

'现在就走。'她动情地望着他。年轻的铁匠面对这不真实的一刻——他们差不多有6个月没有见面了——没有犹豫,炉里的炭还在燃烧,铁匠丢掉手中的锤子,和女孩一起走去城外。

"他们不曾考虑接下去要用什么填饱肚子。对不起,我渴了,请帮我倒杯水好吗?"

我给柯西莫男爵端来一杯水,它喝完后接着讲下去:"通常在此类情节中,女孩离家前总会带上尽可能多的金钱珠宝,塞进一个小包包里面。但是这个女孩没有,具体原因不得而知。于是问题就来了:他们没钱雇马车。这是问题的所在——当天下午,一支由佣人和地方法务人员组成的12人队伍,在距塞维利亚城东南方向25公里处的一片栎树林里发现了他们。当时他们正在休息,正在考虑人生的下一步。他们并不觉得疲乏,虽然走了那么远的路,直到14匹阿拉伯快马出现在他们眼前。两位年轻人被带回了塞维利亚城。日落之前,地方行政长官亲自(他一直在关注此事进展,伺机出一份力)宣读了对铁匠的判决:男孩被驱逐出城,余生不得回此地。即刻执行!据说大法官是依据一条谁也没见过的律法做出裁断的。

"回到城里,女孩的表现出乎所有人的意料。她冷静得就像在花园里散步,脸上是一副超然的表情。她像个粗野的姑娘那样从马上翻身下来,缓缓走了几步,然后猛转身朝铁匠这边看了一眼。那是不寻常的一望,满含深情,以致在很久以后的某些时刻铁匠还是会一次次想起来。是呀,很多人一生也未曾见过那样的一双眼睛。坚决、无助、热烈。女孩跟在父母身边一语不发地回家去了。

"傍晚时分，一个贴身佣人将铁匠离城的消息告诉了她。女孩的反应可以说是冷淡的，让这位看着她长大的老女佣深感不安。随即女孩问道：'什么时候开饭？'女佣说：'现在就可以。'第二天是去马德里的日子，女孩和她的双亲一起用过晚饭后，没有交谈，就在佣人的安排下早早回房休息了。那对夫妇又在餐桌前坐了会儿，说了几句话，两颗悬着的心算是安放下来。这天夜里大家都睡得很早，静静等待明日到来。此时的铁匠，已回到白天14匹快马现身的地方，正靠坐一棵大树下面。他在等待天亮，以便继续赶路。

"第二天早上，约莫5点钟。女孩家的另一个佣人敲响了自家小姐的房门。门没有上锁，佣人推门进去，发现小姐不在床上。她转去浴室，浴室的门紧紧闭着。一丝恐惧掠过她的心头，她隐约感到有不好的事情发生了。'但愿不是如此！''但愿不是如此！''但愿不是如此！'她一面祈祷一面在自己胸前划着十字，伸出手，推开浴室的门，看见自家小姐正躺在冰冷的大理石地板上，身体也如大理石那般冰冷——有些事在她来到之前就已发生了。

"女孩是服毒身亡的。据传，马德里的那位公子哥为此还流下了几滴眼泪。至于毒药的来源，故事里没有交代。总之她死了。只留下那对塞维利亚城名声最好、最洁身自爱的夫妇在金色的大门后面抱头痛哭。他们为失去唯一的孩子而悲伤，为所犯下的错误而悔恨。'无知是罪！'一段时间后时任教区大主教的一位神父这样说道,并请求神的宽恕。后来人们知道,是一个路边的无赖为了30个西班牙银币出卖了铁匠和女孩。——这样的人哪里都有,卑鄙的人四处都是。认出女孩的并不止他一个。只是其他人看到了爱的可能,并送上祝福,而他只看到了吃喝。女孩的死讯是在第二天通过一个贩运牲口的人之口传到铁匠那里的,那时他正走在去往奥尔韦拉的路上。他迎着耀目的阳光停住脚步,用了很长时间才理解了这噩耗所表述的意思:女孩已死,无可挽回!他明白了这一切,即刻转身往回走。当天晚些时候,铁匠回到了那片两人曾相依而坐的栎树林。他在树林里哭了整整一夜。他想到是他不切实际的奢望造成了这个结局,他想到女孩望他的最后一眼。一切都失去了。一切都不在了。第二天一早太阳升起的时候,他离开了那片树林。一段塞维利亚城的往事就此落幕:爱情消散,鸽子停在窗前等候主人的喂食,告密者永无宁日,铁匠永别故乡。"

柯西莫男爵停止了他的讲述,这时房间停留在一种特别的安静之中。

"结束了?"我问。

"没有,不过后面就乏味多了。无关于爱的故事都不是好故事。"柯西莫男爵说。

"请你讲下去好吗?"

"如果你想听的话——"

"我想听。"我说。

"好的。故事的后半段从'铁匠从此就像变成了另外一个人'

开始:他先是去了奥尔韦拉,那里的居民不欢迎他——那里的居民不欢迎任何人。铁匠又去了附近另一个城镇,名字我忘了,那里也不是他的容身之所。没有办法,铁匠就继续朝着东南方向走,并想方设法填饱肚子。一个半月后,他来到了马拉加:一座濒临地中海的港口城市。他先是在本地一艘商船上干起了清洗甲板的工作,这一时期的他变成了一个纯粹的苦力,他已不再去想死去的女孩,他不能去想,他无法承受想念的苦楚。就这样,铁匠什么也不想,整日看着横渡大西洋的贸易船只在这里停靠,卸下货物,装满货物,然后离开。一大帮水手讲着下流话,醉倒在自己的呕吐物里。你知道,就是果子酒什么的。后来,铁匠所在的商船也出海了。人们或许会问,他为什么没有想到去死。他忘了死是覆盖人世间一切痛苦和思虑的毯子了吗?不,铁匠没有忘。或许是因为信仰的缘故吧,也许是因为别的,总之铁匠没有选择死,他选择了努力工作。他是整艘船上起得最早的人。有时他根本不睡。在每个清晨和深夜,他独自一人忘我地擦洗每一片甲板,把整个船拾掇得干净如初。就这样,那年夏天,人们总能看到一艘闪着亮光的大帆船行驶在北大西洋的碧水之中。想想看,多美呀,谁不喜欢这样的大帆船,可以说这是一个时代的美丽侧影。然而铁匠并不在意这些,他把自己置身于他所处的那个时代之外。他的生活里没有寄托,没有恐惧,没有秘密,什么也没有。没有人知道他在想什么。铁匠是一个无谓的存在。几乎没人见过他开口说话。"

"这是一个可怜的人。"我说。

"真他妈的可怜！可怜蛋！"柯西莫男爵说。

"他在自责。"我说。

"可好运从不眷顾这样的人，有时候这类事情会冲击到你的道德观念。还是说回铁匠吧，某些事只能交给上帝裁决。"

"你似乎触到了痛苦的根源。"我说。

柯西莫男爵接着说：

"1720年9月的一天，这艘名为'甜蜜公主'号的三桅商船在近加勒比海的一片水域遭遇了海盗的袭击。货物被劫掠一空，船长带着十几名枪手拼死抵抗，直到海盗头子砍下了其中一个人的头颅——自然是船长的。大多数船员忙着跳海逃生去了，只有铁匠像个局外人一般坐在甲板上平静地看着'甜蜜公主'号的主桅杆被炮弹击中，折断，倾倒。就在桅杆砸向铁匠的一瞬，一双陌生的大手（海盗的手）从后面抓起了他。炮声继续在耳边震荡，不到一个小时，拥有全欧洲最干净、最漂亮船甲板的'甜蜜公主'号回到了大海母亲的怀抱。一段新的旅程开始了。

"几名没有勇气跳海的船员和铁匠一起被带上了海盗船，在这儿铁匠得到了一份新工作，他干起了老本行：铁匠。

"因为某种难以得知的原因，这段时间铁匠总是不由自主地想起死去的女孩。铁匠控制不了自己，对爱人的思念深深缠住了他的心。他只得依从旧法，努力用工作来抵消部分痛苦。的确，如果你有在海上漂泊的经历，你就知道往事和那些过去的人对你意味着什么。差不多八周过后，铁匠因为出色的工作被调派到'皇家幸福'号上,成了巴沙洛缪·罗伯茨——就是人们常说的'黑色准男爵'的贴身铁匠。巴沙洛缪·罗伯茨本人是一名冷兵器爱好者,拥有独到的个人品位。他格外欣赏铁匠的手艺,对经铁匠之手的每件兵刃都赞誉有加。不过,这并未给铁匠的人生带来改变,反而很快地手艺也离铁匠去了。在一次海战中,英国舰队射来的一丸炮弹击中了'皇家幸福'号,恰巧在铁匠近旁炸开,铁匠失去了他的右臂。更为不幸的是,他活了下来。等身体康复后,巴沙洛缪·罗伯茨给了这个寡言少语的独臂年轻人一间位于舱底的屋子和几十本研究炼金术的古籍。这样做是因为他认准铁匠是一个认真的人,同时也是怜悯这个失去了手艺的年轻人。谁也不曾想到,连罗伯茨本人也没有想到——这时候的巴沙洛缪·罗伯茨只热衷于掠夺现实中的金子,对存在于传说与虚幻里的黄金无论如何提不起半点儿兴趣,以至于后来铁匠在那间常年点蜡的小屋子里,在那些散发着霉味与神秘的图形和文字之间发现了真理的时候,他惊讶得有两天没说一句话。

"真理现身是在一个满月之夜。那晚铁匠走出小屋,走上甲板,在月光下静静站了两个小时。命运的不公正就体现在这里,掌管命运的神缺乏基本的同情。——两天后,死亡带走了他。"

说到这里柯西莫男爵陷入了沉思,它像是去了一个很远的地方,然后又花了一点点时间从那里赶回来,接着继续它的讲述:

"如果没有记错的话,那是1722年,1722年2月10日,清晨,海面上飘着湿冷的薄雾,'皇家幸福'号的身影突然出现在英国皇家海军'皇家燕子'号的视野里。20分钟后,一块弹片划破了巴沙洛缪·罗伯茨的喉管。他倒在甲板上,当场毙命。海盗全面溃败。这次海战中(英国人追踪巴沙洛缪·罗伯茨已达10个月之久)大部分海盗葬身炮火,铁匠跟着一块儿死了。实心炮弹击穿了舱底,海水涌进来,铁匠和他的痛苦、回忆、孤独、绝望还有爱情,和'皇家幸福'号一起,沉入大海深处。

"铁匠死时只有21岁。皇家海军击毙了几乎所有海盗,只留下少数幸存者。他们其中的一个借助一只自海底浮上来的橡木柜子,在茫茫海上漂流了三天,最后上了岸。幸存者曾拉开木柜抽屉寻找食物,却在里面发现了一坨黑乎乎泛着黄绿色光泽的东西,就像一块正在腐烂的石头。毫无疑问,这只柜子是铁匠的。这个交了好运的家伙什么也没干——只是躺着晒了三天太阳——就得到了死去的铁匠的遗作:一块大金子!这个交了好运的家伙——我们就管他叫加西亚吧,加西亚当时可不这么想。之所以没扔掉那坨丑东西,用他自己的话说,是因为饿得实在没有力气啦。"

柯西莫男爵飞快地舔了舔嘴唇,继续说道:

"自此,加西亚的双脚踏上了美洲大陆。他改了名字,做过许多工作。就这样,30年光阴过去了。他先后娶过两个女人,又离了两次婚。他已经是一个55岁不老又不年轻的异乡人了。一天下午,他躺在藤椅上做了一个奇怪的梦,醒来后发觉脸上有泪水,就动了返乡的念头。他本就是西班牙人,因为无可奈何的缘故才做了海盗。没有人天生愿去做海盗,这一点我是相信的。他在藤椅上反复沉入梦中。'我要回到西班牙,'他想,'那里是我的故乡。'启程前的最后一个晚上,加西亚打开那只救过他性命的橡木柜子,从里面捧出那块大石头——他是这么称呼它的。石头已不像30年前那般丑陋,在雾气茫茫的月光下,散发着幽微的金色光芒。过去的30年,这东西一直隐匿于柜中的黑暗里,几乎被加西亚彻底遗忘了。现在他瞧着它,看了半天,决定带上石头和柜子一起返回西班牙。

"加西亚搭乘一艘商船在5月回到西班牙。先是在马拉加的低档旅馆住了一周,然后便直接乘马车回了塞维利亚,那是他父亲、祖父和其他族人出生的地方。自然,他也是塞维利亚人,对此地有一种说不出的感情,即便现实情况是,出于家庭生计的原因,他在很小的时候就被父亲带离了那里。不过,对他来说,更为现实的问题是:一处住所和一份工作。加西亚用去积蓄的一半在城里买下一间小房,剩下的一半提醒他,还不能去过那种天天晒太阳、扳着指头数算着下顿吃什么的日子。老加西亚是个明白人,他打算贿赂地方长官,用的正是铁匠留下的那块说石头不是石头,说金子不是金子,但放在日光下跟黄金没两样的玩意儿。地方长官在宫廷里供过职,也不曾见过这样的稀罕物。他收下了,给了加西亚一份政务部门的闲差,收入不多,却足以让老加西亚安享余年。

"那块大金子——我喜欢这样称呼它。新鲜劲儿一过,就被地方长官打入冷宫,丢到家里一处不起眼的角落。如此,遗落的命运在它的生命中延续。日头升起，日头落下。风往南刮，又向北转——地方长官撒手人寰。这个男人临死前痛苦万分，沐浴和冰薄荷酒不能使他好过一丁点儿。终于，在8月份一个炎热的早晨，某个人来到他的身边带走了他。那天，地方长官的第二个儿子（第一个夭折了）费尔南德斯发现家里的一盆天竺葵不知在什么时候干萎了。葬礼隔一天后在本地的大教堂举行，加西亚来了。他看见费尔南德斯走在送葬行列的前头，脸上是一副茫然若失的表情，仿佛在刚刚过去的那个无眠的夜里，这个黑头发的年轻人发现自己已不再是某个繁华世界的宠儿了，而一时难以接受。他的母亲、妻子和孩子紧跟在他身边，个个表情都同费尔南德斯那般——简直可以说是一模一样。加西亚低下头在心中念了一遍《圣母经》，在胸前画了一个十字。这时天空飘起了细雨。不知道这是不是一个巧合，反正空中飘起细雨，太阳却照常悬在人们头顶。没有云也没有风。老加西亚和费尔南德斯两人几乎是同时抬头望向晴空。老加西亚想起了多年以前在海上，他独自漂流了三日的旧事，正是第二天午后的一场晴空大雨，给了他延续生命的淡水，才得以存活下来。此后很长一段时间，尤其在他回到西班牙后，这位老人经常梦见风暴。在夜里，风暴掀翻了他的小船，他从床上落入水中，在巨浪间挣扎，一只从海底浮上来的柜子托住了他，把他带向命运的未知。老人曾不止一次在梦中看到年轻的自己像只死去的鸟那样垂卧在铁匠留下的橡木柜上随波浪起伏，忍受太阳的试探和考验。现在，几滴雨打湿了老加西亚的嘴唇，他的思绪由过去返回现实。'就像是那一天。'他喃喃道。而此时的费尔南德斯，从他的神态我们可以看出这位年轻人是想找出那片落雨的云彩。很遗憾，他的愿望落了空——刺目的白光使他不得不闭起了双眼。这样的白光很多年以前年轻的加西亚在海上也曾见过——白光过后，大雨便从天降下。费尔南德斯失落地垂下头，可怜他这时还不知道几年后同样一个下着雨的午后要有更为不幸的事降临到他的身上。现在他望着草地中央那个早已打开的缺口，周围一片寂静，分别的时候到了。他抬起头，睁开红肿的眼睛。有那么一会儿，一个石榴在他的记忆里摇晃。他看见父亲的木棺正由四根粗绳缒着一寸寸沉向泥土深处，他不能抑制心中的悲痛，哭出声来。哭声吸引了边上两个孩子的注意，她们仰头看见父亲悲伤的面孔，虽不到能够明白'死亡'是怎么回事的年纪，也不由得抓紧了身边母亲的手。她们的母亲沉默不语。祖母则在一旁不住地抹眼泪。这位夫人明白，在以后的岁月里，在她不可避免地又一次从午夜的梦中惊醒时，身边不会再有人来安慰她。费尔南德斯伸出一只手，想搀住他的母亲，或是什么别的东西。这一幕使在场的很多人动了真情，流了眼泪，想了许多。老加西亚的眼角不禁湿润起来。雨在这时停了，人们听到下面传来一声闷响，接着绳子被轻轻拉了上来，像是怕惊扰到什么，费尔南德斯收回了那只伸出的手臂，葬礼在一种恰如其分的哀伤肃穆中完成了——老加西亚在胸前划了一个十字。

"接下去的几天，费尔南德斯坐在自家饭厅面对平日里爱吃的小马铃薯炖兔肉没有半点儿食欲。他回想起自己和父亲的过往点滴，父亲对他的教诲和期待，父亲在他小的时候是怎样把他扛在肩头让他伸手去摘树上的石榴。的确，如果没有父亲的帮助（主要是金钱和智慧方面），费尔南德斯很难在35岁的时候取得与年龄相称的成就。故事讲到这里，执笔人另辟一个篇章，单独追溯了塞维利亚过去20年间的内河航运和贸易发展史。正是在这期间，费尔南德斯的父亲帮助费尔南德斯变戏法般拥有了庞大的船队和买卖网络，家族的生意遍布安达卢西亚全境。当地人传言，费尔南德斯家有几间宽敞的地下室是专门用来堆放金币的。这么说，自然有些夸张。但总的来说，他们是富有的。而富有本身不是坏事，贫穷更容易衍生罪恶！一个公正的时代应该致力于让每个人都能通过劳动变得富有。这是社会评论的范畴，执笔人写下几句便就此打住。故事又回到费尔南德斯这里，在新的一章的开头，执笔人这样写道：

"费尔南德斯坐在餐桌前，沉浸在过去的回忆里，一个晚上又一个晚上。对父亲他没有任何抱怨，唯一令他不能释怀的是，如今——父亲死后，人们在谈论他的时候仍在沿用一个旧称谓：地方长官的儿子。这让坐在饭桌前的费尔南德斯甚至开始讨厌起已经吃了20年的小马铃薯炖兔肉。他的母亲大惑不解，是自己的厨艺退步了吗？这位年迈的妇人想。她吃惊地看着儿子松开了抓着勺子的手，起身离开了饭厅。

"费尔南德斯漫步在泉水淙淙的庭院里，想着要如何成为自己。他思索着。

"他做到了。

"最初的3个月,费尔南德斯按兵不动,只是去瓜达尔基维尔河两岸重要的城镇走了一遭,跟各地商家、船家聚在一起吃喝戏耍(统统由好客的费尔南德斯大人买单)。从这些人口中,费尔南德斯了解到本国内河航运一直存在的诸多问题的根源和一些对他日后发展壮大自家船队大有帮助的民间智慧。返回家中,费尔南德斯闭门谢客,一个月的时间,他将自己囚禁在父亲生前的书房里,彻夜苦思,勾画出一个完美计划。他的想法是用入股加少量现金的形式,拉拢那些散户船家入伙,收编到自己旗下,使用统一的名号,由他统一调度。这样一来,瓜达尔基维尔河面上游走的船只有一半归他们家支配,他成了这条河运线上的大财东。这是第一步。第二步,费尔南德斯利用这项事业产生的影响力把从阿拉伯人那里搞来的稀缺货色卖到了马德里和其他几个重要城市,并因此结识一批达官贵人和商贾富豪。后来,一次特殊的机缘,费尔南德斯看准时机将自家船队和遍及安达卢西亚全境的买卖,全部转手给了一个马德里贵族,换来15艘海运帆船,正式进军了海运业。同年,费尔南德斯的帆船数量增加到20艘。第二年他又购买了5艘。此外,他开始通过代理人投资海外殖民地。

"费尔南德斯又重新喜欢上了小马铃薯炖兔肉。他坐在饭厅一边品尝着鲜嫩的兔肉,一边构想下一步的计划。到这一年夏天为止,他的人生可说是一帆风顺,用'万事如意'来形容也不为过。尤其在当下这个阶段,费尔南德斯隐约感觉自己进入了一种状态——一种难以言说的理想化的状态,他仿佛掌握了打开人生的正确窍门,手里有一把看不见的隐形钥匙。而这样的珍物上帝只许给了少数几人。他很幸运,是其中一个。这个错觉让费尔南德斯在那年的10月份做出一个足以颠倒命运的决定。或许他的内心深处,一直有一个隐蔽的欲望,他渴望见证神迹。

"然而,海上骤起的一场风暴夺走了一切。——那是一次赌博式的商业冒险,为了采购装满船舱的紧俏商品,费尔南德斯抵押了家中所有能够称得上资产的东西。他既是这批货物的主人,又是这批货物的承运人。所有风险他一人承担,所有利润他一人独享。25艘三桅大帆船满载着有钱人推崇的各式玩意儿前往对面的新大陆。与此同时,饭桌前的费尔南德斯嘴唇颤抖,口中反复低语:'只要半个月……只要半个月……'这话的意思是说,只消半个月他便可自称塞维利亚城最富有的人了。甚至说,在整个西班牙——除了国王——都难有人与其比肩。

"得知船队失踪的消息,从下着雨的那个午后算起,费尔南德斯有两天没吃任何东西。不多久,海外代理人的信寄到,殖民地的投资全部折了本。费尔南德斯无动于衷,甚至没把信全部读完。那双乌黑又深沉的眼睛里再见不到往昔的光彩。这个男人躺在家中的一张软榻上,从此不再过问任何事,前后反差之大令人震惊。

"到了这年冬天,费尔南德斯面前的饭桌上已没有了可口的小面包,更别提小马铃薯炖兔肉啦。他生平第一次意识到:我需要钱!就在这时,他想起了父亲临终前把他叫到身边说过的两句话:一句是'要保守,凡事因循旧法';一句是'遇逆境,谋公职安度余生'。为了能再次吃上小马铃薯炖兔肉，一个主日的早晨，费尔南德斯叫来家中最后一个仆人吩咐清点家资。

"'去找找看，还有什么值钱的东西。'费尔南德斯说。

"仆人照他的吩咐在每个房间里转了一圈，回来告诉他：'家里只剩这个了。'

"仆人手中托着的正是加西亚当年送给费尔南德斯父亲的那块——这名仆人不知道该怎么称呼它。

"'就当它是金子吧！'费尔南德斯懒得考虑，从身后抓过一张图纸拍到仆人胸前，'去，照这个样子……'话只说了一半，等仆人离开后，他朝庭院里望了望——至于看见了什么，没人知道。他又在软榻上躺下，不多会儿，就进入了梦乡。——你猜图纸上画的是什么？"

我摇摇头。

"一顶狩猎头盔。——费尔南德斯想请人照图上的样式打造一顶金头盔，献给当时的国王卡洛斯三世。马德里的一位远亲正好可以帮忙引荐。他从这位亲戚处了解到卡洛斯三世有狩猎的喜好，希望可以靠这层关系为自己在宫里随便哪个部门谋一份闲职，就像父亲当年进入宫廷供职一样。在给引荐人的信中，他写道：我没有别的要求，但请务必跟这个世界上最开明的君主提一下，本人的父亲曾服务这个国家多年，现在，本人亦十分愿意继续这份无上的荣耀，且此生无怨无悔。卡洛斯三世收下了这件礼物，给了费尔南德斯一份吃皇家饭的活儿——他被派往海外殖民地做了一名低阶军官。第二年，也就是1762年，地点是古巴，费尔南德斯死于和英军的一次小规模交火。——一颗流弹射穿了他的右眼。

"这里我要指出一点，非常有必要的一点：铁匠留下的那块东西，经过熔铸，变成一顶狩猎头盔时，发出了真正金子般的光芒。没有人会相信，这顶亮闪闪的头盔是由黄金以外的材质打造的。简直不可思议！"

"他的妻子呢，还有两个孩子？"我问。

"别着急！费尔南德斯死后，他的母亲、妻子还有两个女儿开了个小小的家庭会议，辞退了家中最后一名仆人，然后把荫庇了费尔南德斯家三代人的大宅卖掉，搬到普通人住的小房子里去了。卖掉祖宅那笔钱足够孩子们长大成人。再说，她们的母亲也会出门工作，这个你不用担心。让我说下去，故事正在走向尾声。"

"抱歉，请继续。"我说。

"谢谢。让我想一想……那是1779年，北美独立战争打响的第四年，西班牙卷了进来。卡洛斯三世正式对英国宣战——是再次，他之前已经败过一次啦。不过这不是我要说的，我要说的可比这个有趣多了。"

"请。"

"那会儿卡洛斯三世身边有个叫戈麦斯的大臣，是个工于心计的家伙，一个见风使舵的好手。西班牙对英开战后没几天，他竟在宫里搞起了募捐，名义上是为了国家，实则是拍卡洛斯三世的马屁。大臣们见机纷纷解囊，国王自然也要有所表示。于是，卡洛斯三世就将费尔南德斯献给他的金头盔送去造币厂，铸成了21枚西班牙金币，此事才不了了之。不过这不是我要说的，我要说的是：经过这次熔炼，最终问世的金币，每一枚都散发出黄金无法比拟的光华，就像是有了灵魂！"

柯西莫男爵的尾巴尖儿略略弯了几下，继续说道：

"故事的结尾作者用动情的笔调写道：没有人发现这其中的特别之处，注定流于平庸的21枚西班牙金币同其他普通金币混杂在一起，时隔57年后再次回到那片遥远的新大陆。正所谓'从何处来，仍归还何处'。"

柯西莫男爵的讲述到此为止。窗外，不知从哪里飞来的一只灰蓝色小鸟，用尖尖的嘴喙轻啄玻璃。柯西莫男爵闻声回过身去，鸟儿停止了动作，对视片刻后，鸟儿飞走了。

"我有一个请求……"柯西莫男爵背对着我，重又开口。

一个非常之久的停顿后，它转过身来。

"请说。"

"你愿意和我一起去寻找这21枚古西班牙金币吗？"它郑重其事地说道。

我深吸一口气，吐出。

"我需要一点儿时间。"我说。

"当然，你需要一点儿时间。"它说道。

第十二章
没有猫牌五星,也没有虎牌

我不再去想猫开口说话这件事。已然发生的事情,没必要再去担心什么。柯西莫男爵睡着之后,我在沙发上又坐了一杯酒的时间,然后起身去厨房刷了盘子,手洗了几件衣服,缝好两粒松脱的扣子,轻手轻脚擦了地板。劳作完毕,我给自己倒了一杯水,在柯西莫男爵身边坐下来。四下里安安静静,没有电话,没有快递,没有吵着闹离婚的邻居,没有拧不紧的水龙头,整个下午我都在读《契诃夫短篇小说选》。

*

柯西莫男爵醒来是下午6点。我做了晚餐,两个人(猫)默默吃了各自那份。7点一过,我们下楼朝"龙门客栈"酒吧的方向走去。

"今夜的微风配得上一杯红鸟威士忌。"柯西莫男爵说道。

"龙门客栈"位于我曾就读的大学附近,从现在的住所过去步行只需15分钟。酒吧的门口立着一根拴马桩,大致一人半高,顶上是个一脸苦相的小人骑着一只憨态可掬的狮子。酒吧外墙上拿油漆画了个大大的白圈,据说是用来防狼的。学生时代的很多夜晚我都是在那里度过的。店老板的名字已忘却了,只记得他来自外省,性格温和,很有礼貌,跟谁都能聊上几句。每逢周五,太阳落山后,几个谈得来的朋友约在这里,或抽烟闲谈,或观赏球赛。我习惯坐在一旁,一边喝啤酒,一边翻阅过期杂志和隔天的报纸。春天一到,我们就移步外面的阳伞底下,围藤桌而坐,和门口拴马桩上的小人一道望向街面。印象里出现过几次几个人长时间干坐着不说一句话,只是一瓶接一瓶地喝着廉价啤酒,随手将花生壳和毛豆皮丢在面前的小桌上,很像早期的默片电影。记忆中,我总是第一个到达,最后一个离开。倒不是因为离家近,而是独自生活的我即便早早回去也无事可做。我常在吧台前的高凳上一坐就是整夜,等到天光放亮才起身离开。这样的日子一直持续到大学毕业前夕,因为老家方面的缘故,酒吧老板不得不将酒吧转手。不多久,他便回了自己的故乡,据说从此不再回来了。"龙门客栈"几经易手,更名数次,最后成了"乐满哈瓦那"。门口的拴马桩早已不知去向。

*

不出所料，柯西莫男爵一开口，穿紧身衬衣的小个子服务员就怔在原地。花了好几秒钟，他才厘清眼前状况。

"这只猫会说话？"他问。

"是啊，"我尽量表现得很随便，"花很多钱买回来的。"

我跟在柯西莫男爵后面，走向角落里一张桌子。小个子服务员跟在我后面，把一张酒水单子放在我们中间。

"两瓶猫牌五星。"柯西莫男爵不咸不淡地说。

我冲服务员点点头，示意听猫的。

"抱歉两位，没这个牌子。"小个子回答，不停地用余光打量我对面的柯西莫男爵。

"记得以前有的。"我说。

"没几个人喝，早不卖了。"小个子回答得很干脆，目光仍停在柯西莫男爵身上。

"虎牌呢？"柯西莫男爵接着问。

"没有。"小个子说。

"以前有虎牌的。"我说。

"以前是以前，先生，"对方耐着性子，"现在不一样了。"

"现在有什么？"我问。

"喜力行吗？"小个子说。

"我还不如喝自己的尿呢！"柯西莫男爵说。

"对不起，我们考虑一下。"我对服务员说。

小个子强忍着不悦走开了。

"什么破地方，连猫牌五星都没有，"柯西莫男爵的语调恢复了正常，"这里是窑子吗，门口为什么要站个拉客的？"

"别生气，"我说，"为这些不值得，我们安安静静地喝上一杯，然后就离开。"

"从家里出来那会儿是这么想的，可是你瞧，这里的一切都假模假式的，钢琴前面连张琴凳都不摆。"

"你说过真假并不重要。"

"我说过吗？什么时候？好吧，我可能说过，我不记得了，你说得对，这不重要。"

"今晚，没什么是重要的，除了我们要喝一杯这件事。"我说。

"你说得对，可事情往往难遂人愿。我喜欢那种老派的酒吧，客人们都很斯文，安安静静地走进来，安安静静地喝上几杯，然后安安静静地离开，酒钱只要压在杯子底下就行了，即使是熟识的人，也不会说超过三句话。在这样一个地方，喝点什么都好。"

"我也喜欢。"我说，"不过现实情况是——时代变了，我们得学着接受。"顿了顿，又问："两杯螺丝起子如何？"

"好主意！要俄产伏特加，不要瑞典的。"

"不要金酒吗？"

"不，现在还不是告别的时候。"

我点点头，招来服务员，把对酒的要求讲了一遍。对方似乎没听明白，我只得又重复了一遍。

等酒上来这段时间，我什么也不做，只是望着外面的夜色渐渐沉下来。等酒上来,我拿起酒杯碰了碰柯西莫男爵的杯缘。

"认识你很高兴。"我说。

"谢谢,你这会儿看上去好多了。"柯西莫男爵说。

"只是有时候没有选择罢了。"我说。

"有时候是这样。"柯西莫男爵说。

我点点头。

"人生很难,不是吗?"

我继续点头。

"你相信什么?"

"什么?"我说,被它蓦地这么一问,一时没反应过来。

"我是说——人总要相信点儿什么,不然这无望的日子可怎么过得下去。"

我浅啜一口酒,味道不算太好。

"我不知道。"我说,"你相信什么?"

"月亮!"它十分坚定地答道,"所有的猫咪皆敬拜月亮。"

我点头。

"你呢?"它不肯罢休,继续追问。

"我不知道。"我重复道,继续喝酒。

"那么——你想要什么?"

我摇摇头:"我不知道。"除了这个答案,我想不到别的什么。

"不,你知道!人人都有想要的东西。"

"我没有。"我说。

"不！你有。"这次几乎是不容商量的口气。

"我没有，我什么都不想要。"我说。

几秒钟的停顿。

"你可以不讲，我尊重你的沉默。"

"多谢！"我说。

"不过——"它又说，"人这一生总要有一次勇敢踏上旅途，去完成你的故事。"

我将酒杯向右边移动了两厘米。

"你想要什么？"我反问。

"21枚古西班牙金币。"

这回答干脆利落得就像一道夏夜闪电。

"那只是一个故事。"我说。

"如果你相信，故事就是现实。"依旧是不容置疑的口吻。

"我愿意相信。"我说。

"你必须相信，这是你的命运——和我一起去寻找那些金币，直到找到为止。"

我将酒杯移回原来的位置。

"不，这不是我的命运。"我说。

"不，这是你的命运。——命运，从不因你相不相信而改变，没有人能够逃避命运，猫也不可以，无论怎样，或早或晚，你都会走上通往命运的那条小径。除了接受它，我们别无选择。"

"证明给我看!"

"除非万不得已,命运不应该被揭示。"

"我无话可说。"

"二楼穿黑裙的女郎看见了吗?她马上要下来跟你借火。"

"……"

顺着柯西莫男爵目光所在的方向,我朝二层看去——一位身材高挑的年轻女郎倚栏而立,二十三四岁的样子,黑色露肩长裙将她的身体包裹得恰到好处,脸上却没有可以称之为表情的东西。

片刻过后,女郎侧过身,沿楼梯一级级走下。她动作轻慢,像猫一样无声无息,在每级台阶上略作停留。最末一级台阶停留的时间是之前的三倍。最后,她扫了一圈面前的虚空,朝我和柯西莫男爵这厢走来。

"借个火。"如柯西莫男爵预言,女郎说。

"猫出门不带打火机。"柯西莫男爵答。

女郎又将目光移向我这边。

"这位先生——"

"对不起,已经很久不吸烟了。"我说。实话实说。

"你的猫?"女郎接着问。

我点头。

"会说话?"

"是的。"我说。

女郎不再说什么,朝酒吧一角望去。接着,她像是突然想起了什么，自顾向吧台那边去了。

"这就是命运。"等女郎走远后，柯西莫男爵说。

"找到金币后——假使说我们可以找到，你有什么打算？"我问。

"全部换成钱！"

"猫不需要那么多钱，你要讲真话，我不能和一只不诚实的猫去冒险。"

"这就是真话！我发誓。"

我不说话，只是望着它。

"好吧，我坦白，这世上有一所猫咪银行，要有足够多的钱才会帮你开一个户头——"

"你不诚实，我没法帮你。"

"诚实很重要吗？"

"诚实很重要！"

"好吧，不过——那又是另一个说来话长的故事，我现在不想讲，说不定我会在路上讲给你听。"

几秒钟的沉默。

"从哪里开始？"我问。

"只需要出发，迈出命运要求我们迈出的第一步，剩下的就顺理成章了。"

"怎么个顺理成章法儿？"

"命运安排好了一切，关键时刻月亮会给我们启示。"

"就这些？"

"足矣了。"

我默默凝视酒杯留在桌上的圈状水渍，看了大约两分钟。

我招手叫来服务员。

"一式一样，再来两杯。"我说。

小个子服务员端来新调好的酒。我举杯浅尝一口，一股子应付公事的味道——时间还不到10点。

"这酒一点儿味道也没有，这里的人全是骗子。"柯西莫男爵说。

我以沉默表示同意。

"这酒连狗都不会喝。"

"你收回这句话，咱们现在就离开。"

"好，我收回。可我们去哪儿？"它问。

"离开这儿再说。"我说。

我取出两张百元钞票，递给小个子服务员。钞票散发着冷冷的光泽，似乎缺少了平日里的现实感。

来到街上，头顶已有星光浮现。我们穿过窄窄的街道，顺人行道往前走一段，拐上另一条街。

"回家去，"柯西莫男爵说，"回家安安静静地喝上一杯。"

"现在就回？"我问。

"现在就回。"柯西莫男爵说。

"最好不过。"我说。

第十三章
不重要但必须做的事

"有件重要的事要如实相告。"

"请说。"

"留给我们的时间不多了。"

"……"

"中秋节是本月22日,要赶在那之前找齐21枚古西班牙金币。"

"这么说,只有16天了。"

"正确。"

"不过——满月不是每月都有一次吗?"

"中秋这天的月亮是一年之中最具魔力的,只要能凑齐金币,任何合理的愿望都可实现,你的失眠也能治愈。"

"明年这时候不也……"

"恐怕你活不到下一个中秋节了,金鱼会杀死你的。"

"这也是命运的安排?"

"可以这么理解。"

"了解了。"

"对了,还有一件事。我已替你想好理由,工作方面如果要请假,就说父亲死了。"

"这理由高中时用过一次。"

"效果怎么样?"

"还可以。"

"那就再用一次。"

"……"

"记得带上那本书,书架三层左数第二个隔断。"

"什么也没有,一片空白的那本?"

"对。"

"记下了。另外,可以问一个问题吗?还请如实相告。"

"请说。"

"梦里的金鱼跟你有关吗?"

"跟命运有关。"

*

已然是秋天了,天空愈发高远起来。窗口照进来的明净阳光,提醒人们夏天已经结束。

早饭过后,照柯西莫男爵的吩咐,我取下书架三层上那本无字小书,和随身衣物、身份证件,连同两年前买的一件防风夹克一并收进旅行箱。在厨房茶桌旁站立片刻，又将两瓶杰克·丹尼老7号威士忌用牛皮纸包好，和绿格子稿纸、钢笔一起打包放入旅行箱，夜里可以用来消磨时光。最后，我从书架的另一头取了一本《猎人笔记》和一本《跳房子》塞进旅行箱的一角，盖好箱盖。毕竟，不知这次外出要多久才能回来。

乘地铁上班路上，我一直在思索那本无字小书是怎么回事。空无一字的书本为何要印制出来？什么人才会去做这可谓徒劳的事呢？印刷厂的工人又是怎样看待这类活计？——或许只当作普通的记事簿看待。

时间过去三站，我停止思绪。罢了，我想。还是先考虑接下来马上要面对的现实问题吧。活在这世上，难免会用到谎言。于我而言，这是一种无法言说的痛苦。

*

这是一家只有30平方米的7·11便利店，开在一片簇新的写字楼中间。

见到店长，我便直言相告，将父亲去世的事对他讲了。店长听后，面色不觉凝重起来。感觉上，是他的父亲刚刚过世，而不是我的。店长年长我几岁，或许因为这个缘故，他比我更能体味到这事实其中所蕴含的沉痛吧。

"恐怕要请几天假。"我说。

他一时失语，用双手紧抓住我的胳膊。

一句"别太难过"或类似的安慰话终究没有说出口。他不是个会讲客套话的人。欺骗这样的人，我感到分外难过。

"我得去趟澳洲。"这样说，是为了多争取几天假期。

"工作的事不用操心，有我。"

"给你添麻烦了。"我最后说。

"把这个带上。"他从货架上取下一瓶美格威士忌塞到我手中。他知道我有饮酒的习惯。

我跟其他同事道别，他坚持把我送到外面。

"别太难过。"他说。

我点点头。有点儿想哭的感觉。

我步行来到街角书店，以半买半送的价格拿走了店中最后一本中国地图册。接着，我去隔壁银行从自动取款机取出两万元现金，差不多是我全部的积蓄。母亲留下的钱，读完大学已所剩无几，为数不多的余款就一直留在那个旧账户里，我再没从中取过一分钱。说起来已是很久以前的事了。

下个事项是去宠物用品店购买猫咪旅行背包。途中，我让出租车司机把车停在路边，先去附近的购物中心买了50毫升列克星敦灰墨水。之前那瓶墨水差不多用光了，不知不觉间已写满两百页绿格子稿纸。

下午一点过一刻,我拨通家里的座机。铃声响过四次,柯西莫男爵接起。

"事情都办完了?"

我照着记录事项的纸条读了一遍。

"还差一张动物检疫合格证明,那玩意儿花钱就能搞到,去大一点儿的宠物医院。"

"刚刚路过,早点儿说就好了。"我说。

"都怪我,最近喝得有点儿多,脑袋似乎不如从前了。"

"没事,再跑一趟就是,想想还要别的吗?"

"呃……还需要一辆车子。"

"好。还有呢?"我问。

电话那头传来长久的沉默,沉默持续了一分钟之久。

"先这样,想起来再打电话就是。"我说。

"请原谅,很想列张单子给你,可四个肉爪子没一个能握住写字笔,这也是没办法的事。"

"理解。"我说。

我挂断电话,付钱,下车,走进路边的汉堡王餐厅点了皇堡套餐。

检疫证明拿到手后,我对照记录待办事项的单子,再三确认,一切都齐备了,这才在路边拦下一辆出租车。告诉司机目的地后,我便整个人倒靠在座位上,头倚车窗,闭上双眼。出租车汇入城中拥挤的车流,不急不缓地向前开去。有那么一会儿,我以为自己睡了过去。仔细辨别,只是错觉而已。

出租车停在公寓楼前,时间还不到下午四点。我没有上楼,而是走到草坪边上,拣了张无人的长椅坐下来。楼宇间,天空纯净如洗——秋日的苍穹总令人不自觉地生发出一种悠远的哀愁。一只喜鹊从我的眼前飞过,落到不远处的树荫底下,在草丛里啄来啄去。

我在长椅上坐了大致一个小时,天空渐渐由纯净的蓝色转为淡淡的灰蓝。在过去的很多年,我尽量保持平常心,不去给任何人添麻烦。从18岁开始,我就抱定这样的生活态度去面对周围一切,为此吃过苦头,被人误解,受人非议。但自己也清楚,没有别的选择,唯有如此,才能跟这个世界和睦共处。也唯有如此,才能跟自己和睦共处。临上楼前,我到小区的便利店买来五盒"好彩",已经三年没吸烟了,不知为何现在却忽然想吸。

*

吃罢晚饭,我去厨房洗碗——餐后第一时间洗碗是我少有的人生信条之一。做完这一切,我调了两杯淡酒,一杯放到柯西莫男爵面前。

"只差车子了,对吗?"

我喝一口酒,点点头:"现在就解决。"

找出一个电话号码拨过去,两秒钟后对方接起。自然是个女孩。

"想借你的车用一下。"我开门见山。

"外出？"对方问。

"是的。"我说。

"去哪里？"

"不知道。"的确不知道。

"干什么去？"

"不方便说。"

"不方便说？"对方重复道。

电话那一端陷入了沉默。我这般回答，任谁也会沉默。

"的确如此。"我说。

"好吧，和谁一起去？"

"家里的猫。"我诚实答道。

电话那端再次陷入沉默。

"几天就回来。"我说，换个说辞。

"最近还好吗？"对方跟着换了个话题。

"马马虎虎。"我说，"总是梦见金鱼。"

"金鱼？"对方重复道。

"是的，金鱼。你呢，最近好吗？"我问。

"马马虎虎。"对方如此回答。

一时无话。

"什么时候用车？"对方先开口。

"明早出发。"我说。

"这么着急?"

"赶时间,所以——,方便的话我现在过去取车。"

"不必了,给你送过去好了,正好附近约了朋友。"

"谢谢。"我说。

"要见一面吗?"对方问,随即改了主意,"算了,老样子,车停地下车库,钥匙放老地方。"

"好。"我说。

"那么——早点儿休息,一切顺利。"

"再见。"我说。

"再见。"

电话旋即挂断。

抬起头,正好迎上柯西莫男爵的目光。它摆摆尾巴,说:

"这也是没办法的事,若是跟人家讲——店长也好,前女友也罢——请假外出几天是要跟家里的猫一起去寻找21枚古西班牙金币,怕是更让人担心。所以,这一点不必放在心上。"

"理解!"我说。

夜渐渐深下去了。我熄了灯,躺在卧室的床上,静等金鱼到来。远处街道传来微弱的车流声,像是有人在耳边低语。渐渐地,这声音也低沉下去。不久,有规律的疼痛从耳道深处阵阵袭来。金鱼要出现了。我扭头看一眼床头的计时器:凌晨1点43分。

窗外,已是九月了。

第二部
在异乡

第一章
除了等待什么也不做

夜里的一场小雨过后,清新的空气从外面吹进来,吹起白色纱帘。我躺在床上,等待黎明到来。

早上6点一到,我便走出房间。乘电梯去地下车库,从红色本田车的后保险杠下面取出车钥匙,打开车门,将打包好的行李放入后备厢。四下安静,不见一个人影。一盏坏了的灯在远处忽明忽暗,并不时传来噼啪的电流声。坐进驾驶席,打着车子,仪表盘随即亮起。不出所料,油箱是满的。调整座椅到合适角度,我松开停车制动器,打开车前灯,驾车驶出地库。

我将车停在楼前一棵银杏树下,放倒椅背,打开车载收音机,让身体沉入座椅。现在是9月,银杏叶子一片绿意。而冬天到来,也还需要一段时日。我什么也不做,甚至收音机也不去理会,只是闭上眼睛,任由时间逝去。

　　　　　　　　＊

　时间不知过去了多久，一道金色的阳光穿过挡风玻璃照在我的脸上。睁开眼，看表，7点整。该回家准备早饭了。

　我从座位上起身，调直座椅靠背。晨光中，一切看上去是那么熟悉而又美好。我锁好车门，返回楼上。

　系好围裙，烤面包片、火腿蛋、冷橙汁——吃了差不多十年的单身汉早餐，早已十分熟练。因此，至多需要在厨房耽搁十分钟。

　不久，柯西莫男爵从沙发上醒来。我往母亲留下的老式咖啡机里倒入大约两杯量的咖啡豆，一人一猫面对面坐下来开始吃早餐。没有人（猫）说话，阳光清爽地照在地板上，厨房传来研磨咖啡豆的声音。这声音总让我想起旧小说里身穿黑礼服、神情严肃的瘦高个管家。

　"该谈谈行进路线了。"我说。

　"的确如此，昨天的谈话没有涉及这一部分。"柯西莫男爵抬起脸不慌不忙地说，"陆地广袤无边，金币流转百年，总要有个方向才是。"

　"所以呢？"

　"只管一路向南就是！"

　"一路向南？"

　"是的。"

　"月亮告诉你的？"

"是的。"

说着，柯西莫男爵伸了个大大的懒腰。

"没有更具体的信息了？"我问。

"现在没有，到时会有的。"

"到时——"

"只管放心上路，你想知道的一切，月亮都会告诉我们的。"

"你是说一旦时机成熟，月亮就会给我们打电话吗？"我还是有些不放心。

"这样理解也对，但不是所有消息都会以语言的形式送达，有时是另外的一些东西。"

"另外的东西？"我重复道。

"是的，需要我们保持警觉，注意观察！"

谈话就此结束。

我们默默喝完咖啡，将两只杯子送回厨房，洗净，放回原处。关掉煤气阀，切断自来水，闭合窗扇。除了窗帘，家中但凡能关闭的东西都一一关闭。最后，锁上家门和柯西莫男爵来到电梯间。进电梯前，我低头看腕上的手表，数字显示：2010年9月7日星期二上午7点55分。

*

在柯西莫男爵的指挥下，我驾驶本田车驶入城市环线，再上了南下的高速公路。不久，柯西莫男爵在副驾座上沉沉睡去。我打开音响，调低音量。丹·弗吉尔伯格如黄昏落日般的柔和嗓音在车内流淌开来。我手握方向盘，眼前是望不见尽头的四车道高速公路，两侧风景以一成不变的速度向后退去。细看之下，近乎重复的风景竟每一寸都不尽相同。大概因为太久没有离开城市的缘故——有多久了？十年了吧——乃至普通的风景看上去也充满欢悦。一曲终了，一曲又起。耳边响起老约翰·萨特的淘金故事。——那么，一个人该携着怎样的人生去见创造他的主呢？我摇摇头，这是一个问题，我回答不了。眼下能做的，唯有继续赶路。

四个小时后，在路边一处不起眼的服务区，我停车入位，两侧玻璃各落下五厘米。柯西莫男爵弓起身子打了个长长的哈欠。

"后面的路程，最好系上安全带。"我说。

"没必要啊，我有九条命，每回想起来都觉得有点儿浪费。"说完，柯西莫男爵打了第二个哈欠，"要在这里多等片刻，可能有重要人物出现。"

"重要人物？"我问。

"也可能没有。"

"可能有，也可能没有？！"

"是这样。"

"就是说，除了等待我们什么也不做。对吗？"

"完全正确。"

我叹一口气，将车子熄火。

干坐着也不是办法，我去服务区的餐厅买来三明治和热咖啡。给柯西莫男爵那杯插上一条小吸管，然后开始吃自己那份鸡肉三明治。吃完三明治，就小口抿着纸杯里的咖啡。咖啡的味道比想象中的要好。不久，咖啡也喝完了。无事可做，两人（猫）一道望向对面的加油站。

不久，加油站也看腻了。这时，我记起那只十二周大的猫咪告诉我的打发时间的办法。遂抬手看表，盯视秒区的数字跳动。一秒、两秒、三秒，直到眼睛隐隐作痛，我才作罢。这时间里，柯西莫男爵不知疲倦地用舌头梳理着全身上下的毛发。

所谓等待，也许就是这么回事。

我决定去外面抽烟。

步行来到餐厅外的吸烟区，用一次性打火机点上火。许久不吸，烟草的味道令人不由怀想起过去。过去这个词总使我联想到夏日柔和的晴空和地平线上飘浮的白色云絮，也时常让我感到困惑。过去究竟意味着什么呢？十年之前，或仅仅是上一秒。吸第一支烟的时间里，我一直在思考这个问题。

吸完第一支烟，我掐灭烟蒂，接着点上第二支。

等待！

可能有。

也可能没有。

正确？完全正确。

我一边吸烟一边认真观望起眼前的景色。服务区是高速路边常见的普通服务区。加油站、超市、快餐厅、廉价酒店、公共卫生间以一种临时凑合的姿态挤靠在一起，感觉只要大风一刮，顷刻间就会土崩瓦解。目力所及，不见一株绿植，甚至野草都看不见。若是到了冬天，此地的光景想必更是凄凉。入口和出口之间是大片的水泥地，地面不着一物，密密麻麻画满了白格子。十几辆厢式货车停在边上，身着统一制服的司机围在一起高声谈笑，他们身后的车体上清一色涂着巨大的物流公司标识。

吸第三支烟时，一段记忆蓦地浮上脑际。那是多年前的一个秋日，依稀记得也是九月，我和一位朋友开车东去。至于去哪里，目的地何处，完全记不得了。只记得当时我坐在副驾，有很长一段路程一直望向车窗外面。当时的我究竟看见了怎样的风景，如今全然忘记了。那里有什么，究竟是什么让我去久久注视而目不转睛。是什么呢？记忆仿佛被包裹在一层薄薄的迷雾里，只有耐心等待风来，迷雾散去，才能看清那时的风景。

可是，我在注视什么呢？一个十几岁的少年会对什么如此着迷，以至于久久望向窗外。

对了，是一片防风林——那时的我透过车窗看到的是一片种植在高速路旁的防风林。

车行驶在东向的高速路上。开车的是我的同伴，与我同龄，剪着短短的学生发型，一声不响，手握方向盘。我系着安全带，扭头看向窗外。那是一片堪称繁茂的林木，高耸挺拔，绵延数十公里，一直铺展到天际。每当强风吹来，林木就跟着轻轻摇动。当然了，这是我的想象，记忆里那天是没有风的。风是后来的事。对了，我们是要去海边来着。抵达海岸时，迎面吹来的就是秋日微冷的海风。

不觉间香烟烧到指间，几乎一口未吸，只得再点上一支。我委实感到某种困惑和伤感。此刻——现在的我，为何独对一片过去的防风林记忆深刻。答案难觅，能做的只有叹息，如风吹过大地般的叹息——一片时间里的防风林何苦要一次一次从迷雾里现身，唤醒那消逝远去的回忆。它想诉说的是什么呢？我兀自摇头。只是一片防风林罢了，我这么想。第四支香烟自顾燃烧，时间不知又过去了多少。

*

戴黑色棒球帽的女孩现身是在下午3点。

所谓过去，我想就是生命里再不会重现的那些东西吧。
时间如此。防风林如此。存在如此。

第二章
重要人物

　　从外表看,女孩并无特别之处——一件汤米·希尔费格白色半袖衫,一条淡绿色棉布短裙,一双慢跑鞋,一个双肩背,一顶印着字母K的黑色棒球帽。饰物一概没有,年龄20岁上下。齐肩短发,身高不超过一米六五。这点参考本田两厢车的高度便知。无论从哪个角度看,女孩都难同重要二字联系在一起。这样说或许怀有偏见,但就眼前的情况来讲,的确如此,我也只能如实陈述。我掐灭手中的香烟,朝他们走过去。

　　女孩正隔着车窗和柯西莫男爵交谈。

　　"你好。"

　　"你好。"

　　打过招呼后,女孩对我露出笑容。本想报以微笑,一种似曾相识的感觉在这时占据了我。女孩的脸庞,让我立时想起了那个谎称自己已19岁的少女。我试着寻找两张面孔的相似之处,然而一无所获。

"这只猫会说话呢。"

"呃……"

我一时走神不知该怎么回答,便把目光投向车内的柯西莫男爵。

"没工夫解释了,快上车!"柯西莫男爵的白胡须隔着车窗玻璃剧烈地颤动起来,"打开车门,像个绅士那样,快,这位美丽的小姐要搭顺风车。"

"明白了。"

我拉开后车门,让女孩坐进去。自己坐回驾驶座,发动车子。

"请系好安全带。"我对两位说。

"哎呀,这个司机还真是啰唆!"

嘴上虽这么说,但柯西莫男爵还是被我用安全带固定在了副驾座位上。

驶出服务区后,我深踩油门驶入中间车道。等车速平稳下来,我报上自家姓名和猫的名字。

"该怎么称呼你呢?"我问。

女孩没说话,微笑着从后面递上一本小册子。我用眼睛的余光瞥了下,是一本护照。

"我的身份证明。"女孩朗声说,"请多关照!"

柯西莫男爵好似什么也没看见一样。

"不必给我们看这些,我们完完全全百分百地相信您——来自东京的川上羊小姐。"

我从后视镜中观察到的情况,是女孩并未因为柯西莫男爵脱口而出她的名字而感到吃惊。

"相比猫先生是怎么知道我的名字,我更想知道猫先生怎么会开口说话了?"女孩笑着说。

"恕我直言,亲爱的川上小姐——上周二的早上,家里多嘴多舌的老鹦鹉彻底把我惹恼了,我二话不说把它吃了,然后就变成了这副模样——叫我柯西莫男爵好了,我的名字。"

"这解释很妙,柯西莫男爵。"

"可爱的川上小姐,您这是要去哪儿?"

"实言相告,我也不知道自己要去哪里。要是知道的话,就不必大费周折,也不会被大巴司机给忘在加油站了。"

"这大巴司机真是够粗心的。不过话说回来,不粗心又怎么能当大巴司机呢。"

"猫先生说得极是!"

"叫我柯西莫男爵好了。"

"对不起,忘记了,柯西莫男爵。"

"不过,一个人总是因为这样那样的缘故,才会独自踏上旅途吧?"

"真知灼见!"

"行李箱也丢了?里面有重要的东西吗?"

"没有,几件衣服而已。"

"不算太糟。"

"川上小姐，你希望在哪里下车？"我忍不住问，因为路牌显示距离下个出口只有五公里了。

"给你们添麻烦了，下次停车的时候放下我就可以了。"

"不必客气。"我说。

"我说两位，现在谈论这个为时过早。咱们在服务区等了川上小姐三个小时，可不是为了助人为乐。川上小姐，不瞒您说，您对我们是极其重要的存在。"

"重要？是不是哪里搞错了。"

我扫一眼后视镜，女孩露出不解的表情。

"川上小姐，事情比你想象的要复杂得多。你不仅仅是要搭一段顺风车，还要跟我们一起去寻找21枚古西班牙金币。"

"古西班牙金币？"

"是——命运做出了这样的安排，对我们而言，您是事关成败的重要人物。"

"这已经超出我的理解范围了，柯西莫男爵。"

"我可以解释。"

"为什么是我，不是别人。"

"只能是你，这不是我们选择的。"

"谁选择的？"

"不知道。"

"那是谁告诉你的？"

"月亮告诉我的。"

"月亮？"女孩迷惑不解。

"月亮会告诉柯西莫男爵很多事情。"我说。

"这——简直是《一千零一夜》嘛！"女孩直摇头。

"这是在做梦吗？"女孩继续问。

"不是。"我回答。

"我们即将进入的所谓现实世界，是比《一千零一夜》还要精彩的现实世界。川上小姐，我有一个很长很长的故事，您要听吗？"柯西莫男爵说。

女孩深吸一口气，像是下定某种决心。

"请您但讲无妨！"

"川上小姐，就像《一千零一夜》里说故事的人，我也请求您，若是觉得我的故事好，请答应我们的请求，跟我们一起去寻找金币。"

女孩点点头。

"很公平的交易，我接受。"

"那么，川上小姐，我可以开始了吗？"

说着，柯西莫男爵挣脱开安全带，跳到后座开始了它漫长的讲述。我专注开车，不去细听什么。从塞维利亚高升的日头开始，柯西莫男爵讲了窗口可以望见瓜达尔基维尔河面碧波的铁匠的贫陋居所。讲了围困在金色大门后面的少女。讲了逃亡时的喜悦。恰似厄运降临般出现的十四匹阿拉伯快马。不知何处来的毒药。消散的爱情。忧伤的鸽子。告别故乡。讲了海上漂泊。朦胧月光。大西洋的季风。每一片清洁干净的船甲板。炮火。海盗。黄金。沉船。死亡。拯救生命的白日暴雨和橡木柜子。讲了三桅帆船。讲了光阴流逝。讲了老人归乡善终。讲了父亲的训导。儿子的沉思和冒失。讲了餐桌上的小马铃薯炖兔肉。讲了不知谁扣动的扳机和没有窗户的小房子。讲了失去儿子的母亲和失去丈夫的妻子。讲了太多,太多,太多。

我把收音机音量调低到几乎听不清。不过不要紧,只要你熟悉那些旋律,你还是能够辨别出旧日的那些歌曲。约翰·丹佛,肯尼·罗杰斯,强尼·卡什,J.J.凯尔,唐·麦克林,鲍勃·迪伦。《黄金之心》(Heart Of Gold),《旧金山》(San Francisco),《牙买加的告别》(Jamaica Farewell),《无家可归》(Homeless),《五百英里》(Five Hundred Miles),《朱莲妮》(Jolene),《新圣安东尼奥玫瑰》(New San Antonio Rose),《时过境迁》(Things Have Changed)。唱到一半的时候,柯西莫男爵停止了它的讲述。车里安静下来,耳边唯闻轮胎轧过路面的声音。几分钟的等待。等59岁的鲍勃·迪伦唱完最后一个小节,女孩对我们说:

"叫我羊好了,我中国的朋友都这样叫我。"

"那么,羊,"柯西莫男爵声音依然沉静,就像是谈论一件往事,"你是否已经决定和我们一起上路了?"

远方,开始显现出青山的轮廓。

第三章
在雾中

我躺在水边酒店的床上,一面喝威士忌加冰,一面翻看随身带的地图册。这是一个中等规模的城市。从地图上看,呈不规则五边形分布。西面群山环绕,东部地势平坦。一条铁灰色的河流自北向南穿城而过,把市区一分为二。水面上横着一座颇有些年头的吊索桥,是往来两岸的唯一通道。我们赶在夜幕降临前抵达这里。

整日开车,我有些累了。靠在枕头上,疲惫在身体里蔓延开去,深入至每根神经。然而这并无太大作用,辛苦和疲累不能把我拖入缺席已久的长眠。能让我睡着的一定是其他的东西。我打客房电话要了冰块,从旅行箱中取出一瓶杰克·丹尼老7号。我需要喝一杯,也许是两杯。电视里正在播放一部旧时好莱坞的黑白电影,讲的是拓荒时代边防军和印第安人之间的战斗故事。在我的少年时代,曾不止一次观看过这部影片。亨利·方达饰演的骑兵队指挥官一角,至今在我心中留有难以磨灭的印象。我小口小口喝着杯中物,等到电影演完,一瓶威士忌已被我喝去一大半。

从床上起身，来到窗前。房间西向，可以望见不远处的江面。不知何时，水面上已堆起了一层薄雾。月光下一片白茫茫，像极了故事中的世外仙境。只差驭水而行的白袍先知了，我想。我将酒杯洗净，倒扣在杯垫上。穿上夹克，乘电梯下楼，穿过空旷的酒店大堂，来到外面。

街上寂静无人，城市笼罩在一片沉默中。只有路边的街灯穿过似有似无的雾气，用昏黄的光在我身前投下一个长长的影子。我沿着一条跟江面平行的石砖路向前走去。路上几乎看不见人影。高层住宅楼的窗口黑着灯，如墓碑一般林立路旁。夜出奇地静。侧耳倾听，有细微的沙沙声拂过耳际。那是雾的声音。这样的夜里，是不应该有散步者的，我想。

就像走在一个梦里。

你不知道自己为何会出现在这里，不知是什么时候出现在了这里。眼前的一切那么陌生却又仿佛已经在过去经历了几百遍。

在这条路的尽头右转，走上一条更宽阔的马路。天气湿冷，我不禁裹紧了衣领。今晚，在这里，我不为自己感到伤感。记忆里我曾一遍遍走进像今天这般注定逝去不会再复现的夜晚，不过是另外一种形式。

我快步向前，经过一个路口。

……对了，那时我比现在年轻。通常是下午4点左右，从一个短暂的冬日里醒来。我一个人躺在房间床上，等待天彻底黑下来。时间似乎在哪里停住了脚步。要过很久，房间才会被黑暗完全填满。这时，我就从床上起来，打开灯，准备一人份的晚餐。餐后我会坐在桌前吸烟（有时是烟斗），通常要吸完半包。等夜深下去，寒风在外面响起。我就去地下车库，开上母亲留下的老式佳美，驶出小区，驶上四环路。我曾不止一次在冬夜的凌晨时分驾驶这辆车跑在四环路上。没有目标，只是一圈圈开下去，像一个把什么东西忘了的人在房间里来回踱步。我整夜开车，燃油耗尽就去加油站加满，顺带在超市里买热咖啡和面包。我一圈圈开下去，直到东方天际泛白，我感到了某种心安，才在清冷的早晨返回家中。我忘记了第一次这样做是在什么时候。其后很多睡不着的夜里，我都会这么做。很长一段时间里，只要闭上眼，寒夜里那两列橘色街灯就会浮现眼前。寒冷无边的夜里，两列飘浮的街灯就像某人忘了收回的风筝。我会在这时想起很多过去的事。后来，我把这辆车卖了。因为，每当黄昏降临城市，我就会从心底里生出恐惧。但这些话，我从未对任何人说起。

我继续前行，穿过一个亮着灯的小公园。草地被雾气打湿了，边上的长椅也是湿的，雾气凝成的水珠从矮树丛的叶尖上滴下来，连路牌都是湿漉漉的。我沿着脚下这条砾石小路一直走到江边的主干道上。现在能隐约听到江水流动的声音了。因为雾的关系，看不清对岸的情况。一切都被雾吞没了。

我继续往前走。

雾更浓了。几十米开外的地方便看不清了。树影越来越淡，建筑物的轮廓也模糊起来。头顶的月亮几近消失了。

前面传来高跟鞋发出有节奏的咔哒声。几分钟后，一位穿浅色风衣的女士，从迷雾中现身，在我跟前止住脚步。

"请问……"

她说出一条我不知道的街的名字。

"很抱歉……"

我告诉她，我也是一个外乡人。

女人低声道谢，然后消失在我身后的夜雾中。半分钟后，高跟鞋的声音也听不到了。

我朝着桥边走去。雾气打湿了路面，黑乎乎一片一片。吊索吊起四车道的桥面，穿过眼前的黑暗与迷雾直达对岸。我挨着桥边的护栏走。空旷的桥面，没有车辆开来，也没有车辆驶去对岸，或许因为雾大，道路封锁了也有可能。路灯昏黄的光努力穿透冷雾照向沥青桥面。

在一片雾气茫茫中，我走向对岸。走了很久，上游传来一声航船的鸣笛。我止住脚步，凭栏望去。大致过了一刻钟，一艘船头亮着小红灯的驳船开了过来，巨大的黑色船体分开水面的白雾，从我脚下无声地划过。不知为何，我突然感到一阵惧怕。就像在初秋时分，你能感到那种来自秋天深处的恐惧临近了。突然有一天，比如，等到秋霜初降的那个晚上，你就更害怕了。想到这里，我调转方向，沿原路返回。

我快步走向岸边，迫切地想要喝一杯威士忌。

我朝着酒店大致的方向走，拐进一条商业街。看一眼表，还不到11点。跟着热闹的音乐声我走进一间亮着灯的小酒吧。

我要了珍宝（J&B）威士忌。酒端上来，喝下一大口，试着让自己放松下来。我对面是个小舞台，四个穿便服的年轻人抱着乐器，正在演奏一首老歌，一首流行于20世纪90代的老歌。我默默喝酒，用手擦干被雾打湿的头发。

喝第二杯的时候，我心情平复下来。然后从口袋里取出香烟，用桌上的火柴点燃。这时我注意到，离我不远的角落里，有一个穿蓝色西装的男子，他不时拿起面前的威士忌酒杯喝一口，然后像是害怕打扰到什么似的又轻轻放下。过一会儿，他又重复这个动作。而我安安静静喝完了我的第二杯。任何时候、任何地方都会有人想要逃避某些东西，我想。

我叫了第三杯威士忌。想着应该把《猎人笔记》带在身边，如此就可以一边喝酒一边消磨夜晚的时光。

第四章
约翰李

　　太阳渐渐升起来了。上午8点不到,地面上的雾气一扫而光,秋日独有的那份澄澈明净又回来了。站在酒店玻璃幕墙后面,可以望见对岸的群山。山间一片青碧。低矮的房舍从山脚开始,一直堆叠到岸边的大片空地上。尽是些上了年纪的老屋旧楼,视野里没有一座所谓的现代建筑。青山环抱间,透着一股与世无争的沉静。

　　吃完早饭,驱车前往对岸。车子通过吊索桥时,羊告诉我,昨晚月亮消失之前,柯西莫男爵一直坐在酒店房间的窗前,两眼望向夜空。

　　"它在跟月亮说话。"我说。

　　"还是觉得有些奇怪。"羊说。

　　吊索桥约是30年前修建的。如今,巨大的金属部件皆被红锈吞没,通身散发出不祥的气息。每当有大型车辆驶过,一阵震颤就从脚底传来,桥体随之吱扭吱扭起来。

　　车子离开吊索桥,开进旧城区。我放慢车速,拐进一条只容得下单车通过的窄巷。在巷子尽头右转，爬上一道斜坡，掉头经过一个U形弯，然后朝山顶开去。山路非常平坦，绿荫匝地，安静得可以听见鸟鸣。我落下车窗，沁人心脾的山风瞬间吹进来。

几分钟后，路的右前方出现了一片开阔地。地上画着停车位。我把车驶进去，停在树荫下，然后步行来到对面一条仿照旧时风格修建的大街上。此地是一个古玩市场。三条东西方向的主街，七八条南北向的横街，纵横交织在一块儿。地面一律铺着花岗岩方石，商铺多是二层青砖小楼，单层的房子也有几处。我们沿着三条主街来回走了一遍，最后在街尾一间小小的店铺前面驻足——这间靠近横街的铺子。只有一层，门楣上方悬着一块黑漆牌匾，三个金粉大字：约翰李。书法是普通的楷书，并非名人题字。两扇朱红色的窄门紧闭，门的上半截饰有传统样式的几何格纹，窗户上着护窗板。此时时近9点，街上竟还见不着一个人影。

"确定是这个地方？"羊问。

"是的，找一个叫约翰李的人。"柯西莫男爵说。

"月亮告诉你的？"羊继续问道。

"是的。"

"很神奇，不是吗？"羊像是自问。

"算不上。"

"现在干吗？"羊问。

"等着。"

日头高升，气温也跟着上来了。我们移步到对面茶楼的房檐底下,继续等约翰李现身。这时街上的铺子都已开张,唯独这间"约翰李"大门紧闭,丝毫没有要开门迎客的意思。已是正午,肚子也饿了,干脆上到茶楼的二层,挨着一排四敞大开的木扇窗坐下,要了乌龙茶和点心。从这里望下去,正好看见"约翰李"家两扇紧闭的红色窄门。

茶楼开了冷气,只有极少的客人。邻桌是个白发老头,看上去至少九十岁,戴副金边花镜,一声不响,一双生满暗斑的瘦手在一沓新报纸上费劲地移动。他看报纸的方式很特别,是按照版面顺序一页页看下去的,生怕连广告也错过。

我为柯西莫男爵剥开一颗花生,放在它面前。

"谢谢。"它说。

衰老——这个词总让我想到冬天树叶落尽的白桦林,以及黄昏时分林子深处传来的狗吠。

我的目光越过老人的白发。邻桌的邻桌是三个中年男人,年纪都在四十上下。其中一个戴着一顶白色礼帽,面朝我们而坐。桌上摆着数量可观的小食和茶水。仨人悄声交谈,说的似乎是生意方面的事。白礼帽时不时抬头朝这边看一眼。有几次我们的目光对上了,他便冲我点头微笑。

差不多快下午1点的时候,白礼帽从座位上起身,先是送另两位先生下楼,接着又返回楼上。他身着一件亚麻色长衫,脚下一双簇新的平底黑布鞋,径直来到我们跟前,右手摘帽置于前胸,然后微微欠身。

"打扰了各位，敢问是在等人还是想找点儿特别的货色？在下许能帮上一点儿忙。"

他的声音听上去就像老朋友一样亲切。

我从窗口向街对过指了指，问："请教先生，那间铺子还开着的吗？"

对方面露难色，随即又笑了。

"不好说，不好说，这个外人真不好说。"

"此话怎讲？"我问。

"这么说吧，开是指定开着，只是不知这买卖还做不做。"

我请他坐下来，他示意不必了。

他继续："这李老板啊，是个怪人，想法和一般人不一个样。换咱们，生意不做了，就没必要交那份租金，又成天关着。要说做生意呢，这个钟点了还不下门板，你说怪不怪。"

我又朝街面上望了一眼，两扇朱红木门依旧紧闭。

他接着说道："我可没别的意思啊，约翰李——人称李先生、李老板，在我们这一带可是顶呱呱的大人物。连三岁小孩都知道：约翰李真稀奇，开门不为做生意！约翰李不一般，酒楼一坐一整天！约翰李身世谜，不是东来不是西！约翰李品不低，骨著街上排第一！说起来，也是非同寻常的人哪！鄙人是十分钦佩李老板的为人和才华的。对了，你们是在等约翰李吗？"

我点点头。

对方若有所思，拿手摸了摸下巴。

"我们去哪儿能见到李先生?"我问。

"这倒不难,你们下楼往西边去,到了第三个路口就右转,一直走到紧里边,有一小酒吧,人八成会在那里。"说着,对方戴回帽子。

我起身向他道谢。

"不必客气,有什么需要,就来店里找我。"他朝街面上指了指,"'约翰李'的间壁再间壁,'金石斋'——街面上最大的铺子,承蒙各位关照,是鄙人的买卖。"

我再次致谢。

对方向我和羊分别点点头,又看了眼柯西莫男爵,转身下楼去了。

照白礼帽说的,我们向西走了三个路口,拐进一条横街,路尽头果真有一处酒吧。这地方比一个火柴盒大不了多少,没有招牌,没有霓虹灯箱。推门进去,迎面是一个神龛,里面供着一尺半高的一尊关公。过了玄关,光线忽然变暗,眼睛适应了好一会儿才习惯。

房子里压根没人,台上的各式杯子,足有四十多个。我敲敲台面,然后故意咳嗽一声。靠近窗边的桌上,摆着一只空的威士忌杯。我再次环顾四周,确认除我们之外,房子里没别的人。这时,吧台后面的隔间里传来一阵抽水马桶冲水的声音。接着,一个高个子的男人闪身出来。这人35岁上下,头发微微卷曲,却已灰白过半。胡子至少三天没刮了。一副深色玳瑁框眼镜。一件天青色中式丝绸长衫。右手提一支黑漆手杖，杖头是玉石制的。自然是黄玉！他旁若无人地在那个空酒杯前坐下来。直觉告诉我，此人就是约翰李。

约翰李缓缓转动面前的酒杯，犹豫着要不要再续一杯。然后注意到这里不只他一位客人。下一秒，他就领会了我们的意图，招手让我们过去。

我们上前问好，做了自我介绍，当即表明来意。

"铺子里去谈吧。"约翰李说，声音有些低沉，听不出今天到底喝了多少酒。至少，从他的步伐来看，远没到醉酒的程度。他脚步轻快，带我们抄一条近道回到"约翰李"的后面。

约翰李从长衫的侧袋取出钥匙，打开店铺后门。进去是一间小而整洁的库房，也作卧室使用。一张单人钢丝床，一盏灯罩缀着流苏的落地灯，一张小台子，一个圆凳。几个简易货架，上面堆着瓷器、玉石和各式小玩意儿。穿过一道布门帘，就进到店铺的前半间。摸黑打开前门，卸下外面的护窗板，眼前立时明亮起来。一截L形的玻璃柜台正对街市，后面是一个深色博古架，摆了几样大件儿，全部落着灰。两把明式圈椅，一张茶桌，靠着窗，桌上有白瓷茶具一套。后头墙上挂了幅三联圣画，年代不详。进门右边墙上是两幅近代铜版画，其中一幅刻的是堂·吉诃德和桑丘走在林间小道，桑丘手牵缰绳，看上去十分沮丧。

约翰李请我们就座，自己返回库房，回来时手里多了瓶雪利酒。随后又从柜台底下拖出一把颇有年代感的折叠椅,对着我们仨落座。

打开酒瓶,拉开茶桌抽屉,取出四个杯子,逐一斟满,然后把酒瓶放到自己脚边。我看他熟练地操作这一切。这时间里,不知说些什么才好——眼前的一切,太像一个哑剧演员在表演独角戏。

我看准时机,再次说明来意。

"李老板——"

"先喝一杯,"约翰李将酒杯递到我们手中,"来自赫雷斯的上好雪利酒。"

他举起自己那杯,送到嘴边,喝去一多半,然后微微一笑:"猫先生,这酒很不错,值得一试。"

"日落之前只喝啤酒,不过今天可以例外。"柯西莫男爵答道。

约翰李并不吃惊,拿杯子碰了碰柯西莫男爵的杯缘,又顺便碰了碰羊和我的。

"干杯,美丽的小姐。"

他把杯里的剩酒一饮而尽,接着取过酒瓶为我们斟酒,又给自己满上。

柯西莫男爵和羊只是小啜一口。我因为要开车的缘故,坐着没动。

"开车来的。"我说。

一阵沉默。

约翰李仿佛在集中思想。好一阵过去了。突然，他像从一个梦里醒了过来，说：

"会说话的猫，以前遇到过。不过那位猫先生没有这位柯西莫男爵说得好——"他在斟酌，忘了自己要说什么，只好继续喝酒。

我想打破这沉默，却不知该说些什么，以及从何处说起。

"柯西莫男爵还会讲西班牙语呢。"羊打趣道。

几秒停顿。

"……"

约翰李讲了句西班牙语，大意是：父亲爱的是儿子本人，儿子爱的则是对父亲的回忆。然后跟我们挨个碰杯，把酒送进胃里。

时间流逝。十几分钟过去了。异乡秋日的午后比平时更为安静。

我们等待着。

*

命运到底眷顾了我们。

约翰李想起金币这回事，是在喝完第三杯酒后。他放下酒杯，去到柜台后面，打开一扇柜门，在里面翻找了一会儿，然后坐回椅子上，在我们面前摊开手掌。手指清瘦细长，掌纹细密凌乱——掌心里是一枚古老的金币。

老实说，我有点儿失望。

这枚金币——假使就是传说中的21枚古西班牙金币之一——跟想象的出入很大。大小恰如一枚蛋黄，周身暗淡无光。一面是王冠盾牌纹样，一面是卡洛斯三世的侧像。打眼看去，竟觉有几分寒酸。

"据我所知——"约翰李看着掌心的金币，"几年前，很多人在找这样东西，人们听到一个传说，说找齐这些金币，就能实现人的任何愿望。"

"您相信吗？"我问。

约翰李摇了摇头。

"这枚金币是从哪里得来的？"柯西莫男爵问。

几秒钟的静默——仿佛时光驻留，跟着约翰李微笑起来。这笑容让我联想到1974年的罗伯特·雷德福。他把金币夹在两指之间，顺势在茶桌上一捻，金币贴着光滑的桌面旋转起来。

"猫先生，头像为正，冠盾为反，正面还是反面？赢了我告诉你。"

"请叫我柯西莫男爵，"柯西莫男爵说，"我的名字叫柯西莫男爵。"

"好的，柯西莫男爵。正面还是反面？"

"这是一个好问题。"

"猫先生的答案是——"

"柯西莫男爵——叫我柯西莫男爵！"

"柯西莫男爵，世事多变——要尽快做出决定啊。"

金币转速只有先前一半了。

"我会的。"柯西莫男爵说。

"那么——"

"我会的。"柯西莫男爵重复道。

"请。"

"好的。"柯西莫男爵说。

"正面还是反面?"约翰李最后一次问道。金币就要停止旋转了。

"正!"羊说,"正面!"

"正?"

"是。"羊点点头。

不知出于什么原因,我和柯西莫男爵也跟着一起点头。"正!正!"我俩跟着喊道。

大家屏住呼吸,看着金币停止了旋转,在桌面上静止下来。——是正面。

"先喝一杯。"约翰李提议。

"喝一杯。"

"喝一杯。"

此时,才得以长出一口气,紧张的神经松弛下来。约翰李喝下不知今天第几杯酒。然后,这个男人背靠椅背,手握酒瓶,说起了这枚金币的来历。

"从哪儿说起呢,那是很久以前的事了……"他说,目光落向自己的手背,"我26岁之前,一直生活在西班牙,塞维利亚。我出生在那里,父亲是第一代移民。从一贫如洗到当上本地华人商会的会长,他用了22年。我们家的皮革生意遍及地中海沿岸各省。我的母亲,是市退休议员的大女儿。父亲44岁那年娶了她。3年后,母亲生了我。又过了3年,母亲和父亲离了婚。母亲无法忍受父亲随时会发作的暴脾气。那个夏天,她决定不再去忍受这一切。母亲走后,父亲禁止我去见她。其实我也没有非要去见母亲,我跟父亲的问题不在这儿。说多了,各位,这些好像和金币无关。抱歉,故事总是从无关紧要的地方开始。"

约翰李顿了顿,继续说道:

"父亲老来得子,且只有我一个孩子,自然对我百般宠溺。在我的记忆里,自小起,我想要的东西从来没有得不到过。除了一样……"

讲到这里,约翰李的眼神迷离起来。

"我那年15岁,认识了一个中国姑娘。我15,她14。那天,记得是七月的一个下午,天气没那么热了。我从家里跑出来,去学校找朋友踢球。刚出家门,在第一个路口就和她撞个满怀。那天她骑了辆自行车,我记得是白色的。车筐里有一袋橙子,她从菜市场那边骑过来,我从另一边街上冲出,我们就撞到了一起。橙子滚了一地,有一个甚至滚去了马路对面。我从地上爬起,手忙脚乱地去扶她。在她抬头看我的那一刻,我爱上了这个姑娘。这事说起来有些莫名其妙,15岁的孩子懂得什么,遑论爱与不爱。我那时15

岁,吃喝不愁,生活优渥,身边不缺人伺候。可不知为什么,总觉得孤独得厉害,越是待在人堆里,越是在热闹的地方,这种感觉就越强烈。直到我爱上这个姑娘,我被她强烈吸引。我感到我整个人都需要她。我很后悔那天没有送她回家,而是去踢球了。于是,我不得不守在那个路口一个多月,终于在一个下午等到了她。我鼓起勇气,上前问了她的名字。那之后,我常请她来家里做客,让用人送上最好的蛋糕招待她,我亲自为她榨石榴汁。不久,我们接吻了,两个人的初吻。还发明了对各自的昵称——只有我们两个知道是何意思的名字。我们常趁大人不在家的时候,抱在一起,亲吻,抚摸,探索对方的身体。那时年纪小,不懂,也不敢做越界的事。我们度过了很多个美好的下午,曾经毫不怀疑地相信,快乐的日子会这样一天天延续下去,永远也没个尽头。金币就是那个时候,在我家后院的一个沙坑里发现的。我们在那里荡秋千,我的脚掠过沙坑,把它从沙里带了出来。我郑重其事地捡起,拿水冲干净,送给了这位姑娘,当作是某种承诺或是信物。就这样,到了姑娘22岁那年,我向父亲提出要娶她。父亲断然拒绝——'你应该娶当今市议员的女儿!'父亲说。这句话是所有一切的转折点。自那之后,——就像你们看到的,最后我没能娶成那位姑娘。后来,她去了别的地方。临走前那个晚上,她溜进我的卧室。我们脱光了衣服,抱在一起,整夜没睡。清晨,她俯在我身上,吻了吻我,将金币放在我的胸口,就离开了。到今日我还记得,那天早上她的发梢划过我的胸口的感觉。之后我再没有见过她。也因此，很长一段时间里，我恨父亲恨得要命——不妨说更痛恨自己。我是个阔少爷，长在衣食无忧的家庭，从小就有人伺候，周围的人对我俯首听命，父亲对我百依百顺——至少在这之前一直如此。我3岁时，就有了自己的小马驹，不是木马，是真的马，撒开蹄子就能跑的那种。别人一辈子得不到的东西，我轻易就拥有了，很快就腻烦了。我的悲哀在于意识不到自己的软弱，等意识到时已无可挽回。这种腐败的生活宠坏了我，等到要跟父亲示威时，我害怕了。我不敢迈出家门半步，没有用人，我连床单都换不了。我为自己感到羞耻。后来我想明白一件事，其实，我并没有多爱那个姑娘，有多离不开她。我不过是个被娇惯坏了的孩子，突然有一天被人拿走了心爱的玩具，一时不能接受罢了。说到底，我是个自私的人——仅此而已。"

约翰李举起酒瓶，喝一口酒，继续道：

"我没有勇气跟父亲决裂，这点我心知肚明，只好委曲求全。也谈不上委曲求全，日子照过，一点儿也不耽误。你们问我，有没有想过去找那个姑娘。没有，一次也没有。我这才知道自己有多自私，对爱人的情感又是多么虚假。我爱的人只有一个，就是自己。我只爱自己！想明白这点，并没有让我改变什么。从父亲那里继承来的暴脾气，反而开始在我身上显现。我成了另外一个我，酗酒、易怒、赌钱、夜不归宿，所有大好青年能做的事我做得比他们都好，且乐此不疲。两年后，父亲开始控制我的花销。我那时很少回家，日日流连花街柳巷，有一天在街上遇上了，他提醒我，我正在堕落，让我回家洗个澡，好好想想自己要成为一个什么样的人。'你最好找点儿正事做。'他对我说。我说我现在这样挺好，至多两年，我就能睡到市议员的女儿。'您的心愿不正如此吗？'我说。父亲碍于面子，没有当场发作。而我感到了一种复仇带来的快乐，接下去几年，依旧我行我素。不过，这场没有硝烟的战争，到底是父亲赢了。他富有，我一无所有。他脾气更胜我一筹。我输得心服口服。作为战败一方，我打包了行李，在一位朋友的资助下回了中国。第二年春天，我母亲病逝，得到消息时已是秋天，没人想起要通知我。"

约翰李讲完了。众人默默不语，就像电影里故事行将结束时那样。

"这是一个忧伤的故事。"羊说。

"输家一无所有！"约翰李将瓶中最后一点儿酒倒入自己杯中，一口吞下，"金币你们拿去，不要一分钱。"

"不，"我说，"这是生意，要付钱给您的。"

"虚假的东西一文不值，一文不值的东西无须付钱。"约翰李说。

我无言以对。

"各位，隔壁的隔壁'金石斋'，老板戴一顶白帽子，他手里有同样的一枚金币。你们去找他，但不要出超过这个数……"约翰李用手指比画了一个价格，"另外，这个人能帮上你们，一定要去找他。"他取过柜台上的账本，撕下半页，拿笔写下一个地址和一个名字,"我的一个老朋友,记得去找他,金币不像想的那么容易集齐。"

"非常感谢。"我说。

说着约翰李把纸片递了过来。

"不用客气,代我问候这位老朋友。"

我低头看向纸片——藕片先生,XX市XX街XXX号。我将纸片折好放进上衣口袋。

我们起身道谢,帮着上了护窗板,关了门。约翰李看上去有些醉了,和我们逐一握手。我们目送他走远,一直到听不见手杖的橐橐声为止。然后我们花了三倍于约翰李说的价,从白礼帽那儿得到了第二枚金币。

第五章
带有宿命意味的一场大雨

远处传来沉闷的雷声。很快，豆粒大的雨点从天而降，在响晴的天空下织成道道雨帘，打在地上，激起尘土。等雨下过一阵，接二连三的响雷和闪电这才临时想起似的匆忙登场。黑色云层像徐徐拉合的幕布从江对岸遮过来，仿若恶魔的披风。等到天空整个黑下来，雨势就更大了。我不得不将车子的雨刮开到最大挡。即使这样，也不能及时清除车窗上的雨水。世界笼罩在一片水亮之中，什么也看不清，什么也不是了。我小心跟在前车后面，一点点朝对岸蹭去。雨更大了。雨点落在车顶上，发出成片浑浊的响声。积水很快没过了桥面，没上两侧水泥护栏，再没过护栏倾泻到江面上去。车流一度停滞下来。我踩住刹车，拼命握住方向盘，桥面的积水仿佛要把整辆车子托起来。我试着打开车窗想看一眼外面的情况，只落下不到两指，雨水便忽地灌了进来，只得作罢。桥上的水银灯亮了，在大雨里显得暗淡极了，于眼前的黑暗无济于事。周围一片阴沉。听着这雨声，就像来到了空虚与荒凉世界的正中。车列又停下来了。此刻，我们就像浮在半空中，悬在一个几百米高的峡谷上面。一阵疾风吹来，桥身开始摇晃。几分钟后，车流又开始动了。我松开刹车跟上去，尽量不用油门。走了二十米不到，车列又停了。这时，我们正处在大桥的中间部位，江面上黑压压一片，雨阵匆忙落下，不时被低空闪起的巨大电光照亮。紧跟着，阵阵响动天地的惊雷就贴着水面奔下游去了。我伸手去车座后，从网袋里摸出另一瓶威士忌。

"雨太大了，要是冷，可以喝一点儿。"我说。

"你不来吗？"柯西莫男爵说。

"我不来，我开车。"

"好吧，我们来一点儿。"

"扶手箱里有杯子。"我说。

雨还在下，没一点儿要示弱的意思。雨声盖过了一切，收音机声、引擎声、喇叭声都听不见了。我干脆关了收音机，拉上手刹，干等着。因为车队一动不动，足有20分钟了。现在，车队又开始一点点往前移了，前面的车子全部亮起了车灯。桥面似乎还在摇晃。一只没来得及归巢的黑鸟，孤零零地躲在一个应急电话亭的下面，羽毛被雨淋了个尽透，眼神呆滞空洞，像被这场骤起的大雨给吓坏了。因为车辆停滞不前，柯西莫男爵跟它隔窗对视了好一阵子。现在车子又可以挪动了，速度比先前快了一点儿。已经能望见对面的索塔。我在心里默默计算，再有半个小时应该可以离开大桥。雨似乎也在小了，至少不必再像刚才那样担惊受怕。三颗悬着的心放了下来。

"这雨下得莫名其妙嘛！"羊说。

"哪里像是九月份该下的雨！"柯西莫男爵跟着说。

"就像对什么不满一样。"羊接着说。

"唔，感觉很不妙啊！"柯西莫男爵说。

"人生还是头一回在这种境况下喝酒，感觉很不对劲！"

"没有冰！因为没有冰，有冰就对劲了。"

"男爵您可真是——招人喜欢。"

"大家都这么说，我也快要控制不住爱上自己了。麻烦再给我加点儿，我现在伤感得厉害，雨下得太久，猫也会感伤。"

"够了吗？"

"差不多了，再来点儿，谢谢。"

"够了吗？"

"还差一点点儿，你只需再努力一下下。"

"可以了吗？"

"可以了，谢谢。"

"……"

"可以了。"

"……"

"可以了！"

时近4点，我们才回到酒店。这时雨势更小了一些，四处都是流水的声音。来不及排掉的雨水从下水口倒灌出来，没过了路边界石。从酒店房间的窗口望出去，厚重的雨云层已渐次退去，煤烟样的雾气正急速从半空飘过。天空仿佛是一个巨大的灰蓝色的玻璃罩子，雨势稀疏下来一时不会停。我躺回床上，打开电视，用毛巾擦拭被雨浇湿的头发和身体。不多会儿，一声巨大的轰响，接着是金属扭曲发出的沉闷的吱扭声从对岸传来。我快步来到窗前，窗外的能见度仍然有限。从窗口向远处张望，视线被江边密密的雨丝阻挡了，看样子一时半会儿雨停不了。我回到床上，把电视调到本地新闻台。40分钟后，一位穿着塑料雨衣的女记者出现在屏幕上。报道的内容简单翔实：今日午后本市突降暴雨，降雨量超过本市历史最高纪录，江面水位上涨，一座索塔受水流冲击吊索移位，下午3点55分靠近东岸的一截桥面突然塌陷断裂，目前人员伤亡情况不明，大桥何时能恢复交通，还要看有关部门的调查结果。

我关上电视，准备给自己倒一杯酒，这时电话响了。

"知道了吧？"对方说。

"刚看到。"我说。

"情况不太妙啊。"

"是啊。"

"虽说绕道也能抵达下个目的地，但总感觉该从那座桥上离开。"

"我也有同样的感觉。"

"事情就是这样，一开始太顺利总不是太好。"

"……"

"不过也别泄气，怎么说两枚金币已经到手了。无论后面发生什么，咱们先吃晚饭，然后去喝一杯。"

"要庆祝一下吗？"我问。

"日常喝一杯吧，今天不合适，听说有伤亡呢。"

"嗯。"

"一会儿见。"

说完，电话挂断了。床头的数字时钟显示着时间，马上17点了。我把取出的酒杯又放了回去。

*

下午6点差一刻，我乘电梯去酒店二层的餐厅跟他们会合。这时，雨已经停了。从观光电梯望出去，江面犹如一条缎带，阴沉的天空下，黑色的群鸟在来来回回地打圈子。

晚饭过后，柯西莫男爵提议去附近的剧院看戏，羊欣然前往。我不想看戏，就一个人来到隔壁的酒吧间。先是鸡尾酒，后来换成苏格兰威士忌，不知不觉间时间来到晚上9点。本来想请大学生模样的调酒师喝一杯，他拒绝了。我跟他道声再见，便回到房间。电视里仍在播着老电影。我穿上外套，走出酒店。较之下午，气温至少下降了几度。我顺着江边走，打算去看看断桥。到了桥头，才发现路已被封锁，外围拉起了警戒线。两辆警车停在路边，闪着灯，执勤的警察身披雨衣，手里挥动着红色交通棒。我只得作罢，又往前走了一段，想着换个地方再去喝一杯。这时候，耳朵深处猛然鸣响，刺痛紧随而来。我明白这是怎么回事，可来不及迈腿，我就地跌倒了。

第六章
从黑暗中醒来

我从黑暗中醒来,眼前是无以复加的黑。在这浓稠的黑色里全然搞不清自己身在哪里,也不敢乱动。过了几分钟,眼睛适应了当下的黑暗,我看见朦胧的月光从半开的窗口照进来。视线依次扫过天花板的四个角,得出结论——我原来正躺在酒店房间的床上。金鱼已经退去,耳道深处仍留有隐隐的刺痛,只是不似金鱼到来时那般难以忍受。我试着从床上坐起,却发现身体不受控制,无法顺利将大脑发出的指令转化为对应的动作。身体近乎陷入一种麻痹状态,除了眼球,其余部位一动也不能动。我再次把意识集中一处,向右手的小指发出指令。然而小指既不愿翘起,也不肯蜷缩,到底怎么回事?不能坐以待毙,必须做点儿什么呀!至少眼球是可以动的。借着从窗外照进的极为有限的光亮,我反复打量起视野里的一切,同时思索着下一步该如何应对。蓦地,我意识到我的身边还躺着另外一个人。想扭过头去看,却做不到,身体依旧不听使唤。是羊!脑中突然冒出这个想法。然而,为何会冒出这样的想法？为什么是羊，不是别的什么人。我无法作出解释。但毫无疑问，身边躺着的是个女孩。我能真切地听到她的鼻息，以及淡淡的洗发水的香味。一股类似夏日早晨林间小路上的清新气息在黑暗中飘浮，那是年轻女孩的身体散发出来的。

没错！是羊。

搞清眼前状况，着手进行下一步。但就此刻的情况来说，似乎没有别的选择，唯有耐心等待下去，看身体什么时候可以恢复知觉。我耐心等待，尽量不去想什么。十五分钟后，身体逐渐放松下来，感官功能也随之恢复正常。我动动右手的小指，这回轻易就做到了。与此同时，下体传来轻微的灼痛，是短时间内反复交合才会有的那种感觉。究竟发生了什么。我转过头，躺在身边的的确是羊。两个人都没穿衣服，赤条条一丝不挂地躺在酒店的双人床上。她以婴儿依附母亲的睡姿在我身旁安然酣睡，上身随呼吸有规律地起伏着。究竟发生了什么呢？我睡着的两个小时里究竟发生了什么？羊为什么会出现在我的房间里？柯西莫男爵又去了哪里？我试着将散落各处的碎片归拢一处，拼出事件的全貌，结果却总是不尽人意。记忆像被人强行扭去了几段，怎么也拼不到一块儿。黑暗中的一切都是徒劳的。好在，身体恢复如常，可以自由活动了。

我从床上悄悄起身，踱步到窗前。外面一片沉寂。除我之外，整个世界仿佛都在沉睡。窗帘环刮擦窗帘杆发出微弱的声响。我赤身站在月光里，想象世界上还有另外的无数个窗口前站着无数个自己。这所有的我和其中每一个我都在屏息细听，试图捕捉来自世界的任何的微小声音。在窗前站了许久,羊一直没有醒来。我摸黑穿好衣服,尽量不弄出任何动静,轻轻拉开门,准备前往酒店二层的小酒吧间。酒吧间是24小时营业的,我打算在那里一直待到天亮。

*

"晚上好。"看守电梯的值班人员说道。
"晚上好。"我说。

*

酒吧间的灯一多半黑着,那个大学生模样的小伙子独自坐在吧台后面吸烟,见我到来连忙将手中的香烟掐灭,驱散面前的烟雾。我在吧台前坐下,示意他不必介怀。
"没关系的。"我说。
"这里不让吸烟的,不过一个人坐等天亮实在是无聊。"他说。
"夜里的表总比白天的走得慢。"我说。
"好像真是这样。"他咧嘴一笑,接着问,"喝点儿什么?"
"随便什么,是酒就好。"我说。
于是,小伙子忙活起来。很快,一杯日式鸡尾酒放到我面前。我浅啜一口,味道不错。有种说不出的感觉——很真实!

"谢谢。"我说。

对方依旧是浅浅一笑，算是回答。

接下去十几分钟，我们不再交谈。他忙起别的活计，我自顾喝酒，并不因当下的沉默感到尴尬。

"夜里一个人睡不着是啥滋味？"对方突然停下手里的活问道。

我放下酒杯，想了想，说：

"就像——一个人到了空虚世界的边缘，周围既没有称得上是风景的东西，甚至没有称得上是东西的东西。天呢——永远不会黑，却也永远不会亮起来。就是那样的一种感觉。"

对方点点头。

"能理解？"我问。

对方又点点头。

"其实也没什么，习惯就好。"我说。

"也许吧，但不是人人都能习惯的吧。"他说。

"也许。"我说。

几秒钟的沉思。

"有女朋友？"我问。

"分手了。"

这回轮到我点头了。

"不想跟我回来，留在墨尔本了。"

"你有非回来不可的理由？"

"也不是。"

我等他说出下文。

"只是待在那边不知道要干什么，也静不下心去思考一些重要的问题，总觉得周围缺少了点儿什么。"

"有时候感觉是这样。"我说。

"但至于缺少了什么，则说不出来。脑袋疼！"

"别想了。"

"嗯。再来一杯？"

"好。"

第二杯酒让我感觉世界真实起来。

"想过回去吗？"我问。

"墨尔本？"

"嗯。"

"暂时没有。"

"我有个亲戚在那边，关系很近的那种，一直没去探望过她。"

"想去看看？"

"没想过，"我说，接着又补充道，"不知道。"

一小阵沉默。

"来杯威士忌吧！"小伙子从身后的酒阵中，拣出一瓶山崎25年。接着，从吧台下面搬出一个木制便携式小播放器，按下其中一个按钮。

"这酒得配一首好曲子喝。"他说。

钢琴声响起，是舒伯特的《降E大调第二号钢琴三重奏》。

"这太奢侈了。"我说。

"放开喝，酒是偷的，我父亲的酒。从家里出来时，啥也没带，就带了这瓶酒。"

我看着琥珀色的液体倒入玻璃杯，酒刚好没过一半冰块。

"出走？"我问。

"嗯，跟家里闹了矛盾，不想留在家里了。"

我们碰了碰杯子，午夜的酒吧间传来一声空响。

味道确实不凡，自然，也少不了一股子人民币的味道。

"愿闻其详。"我说。

"我们家在乡下有个厂子，生意还不错，这些年一直由老爹打理。我上面有个姐姐，是父亲跟前妻生的。后来父亲有钱了，就离了婚，娶了我母亲。我算是小老婆生的。"他自嘲地笑笑，"这几年，也许是父亲觉得自己老了，老希望我能回去继承家业。可我不想要那样的人生。虽然还不知道自己要成为什么样的人，但可以明确的是，不想成为父亲那样的人。"

"接下来有什么打算？"

"攒钱，去日本，学调酒。"

我点点头。这类事不好评说，人各有其苦。父亲于我而言已是一个极为遥远的印象。

我们又碰了碰杯。

"后半夜经理不在，才能偷喝点儿。"

他笑了笑。一杯威士忌下肚后,他的话多了起来。

"其实夜里值班很寂寞的,一个人能做的事不多。"他拍了拍那个复古造型的小播放器,"不过有音乐的话就没那么孤单了。我挺心疼父亲的,白手起家,操劳了大半辈子,自己最珍视的东西却不被儿子接受。他一定很难过。不过没有办法,我就是做不到,做不到成为他想让我成为的那种人。"

我们又举起酒杯。

"这杯为自己!"我说。

"为自己!"他说。

我们分别喝下四杯威士忌。他看上去有些微微醉了。我没有任何感觉。我不是善于饮酒的人,但记忆里没有醉过。失眠开始后,我的酒量更是如宇宙黑洞一般,任凭倒入多少,也上不来半点儿醉意。

谈话就此打住。不久,小伙子伏在吧台上睡了过去。剩我独自一人坐在高凳上,一边喝杯中剩下的威士忌,一边在心里计算失眠的天数。算过三遍,确认今天是第90天。一个数字而已,我想。对我的人生而言,实在不算什么。是的,算不上什么。我望着喝空的玻璃杯,想起了很多过去的事。那些人和事就像货架上的商品,排列在我的记忆里。每隔一段日子,我就逐一清点,看看少了什么。外面渐渐亮了,晨光透过巨大的落地窗给室内涂上一层微蓝。小伙子该下班了。我轻拍他的肩膀叫醒他,从高凳上起身告辞。我想付账,他拒绝了。

"谢谢,"我说,"你,还有你父亲的酒。"

"不用客气,有人陪我度过长夜,这还是头一回。"

他睡眼惺忪地笑了笑。我也笑了笑。

"再见。"我说。

"再见。"他说。

第七章
当铺

柯西莫男爵吃完自己那份早餐后，就开始用舌头清理起前爪两个软软的肉球。我和羊在一旁默默喝不加奶的咖啡，等它做完这一切。

咖啡喝过两杯，它才说：

"抱歉，让大家久等了，不过这对我很重要。"

"舔肉球，很重要？"羊问。

"嗯，近乎一种仪式。"柯西莫男爵说。

"我没有意见。"我说。

"明白了。"羊点点头。

"现在可以谈谈正事了。"柯西莫男爵说。

"情况就是我刚才说的那样。"我把最后一口咖啡送进胃里。

"这么说——钱包、现金、信用卡，还有身份证，都被人一股脑儿拿走了。"

"以及驾驶证。"我补充道。

"这一切发生在你散步睡着的时候?"

"是这么回事。"我说。

柯西莫男爵若有所思地点点头。

"还好金币没丢。"他说。

"金币锁在旅行箱里,车钥匙也还在。"我说。

羊低头摆弄盘中的一块柠檬馅饼,看起来和昨天没有不同。昨晚的事不知她是否还有印象。

"很棘手啊,证件什么的丢了无所谓,反倒落个轻松。不过没有钱就麻烦了。这年头没有钱,老婆都会跟人跑了。"

"是这样,"我说,"不过总会有办法的。"

"办法总会有的,可是时间不多了。也不知那座破桥什么时候才能修好。猫咪我简直没心情喝咖啡了。"

"会有办法的,相信我。"我说,心里也不是很有底。

"好吧,诚如所愿,我要喝咖啡了。"

这时,羊吃完了那块柠檬馅饼,抬起头。

"会顺利起来的!"她说,说完又补上个笑容。

羊的笑容总让我想起另一个人。

*

早餐后我们去了一家名叫"新富兴"的典当行。这间典当行位于城郊一条窄街的近旁,离江边还有相当一段距离,附近是大片蓝房顶的仓库，房脊上蹲着一排排鸽子。鸽子什么也不做，只是无言地看着我们。我们把车停在一栋四层建筑前面。门口有八个带编号的停车位，2号车位里停了辆本地牌照的黑色奥德赛。车子被改装过，换了更宽大的轮毂和赛车轮胎，底盘降低不少。三面窗贴着厚厚的黑色隔热膜，靠近了也看不清车里面。典当行里十分幽暗——若不是走近看见了门上挂的营业二字，还以为走错了地方。此外，门旁另挂了一块牌子，上面用粗体字写着——

本铺三不当：女人、药品、欠条

推门进去，门后上方的小铃丁零零响过一阵，店的深处传来嚓嚓的脚步声。不算漫长的等待之后，一个鼻子长得像剃刀的老人，出现在高高的柜台后面——我第一次见到这么高的柜台，要把手举过头顶才够得着台面。老人居高临下，就像十字架上的耶稣那样俯看着我们。不过他跟耶稣有一点儿不像，这人的头发全白了，没一根灰的，就像在雪地里站了一夜。两道眉毛却粗黑粗黑的，不掺杂一毫白的。一对贼亮的小眼睛藏在深眼窝里，透着一股子精明和世故。只见他不慌不忙动作非常之慢地从上衣口袋内掏出一副半框眼镜，架在干瘦的脸上，然后用察看存款余额般的目光，将我们仨上上下下打量了个遍。这般过后，他才在柜台后面干咳了两声，代替了问好。

"营业？"我问。

老人拿下巴冲门后指了指,那里挂着一块"营业"的牌子。

我抬手指指门外。

"在外面。"我说。

"什么在外面?"老人话音低落,听着像是三天没吃饭了。

"一辆车。"我说。

老人将一只耳朵凑到柜台前的栏杆间隙。我猜他有点儿耳背,提高音量又说了一遍。

"一辆车,红色的,本田,车龄两年。"我差不多是在喊了。

"你的车?"对方大声问。

"不是。"我大声回答。

"那是谁的?"

"朋友的。"

老人不说话了,取下脸上的眼镜拿在手里。

"你头回来这种地方?"他接着问。

"是,"我大声说,"第一次。"

"典当行有典当行的规矩,你只能抵押自己的东西。"

"我知道,但情况有些复杂,一句话说不清,我们又急着用钱。"

"上门的哪个不急着用钱,就算副市长来了,也得拿自家东西。"

"副市长也缺钱?"我问。

"其中几个吧——咱们国家的副市长太多了,我上了年纪,记不住。好了，恕不远送。"

"等等！"我赶忙喊道，"我们可以接受少付一点儿。"

老人半转的身子又回过来，拿那对亮亮的小眼睛疑惑地瞅了我们一会儿。

"外地人？"他突然提高音量问。

我点点头。

老人直摇头。

"身份证带了吧？"他接着问。

"丢了。"我说。

"你呢……"

羊从背包中取出护照，踮起脚，递上去。

老人戴上花镜左看右看，合上，递下来，然后对我摇摇头：

"日本子，不行！"

"没别的证件了。"我说。

"一个外地人，一个日本子，身份证不在，车又不是你的，这买卖叫我咋做？"

我一时想不出应对之策，但不能就这么离开。这时我听到柯西莫男爵在我耳边悄声提醒："跟他讲我们这几天一直住在那家酒店。"

我依葫芦画瓢，将酒店的名字告诉老人。他的态度似有缓和，但他接着说：

"按道理讲，我们不收来路不明的货品。"

"店里的每样东西都来路清楚吗？"我问，我明知故问。

老人轻蔑地哼一声——他自然明白我指的是什么。

"你们等着，我去打个电话。"

老人的头消失在柜台后面，接着是脚步声，叹息声，开门、关门声，然后就什么都听不见了。

老人离开这段时间，我们无事可做，就地打量起店里的陈设。倒也没什么可看的。正对门口是高高的柜台，差不多有半个教室那么长。柜台下半截用壁板包了，台面也是木头的。一排金属栏杆，根根婴儿胳臂般粗细，以大致十厘米的间距排列，向上直通到天花板里面。柜台两头各有一个小包房，用跟柜台同样花色的木壁板围合起来。没有门，没有窗户，简单明了得就像穷人的衣柜——纯粹功能性思考的产物。——一刻钟后，老人回来了。

先是低弱的声音：

"我干这行60年了，你们这样的主顾，还是大年初一头一回，我倒是要看看这宝葫芦里装的什么药。"

老人雪白的脑袋从柜台后面慢慢升起，他问：

"车呢，车在哪呢？"

"外面。"我说。

"哪儿？"

"门口！"我冲着老人转过来的耳朵大声喊道。

"啊。"老人领会了我的意思，拿起手边的一个小铃摇了摇。

半分钟过去了,什么也没发生。老人又拿起小铃摇了摇。

"等着。"老人说。

又过了一会儿,右首包房的门开了——原来是从里面向外开的暗门。一个大约30岁的青年走出来,穿一件胸口绣着老虎头的夏季夹克。他看都不看我们一眼,直接从我手中拿过车钥匙,推门出去。

几分钟后,他回进店里。什么也没说,将车钥匙递还给我,一声不响地进了包房。

包房的门在我们面前又关上了。

"行了,你们打算要多少钱?"老人问。

"一百万可以吗?"我说,我故意这么说的。说实话,我被老人的这套把戏弄的有点儿厌烦了。

"你个后生说笑话,这车放市场上至多十万。"

"那就十万吧。"我说。

"照典当行的规矩,至多给你五万,可车子又不是你的——要是你偷的,我们也跟着倒霉——这么算下来,只能作两万,当期一个月,月利五分。"

"两万太少,不够用。"

"你去别处打听打听,敢收这车的城里找不出第二家。忘了问了,哪个介绍你们来的?"

"凭感觉找来的。"我说。

老人不理会,手放上一边的算盘,"啪啪"两声响。

"两万块,不能再多了,开票?"

"不行,钱太少了,不够用。"我说。

"你想要多少?"老人抬起眼,问。

"八万。"我也不知道该要多少,就随便说了一个数。

"后生,讲笑话也要有个度!"

"老伯,"我决定最后一搏,"您别生气!这样,您给我们八万,我们保证一周之内回来取车,付您三倍利息。"

老人直摆手。

"您考虑下。"

"没商量,除非——"老人欲言又止。

"请讲。"我说。

老人又反复看了看我。

"除非——"他这时才露出底牌,"除非——当期一周,五倍利,过期绝当,不候不续。你们考虑下,我去打个电话。"

"不必了,成交。"我说。

我答得如此干脆,不知道为什么,总觉得此时此刻非这么做不可。

老人继续盯着我,看了十几秒,问:

"账算清楚了?"

我点点头。

"我去开票。"他说着消失在高高的柜台后面。

当票是手写的,一式两份,毛笔字工整端秀,颇有点儿书法家的气韵。我在上面用墨水笔签了字,又蘸了印泥按下两个红指印。老人隔着栏杆递出钱,我接过简单过了下,一万一捆,共八捆。我把钱收进羊随身背的包里。

"钱款当面点好,出门概不负责。"

"不必了,谢谢。"我说。

说着,我们朝门口走去。

"请留步。"老人在身后喊道。待我回过身,他又说:"我还想再帮各位一个忙。"

"您已经很帮忙了。"我回答。

"是另外的忙。"他说。

我不解。

"敢问各位遇上的是哪一种麻烦?"

我继续不解。

他解释道:

"世上的麻烦分两种,一种是可以用钱解决的,一种是钱解决不了的。不知你们的是哪一种?"

"我们运气好,是钱可以解决的那种。"我说。

"我刚好认识这么一位神通广大的老板,也许会帮上你们。运气好的话,你们能从他那儿大赚一笔。实在说,你们今天的运气已经好得不像话了。"

"带我们去见他。"羊抢白道。

我点点头。

"请稍等。"老人说。

那个沉默寡言的青年又被差遣出来。

"带客人去佟老板那里,人送到后你马上回来。"老人吩咐道,说完换回原来的口气,对我们说,"恕我不远送了。"

"不必客气。"我说。

从昏暗的当铺回到街上,秋阳高照,一片明亮。穿夹克的青年去发动车子。羊取出一副20世纪70年代风格的太阳镜戴上。柯西莫男爵异常熟练地跳到我的肩上。

第八章
幸运数字

钱拿到了,接下来会发生什么,我也不知道。最坏的结果无非把母亲留给自己的房子卖掉,或是去做几年不喜欢的工作,车总能赎回来的。无论将来会发生什么,一切到时再说。我便是抱着这样的生活哲学——如果这能算作是某种生活哲学的话——度过了许多无可奈何、平静而又徐缓的日子。已然失去很多,就不必在乎继续失去了。所谓人生,大致是这样一个过程。

*

房脊上的鸽子不见了,不知什么时候飞去了哪里。黑色奥德赛沿典当行前面的窄街驶入一条通往江边的柏油弯路,在岸边兜了个圈子后,驶向城中方向。跟我们来时路线正好相反。

我坐在前排,隔着深色车窗仍可感受到秋阳特有的温度。引擎发出柔和的声调,就像夜晚的海涛拍打沙岸。穿夹克的青年专注驾驶，一言不发。也许，此刻，他的思绪也已飘去不知哪里的世界。接近市区后，路上车辆忽然多了起来，但这辆黑色奥德赛几乎不受任何影响，时速一直保持在80公里上下，犹如溯流而上觅食的一条鲶鱼，在车流中来回巡梭，适时变换车道，选取最佳位置和行进路线。我不由得对眼前这位穿夹克的沉默青年刮目相看。

黑色奥德赛沿江边行驶了几公里，公路被昨天的雨水冲洗得十分干净。跟着道路转向，车子驶离江边向西开去。江面从视野里消失了。经过两座矮山中间的坡顶时，江面才又回到视线里。下山之后，路旁建筑渐次增多。我们经过一座青砖修建的教堂，一片正在施工的高层住宅区，一个掩藏在高大乔木间的别墅庄园，一处空旷的加油站，队伍排得很长的汽车餐厅，红白两色的城市观光塔，缓慢旋转的摩天轮。车子稳稳驶出主干道，汇入市区马路的车流。在等了几处红绿灯后，奥德赛忽然右转朝着城区最繁华的地段开去。多层立交桥、洋气公寓、不欢迎穷人的购物中心、一顿饭吃掉你五千块却只能落个半饱的高级餐馆、24小时不停播放奢侈品广告的巨型户外电子屏陆续闪入眼帘。最后，我们从一家楼顶立着飞鸟雕塑的酒店门前经过。我曾在电梯里见过其广告，据说有58层之高，楼顶一只银色鸽子以展翅的姿态俯瞰整座城市。广告语同样达到令人费解的高度——银鸽子酒店，得未曾有的一生之享！——我已经记不清大家不肯好好说话是从什么时候开始的了。

从地图上看，此行的目的地离银鸽子酒店只有地铁一站地，光景却大不相同。此地没有高层建筑，马路很窄，路上人影少见。倒是道旁的柳树长得枝繁叶茂，浓荫匝地。我将车窗落下半寸，久违的蝉鸣在耳边响起。蝉声之外，是成片建于20世纪的居民楼，清一色红砖外墙，6层或是8层，户户装着防盗窗。从外观上判断，这些房子至少存在40年了。十几分钟后，穿夹克的青年把黑色奥德赛停在路边，带我们走进一处无人的厂区。工厂早已荒弃，四处尽是一人高的野草从水泥地、砖缝里钻出来。这一刻，我想到工厂就是一具巨大的尸体，躺在这无人问津的地方，一寸寸腐烂下去。没有人说话，大家沉默着穿过长满车前草的篮球场，来到一栋棺材形的六层楼房的背面。

从一个不起眼的门洞进去，接着是一段通向地下室的水泥台阶。台阶宽不过60厘米，俩人遇着得侧身方可通过。青年在前，我在中间，羊跟在后面。柯西莫男爵蹲在我的肩头不时叮嘱几句，声音低到只有我一人能听见。走下四十几级台阶后，就到了半地下（依然有天光从看不见的窗口照进来），再穿过一条长长的、昏暗的过道（头顶的灯大多不亮）去到大楼的另一头，一道斑驳的铁门出现在我们眼前。这道门让我想起冷战时，苏联人因为核恐惧而修筑的地下掩体，在莫斯科的深深地底，厚重的铁门和冰冷的水泥墙面，共同组成了人类末世的单调画面。青年拿手掌拍门，半天不见回应。他又朝装在门框上方的监控挥挥手，依旧没有动静。然后从夹克里掏出一部手机，找一个号码拨出去。电话马上接通了，青年什么也没说，只是嗯了两声，就挂断了。几分钟后，门后传来拉动门闩的声音。

铁门先是开了一条大约一拃宽的缝隙，一个年龄至多20岁、活像费尔南多·博特罗画中走出的胖男孩探头出来。这人目测身高超过1.95米，体重至少140公斤。他低头——真的是低头——看看我们（自然包括柯西莫男爵），然后冲穿夹克的青年点点头。胖男孩又将门开大一些，让我们进去。穿夹克的青年也想跟来，却被胖男孩拿手挡在了外面。

门在身后重重关上。一切瞬间沉入黑暗。没有光，没有声音，仿佛连空气也变得稀薄起来。胖男孩打着打火机，点亮手中的半截蜡烛，引我们向黑暗深处走去。火光之后，几团巨大的黑影跟着在墙上飘忽。不知从哪里跑来一只小壁虎，被火光一照，一个急刹车，贴住墙面动也不动。它机警地打量着一切，转眼又隐入黑暗。这过道通向哪里？或是有没有尽头？我一概不知。因为蜡烛被男孩举在身前，在后面只能看到一个圆滚滚的黑影，这光景很像矿工穿行在深深的地下。耳边唯闻领路人的喘息声。如此向前走了大约五十步，隐约觉出脚下是普通的水泥地面。又走了五十步，胖男孩停住脚，转过身，将蜡烛交到我手里。

"小心。"他说。

借着烛光，得以看清右手边有一道窄门，颜色同墙壁相近。男孩从腰间取出一串钥匙，拣出其中一把，插入锁孔。门无声地开了。里面没人，只有一盏少了灯罩的落地灯在墙角亮着。我吹熄烛火，走进去，石蜡的焦味立刻在周围弥漫开来。

这间屋子不过七八平方米，虽说小得不成样子，但该有的东西一样不少。沙发、茶几、饮水机、烟灰缸，电视也是进口的平板，唯独缺了一个灯罩。胖男孩打开浴室的门，浴室也很小，但该有的东西也是一样不少。门口有个壁柜，男孩打开柜门，柜里空无一物。男孩弯下腰挤进去（对他是件极吃力的活计），在暗处摸索了一小会，另一扇小门打开了。我们依次钻进柜子，穿过这道小门，一个好似地下工厂的混凝土空间赫然入眼。

墙壁很高，至少有6米高。两排日光灯管是后装上去的，向着四周洒出清冷的光。天花板（其实是混凝土浇筑的承重板的底部）中间，悬着两个大换气扇，排风的管道已经拆除，只留了桨叶部分，通体布着红色铁锈。地上原本有一层绿漆，但随着年月的更移，如今混凝土从下面显露出来。眼下最吸引我的，却是胖男孩的着装。他上身穿的是正经黑西服和白衬衫，下面却是一条短裤外加一双绿色的袜子。袜子很长，一直提到膝盖的位置。和刺目的绿袜相比，脚下的一双黑皮鞋倒又显得平常。这身行头想必是专门找人定做的，不然，哪里可以买到这种款式尤其是这个尺码的衣服。此时此刻，这个巨大的身躯带给我一种超现实的强烈感受。

场地的主人只圈出大约四分之一的面积作为营业区，余下地方不着一物，黑着灯。营业区烟雾弥漫，外围拦了两道猩红的天鹅绒绳圈。绳圈破旧不堪，几处脱开立柱垂到地上。入口处（权当是入口吧）歪歪扭扭竖有一块半人高的黑板，正中用粉笔手写：当场结算，互不赊欠。字很像是小学生写的。另一道天鹅绒绳圈从内部约三分之一处穿过，将营业区分成两个部分。较大的一边用来摆放轮盘赌台——自然是数码台子,不同于俄国小说里描述的后面会站一个晚礼服绅士的那种——我数了下,共九台,每台可坐六位赌客。另一边是办公兼休闲区,设有两张台球案子,几支脏兮兮的球杆扔在那里,台上的球已不知去向。七八台自动麻将机沿墙边一字摆开,在最靠里一台边上,三个上了年纪的男人正坐在一起玩扑克,其中一个平头男人的面前堆满了钞票,几乎全是百元大钞。这人穿一件腰果花图案的半袖衫,神色镇定,十有八九是这伙人的首领。另有三位年轻的看客抱臂站在一旁,身上穿着和胖男孩一样的行头,黑西服、白衬衫、短裤和绿袜子。胖男孩吃力地(可以说是非常非常吃力)跨过拦在中间的绳圈,朝他们走去。他在平头男人的耳边低语几句,男人没什么特别举动,朝这边瞟了一眼,便接着玩起了扑克。胖男孩退后两步,加入看客的行列——绿袜四人组合体成功。毫无疑问,这里是私人开设的地下赌场。

*

离我们最近的台子空着三个座位,我们走过去坐下来。我叫来侍者(权且这么称呼吧——依旧是那个胖男孩,依旧是吃力地跨过绳圈),从包里数出三万现金,交到他手里。

"分三份。"我说。

"猫也要赌?"他气喘喘地问。

"是的,给猫充一万。"我说。

胖男孩费劲地蹲下去，用一把五边形的钥匙打开我座位下面的一小块方形挡板，伸出一个胖手指，在里头一个类似计算器的键盘上戳了几下。丁零一声，我面前的电子屏上多出了一万筹码。如法炮制，胖男孩为羊和柯西莫男爵充好筹码。这时间里，我打量起坐在对面的三位客人。他们一看就是此地的常客，三个全部面色如土，头发蓬乱，眼光呆滞，像极了陀思妥耶夫斯基笔下的某些小人物。三人怔怔望着面前的筹码余额，表情仿若梦游。我猜他们至少一周没回家、没在床上睡过觉了。

说起来，认真学习赌博，人生还是第一次。

先是小玩几把，大致了解了轮盘赌的规则，数字、大小、红黑、单双及各种赔率。虽说只是试水，半小时不到三人（猫）加一起输掉了近两千块——每次押一百，输多赢少。

赌台上有两个按钮，一个掌管筹码大小，一个负责筹码数量，动动手指即可押上全部身家。

庄家是一块来自日本或韩国的电子芯片——换句话说，对手是一个电脑程序，是一组代码。我不是赌徒，不好判断这样的赌法是否还有乐趣可言。

此外，赌台既不旋转，也没有在档格间跳跃的白色小球。色块和数字轮流亮起，在赌徒眼中造成轮盘转动的假象。倒是轮盘中央蹲坐的六只招财猫齐齐挥舞上肢的模样，使人颇感欣喜。

在输掉三千块之后，运气有所转好。

我们加码，把赌注提高到每次两百。一次红，两次黑，一次中间数。几轮下来，不但翻了本，还净赚一千块。

不知什么时候，对面三位陀氏笔下的人物从冬眠似的沉思中苏醒过来，加入这场人类和电脑程序的较量。

一百块。五十块。十块。三人分别下注。然后焦急等待，等待属于自己的幸运时刻。

我注意到每次下注十块的那位，眼中对于赢钱的渴望比起另外两位要强烈数倍，甚至百倍。轮盘转动时，他的目光紧盯着他下注的地方，两手僵硬地握在一起，像极了我在哪里见到的一幅陀思妥耶夫斯基本人的画像。

赌注加到每次一千块的时候，人不由得紧张起来。这紧张之中还掺杂着那么一丝丝兴奋。一个不小心，前面赢回的钱财又给一下输了进去。

我输了差不多有一万块，也许更多（我中间又充了一次筹码）。柯西莫男爵赢了，羊也赢了，但仅是少许。总账算下来，我们是亏的。这期间我和羊偶尔会交谈一两句，柯西莫男爵也会跳上我的肩头耳语一番。其余时间，我尽量让自己什么也不想，一心扑在赌台上，像个赌徒那样，无暇顾及其他。渐渐地，我发现了些此行的门道。简单说，就是没有门道，输赢全凭运气。

羊和柯西莫男爵分别把赌注加到两千块，然后一起闭上眼，深吸一口气，长久地屏住呼吸，像是在看不见的什么地方找寻什么东西，又像是在听取某位神明的教诲。片刻过后，两个几乎是同时睁开眼，然后选择不同的区域下注。轮盘转动，减速，停止。两个都赢了。这把我只顾观看，没有跟进。

"是时候了。"羊突然转向我说。

"我也这么觉得。"柯西莫男爵附言道。

我点点头，朝着远处挥挥手。耐心等待，胖男孩走过来（尤其是翻越绳圈）需要一点时间。

"押什么？"我问。

"23号。"羊回答。

"只押一个数字？"

"对。"

"嗯，押多少？"

"全部。"

"……"

"台上的加包里的，分三份，我押红，你押23号，柯西莫男爵两个任选。"

我点点头。

"不，我要押零，那是我的幸运数字。"柯西莫男爵说。

我望望对面的三位，对柯西莫男爵比了一个"嘘"的手势。"明白。"我说。

我数了数余下的钱。胖男孩脸上滴着大粒的汗珠，像是走了很远的路才来到这里。

"分三份，跟之前一样，谢谢。"我说。

胖男孩略显踌躇，眼睛在我手中的现金上打转。

"请尽快，我们赶时间。"我说。

"一次押这么多吗？"他问，声音听上去跟他的年龄一样稚嫩。

我冲他点点头。

"请稍等。"

他说得非常客气。接着他转身朝来时的方向挥挥手，平头男人向这边看过来。男孩用手指在空中比画了几下，男人点了点头。

"这里的规矩，一次最多下注一万。"男孩回过头来对我说。

"那请帮我们补足一万。"我也直截了当。

我数出相应现金，交到他手里。

"谢谢，辛苦了。"我说。

我把一万块筹码全押在23号上，余下现金放回双肩背包。三位同行投来异样而热切的目光。成败可谓在此一举！

下注完成，盘上的数字逐次亮起一圈，再灭掉。六只招财猫仍是一副笑眯眯事不关己的模样，只管挥起手臂，做出整齐划一的动作。轮盘转速越来越快，跟着来到一个顶峰，像正在行驶的汽车突然松掉了油门，转速陡然间变慢，接着越来越慢，越来越慢，但总也停不下来。这一刻，时间仿佛被拉长了。而我的腋下早已冷汗津津。

终于，轮盘停了。只剩一个数字还亮着。

第九章
事情自然不会如此顺利

片刻沉静过后,赌台忽地发出一阵欢呼声(类似体育赛事那种,不过是合成的电子声音)。紧跟着,一首圣诞旋律的曲目响起,赌台上下彩灯齐闪。曲子响毕,金币流泻声随之而来。悦耳的声音持续了近半分钟,这时间里,六只招财猫拼命挥舞着自己的上肢,像是在说:"主公,发财了呀!""主公,发财了呀!"

赌场里的目光被吸引至这一处,有几位甚至起身离开了位子。当然,自有起身的理由——这把的赔率是一比三十五!

柯西莫男爵死命拍打身前的下注按钮,他大叫着:

"该死,该死,该死!裤衩都输没了!"

"没关系,我和羊赢了。"我说。

"红色,翻一倍。"羊不无得意地说。

"我的幸运号码骗了我,我很难过,妈,我需要喝一杯。"

"只这一次,下次就中了。"我说。

"就是嘛,不要灰心。"羊说。

"没有下次了，猫咪不给任何人第二次机会。赶紧走，我要去买醉。"

"好，"我说，"不过先要兑换筹码。"

这时，我注意到先前在打牌的平头男人已离了牌桌，正拖着缓慢的步子朝这边过来。绿袜四人组中的一个小个子跟在他身后。只见这人左手抄在裤袋里，右手夹一支细雪茄，雪茄是点着的。他慢慢走近我们，先是伸手在赌台上按下一个按钮，灯光、音乐、欢快的气氛顿时就不见了，像魔术师把兔子瞬间变走了一样。男人吸一口雪茄，将烟雾喷到面前的空气中，转头说：

"恭喜啊，两位！"

他脸上挂着淡淡的微笑，声音沉得却像从井底传上来的。

我点点头，表示感谢。

"之前没有见过，头回来？"男人接着问。

"也可能是最后一次。"我说。

笑容渐渐从男人的脸上退去，就像水被沙子吸入了地下。可我不在乎，也不知忽然从哪儿来的勇气。

"哪位介绍你们过来的？"男人问。

"不能说。"我说。

"不能说？"男人不可思议地笑了笑。

我并非故意这么说——其实也没什么可隐瞒的，送我们过来的司机想必对方也认识。只是眼前这个男人我怎么也喜欢不起来，他说话的口气，看人的眼神，身上的气味，都让我感到恶心。因此也没必要好好回答。

"没必要说。"我说。

男人点了点头,用力吸一口雪茄。

"两位尽兴,打扰了!"说着,他背过身,可我的一句话又让他把身子回了过来。

"麻烦帮我们兑换筹码!"我说。

"你到底是哪边的?你不说——"男人用威胁的口吻低声道,"谁也走不了。"

"哪边的也不是。"我说,实话,我们的确不属于任何一方,"我们随便玩玩。"

"外地来的?"

"是。"

"来做啥?"

"找朋友,但朋友忙,没时间陪,我们就随便转转。"

"随便转转,去典当行随便转转?"

"没错,然后就来了这里。"

"典当行的老头儿介绍你们来的?"

"不是。"

"那是谁?"

"副市长!"我随口一说。我已经厌倦这种一来一去的无聊对话。

"哪个副市长?"对方仍不肯罢休。

"副市长多了,你都认得吗?"我问。

"差不多,说说看。"

"不方便说,怕给朋友惹麻烦。"

"你不说会更麻烦。"

"刚来的那位,只能讲这么多。"说完这句,我便不再开口。

男人不再追问,冲身边的小个子使个眼色。小个子从西服里掏出一部手机,往边上走了几步。男人又细细端详起我们三个。当然了,主要是我,还有羊,他似乎不怎么喜欢猫。

"什么时候可以兑筹码!"我再次问道。声音很大,赌场里的人全听见了。

"还有——那块板子是怎么回事,请解释一下!"

我指的是几步开外写着当场结算、互不赊欠的那块黑板。

我以为抓到了对方的软肋,然而事实并非如此。

平头男人不动声色,可说是毫不在意。他知道此时所有的人正在瞧向这边,可他压根不在乎这些赌徒们怎么看。他许是太了解这些人了,他知道即便他不讲信用,欺瞒顾客,甚或是恃强抵赖,那些人也不会离开。因为除了这里,那些人没有别的去处——这便是赌徒的命运。他冷冷地望着我,抬手把雪茄送进口中,腕上的劳力士金表在蓝色烟雾里闪闪发光。

不多会儿,打电话的小个子回来了,凑到男人耳边一阵嘀咕。男人边听边点头,边用余光瞄我。不过,这目光渐渐变得柔和起来——至少,内心的愤怒被很好地掩饰了。

"三位（这次没落下柯西莫男爵），"男人上前一步，"副市长的面子我们给了，但只能给一回，下不为例。"

男人朝远处勾勾手，胖男孩来到跟前。

"给他们兑钱。"他对胖男孩说。

"谢谢。"我说。

平头男人走开了。黑西服的小个子也走开了。我站在原地，感到喉咙一阵干涩。纯粹是运气！这之前我并不知道有什么刚上任的副市长，对这类偏门生意背后复杂的利益关系也不甚了解。不过，我有预感，这些人很快就会明白究竟怎么回事，且不会善罢甘休。所以，胖男孩把将近40万现金（全部是旧钞）放到我面前时，我没有清点，直接塞进了背包。背包顿时变得沉甸甸的，像装满了鱼的鱼篓。

原路返回地面。胖男孩在前，羊背着钱袋居中，我和柯西莫男爵殿后。出得壁柜，我去浴室的水龙头下面洗了洗手（不知道为什么要这么做），用纸巾擦干，顺便在镜子里看了眼自己。还是那个自己，不知所谓的27岁的自己。离开小屋，摸过漆黑的过道，等铁门在身后关闭，这才放心地从肺的深处呼出一口气。

来到路边，坐上一辆出租车。告诉司机先开车，不管开去哪里。

*

事情自然不会如此顺利。出租车开到第二个路口时，一辆黑色牧马人从后面悄悄跟上来。等红灯时，我从后视镜里仔细观察了一番，然后吩咐司机绿灯亮起时右转。司机照做了，车子开到另一条街上。到了路口，我再次告诉司机右转。司机照做。如此连续四个右转后，出租车又回到原来的街上。我让司机开进左转车道，从后视镜中看去，黑色牧马人离我们更近了，就停在同一车道的后面，只隔了七八辆车。直行的绿灯亮了，牧马人强行变线，从右侧车道一点点靠上来。透过宽大的车窗玻璃，我看清车里坐的是绿袜四人组。胖男孩坐在驾驶席的位置上，副驾驶一侧坐的是黑西服小个子。

好在左转灯及时亮起，在牧马人距离我们不到三个车身时，出租车来到了路口，我吩咐司机立刻掉头往回开。司机露出惶惑的眼神。我从钱袋里摸出五张百元钞，交到他手里。只管照我说的做，我说。这招好用！司机熟练换挡，出租车原地掉头后朝着赌场方向开去。

一片不满的喇叭声中，黑色牧马人在直行车道违规掉了头，又从后面跟了上来。

"这太卑鄙了！"羊说。

"这世界哪有道理可讲。"柯西莫男爵说。

"刚刚谁在说话，这只猫吗？"出租车司机问。

"不是，是我在说。"我说，"请在下个路口右转，送我们去银鸽子酒店，越快越好，下车时我会再付您五百元。"

司机痛快地答应了。

我把接下来的分工和怎样做才能摆脱绿袜四人组的追踪，跟后座的两位乘客大致讲了一遍。

"明白了，请放心，柯西莫男爵交给我了。"羊说。

"我没看走眼，你确实有两下子。"柯西莫男爵说。

"是谁在说话？"司机问。

"没人说话。"我说。

我从包里抽出五张百元钞，放入计价器下面的小空格里。

"谢谢。"司机说。

"不必客气，请在路边停车。"我说。

"这里？不是去银鸽子酒店吗？"

"不，就这里。"

车子急刹停在路边。照刚才说的，把双肩包里的现金换到另一个帆布袋里（谢天谢地！正好有一个！），交给羊和柯西莫男爵。他们当即下车，提着帆布袋往前走了大约二十米，右拐转进一条窄巷。这条老巷子是本地有名的小食街，还是个景点，这个时间定是人流如织。一旦躲进里面，就如鱼儿藏进了鱼群。只要羊和柯西莫男爵能够走进那条巷子，任绿袜子们怎么蛮横，也不可能推开熙攘的人群追上他们。最后我们仨会在银鸽子酒店的大堂会合。

我呢？

等两个人（猫）的身影隐没在人流中，我背上空的双肩包朝另一方向相反的街走去。绿袜子们已赶到刚才我们下车的地点，四人分成两伙分别追上来。胖男孩和小个子一组,另外两人一组。目标分别是我和消失在巷子深处的羊和柯西莫男爵。不可思议的是,胖男孩居然跑在了三位同伙的前面,速度身手全然不像一个体重一百四十公斤的人。

我快步跑到这条街的尽头,右转,换到一条几乎看不见任何车辆的僻静马路上。在这里我可以跑得更快一些。到了下个路口,差不多甩开对方有50米了。接着右转,前方两百米就是之前出租车停靠的那条马路,赶在人行道指示灯变红前一秒,我跨过斑马线来到对面。不远处是一家高级购物中心,正门就开在正对我的这一侧。我没有犹豫,跑过去推开装有黄铜把手颇有些分量的大门,身后响起连绵不绝的汽车鸣笛声。

购物中心的冷气开得恰到好处,但现在不是享受的时候。我从一排装修得十分奢华的专卖店前走过,感觉自己好似第一次进城的人猿泰山,唯有皱着眉头快步向前。目光所到之处,无不镶金嵌银,无不熠熠生辉。如果法律允许,我相信有人会把人民币穿在身上。于我而言,置身其间的每一分钟都是人生磨难,如受苦刑。被这些昂贵的货品包围,我感觉不到任何乐趣。既不渴望拥有它们,也不觉得将它们穿在身上会让自己变得更好、更快乐。在我看来,这一切不过是场幻觉——一场由资本辅以巧妙手法打造的人工幻觉。至于为什么有人会深信不疑,甚或不能自拔,则需要去问问他或她本人。我这会儿没工夫细寻思这些,身后还有追兵。我加快脚步,同一支售价65万的瑞士手表告别,踏上通往二层的自动扶梯。

在二楼稍作停留,让绿袜子们有时间跟上来一段,接着我顺着扶梯去了三层。在三层我没有停步,径直转去四层,因为胖男孩和小个子已经踏上去往二层的扶梯。俩人一边大口喘气,一边仰首向上观望。作为猎物的我,此刻就处在猎人的眼皮底下。我完全能体会对方的心情。这种时候往往最为危险,因为猎人们明白只需咬住不放,看准时机,发动致命一击,猎物就会被扑倒在爪下,自此无处可逃。一种成功在即的认知让他们变得无比敏锐、冲动又镇定,他们知道只需再忍耐这最后的至多五分钟。我清楚地感觉到了这种气氛。我不再乘坐自动扶梯,加快脚步从四层女装区穿过,心里却想着如果不是赶时间,应该花心思给柯西莫男爵挑一顶冬天戴的帽子,那种旧俄国贵妇式的,跟它的颈毛十分般配。至于为什么会在这种时刻产生这样的想法,我也不知道。我告诉自己现在不是去考虑这类事情的时候。是的,不是。帽子的事以后再说。我循着头顶的指示牌,走去最近的电梯。电梯就停在四层,里面没人。我闪身进去,连续按下五、六、七三层的按钮。电梯门缓缓关上,胖男孩和小个子正从对面朝这边奔来,这正是我要的结果。

电梯在五层停了一下。门打开,却没有人上来。我按下关门键,电梯门再次关闭。

电梯来到六层,不等梯门彻底打开,我便抢先一步跨出。就近向一位销售健身器械的店员打听,对方为我指出货梯的准确位置。照他说的,我很快找到货梯间。货梯停在负一层,我按下按钮,耐心等待——不得不耐心等待!我在心里默默数秒,感到喉咙阵阵发紧。

进得货梯,先按下关门键,然后按负二层。负二是停车场。一切仍在计划之中。我深吸一口气,吐出来。不知为何,突然很想喝啤酒,那种独自一人坐在路边,一边喝一边望着行人的喝法。

停车场的温度比上面至少高出几度。刚出货梯,迎面驶来一辆粉色的迷你库珀(MINI Cooper)轿车,车身一侧贴着同样粉色的凯蒂猫头像。我看准时机,将车拦停,来到司机一侧,敲了敲车窗。玻璃警惕地落下五厘米左右。方向盘后面是一个上班族打扮的年轻女孩,巴掌大小的脸上架着一副大大的深色太阳镜。她把脸向我转过约略半寸。

"什么事?"女孩的口气十分冷淡。

"说来话长,简单说就是——"时间不允许我长篇大论,我必须以高度概括的语言,尽可能短的把事情讲清楚,要对方相信,并愿意开车载我出去。

"……"

"是这样,我遇到了坏人,坏人正在追我,我和我的猫走散了,我们约好在前面的银鸽子酒店碰头,希望你能开车带我去见我的猫。"

"坏人?"

"是的。"我擦擦额上的汗水,指指头顶,"在上面。"

"真的?"

"一点儿不假。"

"我是说猫的事。"

"千真万确。"

"唔……"女孩的双手拍打着方向盘的上沿。

"方便的话,请帮帮我和我的猫。"我恳求道。

"有几个问题需要你回答。"女孩伸出食指把墨镜向下挪动少许,露出一双机警的眸子。

"请讲。"我说。

"猫有几颗门齿?"女孩问。

"6颗。"我说,"上下各6颗。"

"几枚指甲?"

"18枚。"

女孩不动声色地望着我,仿佛我的话还没讲完。

"前五后四。"我补充道。

女孩点点头,将墨镜推回原位,然后开启车门锁。

"请上车。"

"多谢!"我快步来到副驾一侧,开门坐进去。

"你看上去不像是坏人。"女孩说。

"我不是坏人。"我说。

车子驶出购物中心前,我把椅背放倒,整个人仰面躺下去。开出一段距离后,我调直椅背恢复常规坐姿。街上没有发现黑西服的影子。

"非常感谢。"我说。

"说说你和你的猫的故事吧。"女孩说。

"很长的故事,"我说,"那是一个很长的故事。"

"世上哪个故事不是很长,很长,很长呢。"

"的确如此。"我说。

车子拐过一个红绿灯,银鸽子酒店就在前方。

"你的猫叫什么名字?"

"柯西莫男爵。"我说。

"柯西莫男爵?是《树上的男爵》里的那个柯西莫男爵吗?"

"是的。"

"为什么取这么一个名字。"

"这个也说来话长。"

"我家的猫就叫咪咪。"

"咪咪,好名字。"

"你真这么认为?"

"是的,这个名字反映了此类事物所具有的普遍性。"

"你这个人说话还挺特别。"

"只是比较喜欢猫咪而已。"

"没人不喜欢猫咪!"

"对,没人。就是这儿,可以停车了。"

"OK!"

我下车,向女孩再次道谢,把车门关上。等MINI Cooper开出去十几米,我转身走进酒店大堂,柯西莫男爵从一组宽大的沙发后面闪身出来。它看上去心情很不错。

"那个小妞是谁,可以介绍给我认识吗?"

"不行。"

"我让羊订了这家酒店最好的套房,花了很多钱。"

"辛苦了。"

"我说,你到底打哪儿学来的这套?"

"哪套?"我边走边问。

"就是这一套啊!摆脱追踪什么的!"

"侦探小说看多了而已。"我说道,边和柯西莫男爵快步穿过酒店大堂来到金色的电梯间。

第十章
没有救生员的游泳池

　　早就过了吃午饭的时间，只好在房间里叫来价格不菲却难以填饱肚子的各式点心。吃喝完毕，我和柯西莫男爵各自打了一个嗝。羊提出去酒店的顶层观光。我对城市风景无甚兴趣，便一个人留下来打电话给服务台，请对方帮忙订两张去下个城市的机票，并将身份证丢失一事如实告知。如柯西莫男爵所言："只管提出要求，只要给钱，没什么是星级酒店办不到的。"过了半小时不到，服务台打来电话，告诉我特别登机证已办好，问需不需要送机服务。我回答说好。对方又问需要几辆车子，我说两辆。对方跟我确定出发时间后挂断电话，自然是我先挂断的。

　　放下电话，我心里忽然不痛快起来，就像是跟谁闹了别扭。特别登机证是什么东西，我从没听说过。我躺在宽大的色调微妙的进口布艺沙发上，眼望窗外的城市。无可置疑，钱正在以一种难以抗拒的蛮力搅乱这个世界，世间一切规则和制度在钱面前都成了摆设。而且，任何人也改变不了这一点。世界便是这样运转的！

这感觉令人相当恼怒，一来二去，连赌上全副身家弄到手的钱都觉得不正义起来。此刻，装满现金的钱袋就在我的脚边，正隐隐散发着不吉利的气息。真想连包一起从楼顶上扔下去，我这么想着，从沙发上起身。这些钱得尽快花出去，不然指不定会惹出什么麻烦。局面已经够糟了，如果再横生枝节，怕是来不及赶在中秋节前找齐21枚金币了。

打定主意后，我抓起书桌一角的无绳电话，拨去明天要去的城市。确认是丽兹·卡尔顿酒店后，提出订两间明晚入住的豪华客房。接线员用过于甜美的声音请我稍等，几秒钟后告知有空房。接着问我想住到哪一层，我随口说23层。"朝向的话随便好了。""还有其他要求吗？""香槟。唔，好的。""进口无盐猫罐头。唔，好的。"自然是好的。所有的要求都是好的。一切都是好的！我道声谢谢，揿下挂机键。

稍后，我再次拨通银鸽子酒店的前台电话，请他们派人去原来的酒店取回行李，对方答复会尽快照做，但需要收取一定数额的服务费，我说好的。自然是好的。一切都是好的！

挂断电话，我长出一口气。不知这样的做法正确与否，但总之，先努力花钱再说。这笔钱万万不能长久地留在身边，这一点毋庸多说。迟早会发生不好的事情，强烈的预感像秃鹰一样盘旋在我的心头。

我拉开足以装进一头成年象大小的冰箱，取出一瓶圣蓓露矿泉水，倒进杯里，喝下一半，然后回到电话机旁，在查号台找到

"新富兴"典当行的号码,用羊的手机拨过去。铃声响了将近30秒才被人接起。确认电话另一端是那位白发老人后,我开口说道:

"想必您已经知道了。"

对方不语。

我接着说:

"如果方便的话,还有一事相求。请您记下这个地址——"我把明天要入住的酒店地址告诉了他,"请务必于明晚八点前将本田车送到这里,司机人选非贵店的青年不可,当票也请他一并带来,会照之前约定的协议付款。此外,会另付一笔劳务费给你们。总之,保证令您满意。"

对方久久不语,好半天才开口。我一直担心他的听力会让他漏掉重要信息。

"钱是小事,不过——你若是信得过我,请把赎金和那笔劳务费通过银行汇过来。当票司机带给你,时间可以保证,车子也不会有差,我不希望那孩子碰钱,你懂吗?"

我沉吟片刻。

"没问题。"我说,拿笔记下老人报出的银行账号和收款人姓名,"下午就去办理汇款。"

"还请见谅,这是不合规矩的要求。"

"没什么。"我说。

无来由地一阵安静。

"抱歉，从您朋友那里赢了不少钱。"我重提起话头。

"谈不上，"老人说，"你们输赢跟我又有什么关系呢，叫我讲都是一码事。只要这两个行当继续存在下去，我就永远不愁生计。先生，我倒是看不懂你，你干的事很像是一个赌徒，但你自己知道你不是。"

"运气好罢了，"我说，"这样的事不会发生第二次。"

"你心里明白，人不能总靠运气活。那个混账东西跟你这么大时，就陷在里面出不来，折了很多钱，差点儿没把命折进去。如今这个样子，还不如死了好。可他真要死了，我活着还有什么滋味。我都这个年纪了，什么也不贪图了，只有一件事我想搞明白——"对方说到这里突然停了下来，听筒里安静得就像午夜的候诊室，"对不住了，先生，我跟你说不着这些，你没有责任听我发牢骚。"

"没关系。"我说。

"请记住，不要给司机任何小费，什么也不要给，就当是帮我一个忙。"

"您放心。"我说，沉默了一秒钟，本想再说点儿什么，转而作罢。

"再见。"我说。

"再见。"

等老人挂掉电话，我换用房间的座机第三次拨去服务台，请酒店代我汇款到老人的银行账户。当然会有服务费喽。没关系，就记在房间的账单上吧,所有费用到时一起结算。"好的,先生!"自然是好的!

因为打了太多电话,脑袋几乎要炸裂开来。我仰靠在沙发上,眼望天花板,心情简直跌落到谷底。为了驱走心里种种不快,我先是拔掉了电话后面的信号插头,而后来到位于酒店五十七层的高空泳池——至于泳池为什么要建在这么高的地方,我全然想不明白——人类总有各种奇怪的想法,不是吗?我买了新的泳衣泳帽,简单热身后,跳进无人的泳池,在五十米的标准泳道里游了四十个来回。因为只有我一个客人,水的声音就听得格外真切,因此也显得分外冷清。但好在我已无须再去考虑电话和钱的事,我专心挥动手臂摆动小腿,让水把我送到下一个身位。如此,我游完了四十个来回。奇怪的是,池边始终不见救生员的身影。

我躺在铺了白色浴巾的折叠椅上,让侍者送来六瓶孤星啤酒。我一边喝啤酒,一边读《猎人笔记》,一边等救生员出现。救生员一直没有出现。

第十一章
给戴水滴形耳环的女孩的一封信

天空阴沉沉的,不时有雨点飘落,撞上车窗化作串串水珠。两辆黑色宾利慕尚将我们送至机场。酒店为柯西莫男爵乘坐的那辆准备了生鱼片和猫咪芥末。到达候机处,司机下车为后排乘客打开车门,猫在座位上伸个懒腰,跳下车。

因为提前准备了宠物检疫合格证明,登机过程十分顺利。不过,因为天气原因,航班迟飞了两个小时。时近中午,四架罗尔斯·罗伊斯引擎齐声发力,将庞大的机体送上万米高空。穿越厚厚的云层后,纯净的阳光从舷窗外照进,在舱内留下不停变幻的几何图案。耳边只余微弱的引擎轰鸣。

不久,乘客们尽数睡去。我睡不着,从小旅行箱里取出纸和笔,展开座椅扶手内的折叠小桌板,决定给戴水滴形耳环的女孩——抑或说已经分手的女友——写封信。

*

你好!

收到这封信,一定很吃惊吧。我知道,现在没人写信了,毕竟不是20世纪80年代。街边的绿色邮筒似乎很少见了,也不知去了哪里。所以,这封信能不能寄到你的手中,我不是很有把握。

从哪里说起呢?

此刻,我正在万米高空,坐飞机前去之前没去过的一个城市——其实,我去过的地方很少。从舷窗看出去,下方的白色云团显得十分可爱。这让我想起初次见面时的你。

可能你会奇怪,明明开车走的,怎么又换成了飞机。这事说来话长,等见了面再向你解释。总之,一切顺利。

言归正传。已经有135天没见面了,你还好吗?

我相信你一切都好。你是那种能把生活安排得井井有条且合乎情理的女孩子。不像我,日子过得一团糟。

就在刚刚,我忽然明白为什么要写信给你。

原因很简单,一些话不落成文字,不知为什么,面对面或在电话里怎么也说不出口。

这么看,"信"这一事物,仍有存在的必要。

长久以来,我习惯保持沉默,和周围的人怎么也亲近不起来。许多人会觉得我这个人孤傲,不好相处,以为我在刻意和大家保持距离,或者干脆说我不近人情。我想,这样的感受(或误解)一定是客观存在的。你也会这么想,对吗?但那并不是我的本色。

解释,是一个很麻烦的事。过去我一直秉持"如无必要,绝不解释"的原则在度日，为自己省去了很多麻烦。自然，也引来了种种麻烦。

现在，身处万米高空，我想就我的沉默解释一番。

首先，我并不是无话可说，而是无从说起。或者说，作为一个人，当我试着去表达去言说时，却发现很难说出心里真正想说的话。倒不是因为害羞或是缺乏勇气，而是无法顺利组织出合适的话语。从一定程度上说，我失去了原本属于我的语言和句子。因此，我也只能沉默。而这又带来另一个问题，长时间地沉默不开口，等到突然需要我去说点儿什么时，往往一时哑巴起来。

也许，我的沉默就是我的语言吧！

（这么说显得有些傻气！）

然而现实情况中，我时时感到一种无力，电话里总说出一些让自己也让别人感到失望的话。有时，又是对着话筒长时间地一语不发。换作是我，和这样的人交往，也一定会感到头疼和难堪。

这一点，我十分清楚。

过去的那些日子里，我不常给你打电话，我们之间的通话往往很短。正是因为我不希望把自己的这方面暴露给你，给你带去苦恼。我很在乎你！

这一点，从未认真向你解释过，还请明白并谅解。

说起来，这一切已过去太久了。久得连那时发生的事是真有其事，还是我在记忆里私自杜撰的都不确定。去年秋天，你曾问我，我的家人都去了哪里。——都去了哪里呢？我也不知道。——

父亲去了哪里呢？——还有印象里的弟弟？时至今日，究竟有没有弟弟这个人我都没有十足把握。我那时太小，能记住的人和事极为有限。母亲去了哪里，我倒是知道的。在父亲离开我们14年后，母亲离开我去了墨尔本。据我所知，我们家（如果这还能称之为一个家的话）在那边是没有什么亲戚和朋友的。母亲为什么要离开，我是清楚的，但我不想在这里谈论这些。

母亲走后一段时间，无论在学校、家中，或是在春游时坐满同学的校车里，我常常一个人陷入沉默。我常常会感到悲伤，独自坐在房间里，坐在放学后的教室里，坐在公园的长椅上，止不住地感到悲伤。可那时若有人走过来问我，你为何会有这般感受，我又说不出个所以然。——绝不仅是母亲离开了我这么简单！我冥思苦想，自己到底、究竟是在为何物或何事难过。然而没有答案！——唯有沉默，只有沉默能包容一切，定义、诉说、安慰我和我的心及我周围的所有。那会儿我刚满18岁，任何不愉快的对话，都可能让我这个刚刚步入成人世界的少年陷入苦闷和痛苦的深渊。为此，我避免和任何人打交道，宁可做一个不存在的人（沉默的人）。在远离人群的地方，在安静如雪夜的沉默里，我以"我"的方式在这个世界上努力存活。

绝望的心情还是有的！

写到这里，有一点必须说明：那就是这一切与你无关。——原本就是我自己的问题。

我们交往的那段时间，你没做错什么，也没哪里做得不妥。这样的结局，百分之百的原因在我。这一点，我亦是十分明白。所以，现在也请你了解这一点：一切与你无关。这一切本就是我该承受的。你是无辜的，毫无理由让你来分担这份痛苦。这是一场不该开始的冒险。在你面前，我深感羞惭。因为，自始至终我都不认为你和我在一起会得到幸福，甚至短暂的幸福也不会有。

当然，问题自是出在我身上。

我仿佛失去了使人幸福的能力，也许从一开始就不具备。对与任何人一起组织家庭，我没有信心。于我而言，独自度过这一生，或是最好的选择。

如此，也避免伤害到别人。

我是一个现实感很差的人，经历生活的诸多变故后依然如此。有时我在想，倘若在过去自己能做出哪怕只有针线盒大小的那么一点点改变，许多事情的结果今日或许大为不同。可是没有办法，我像被"什么"钉在了原地，什么也做不了，只能做那样的自己。诚然，我让太多人失望过，家人、朋友、恋人皆离我而去。在这方面，我想我是要负主要责任的。

我不是一个无情的人，不是刻意要和人保持距离，只是不愿再看到同样的情形一再发生。那样，我只会对自己更加失望。我已经27岁了，世界没有因我的存在变得更美好，没能给身边的人带去幸福，也不知道生活的出路在哪里。我时常苦思，默默忍受，孤独、苦涩、担心、失望、悲观轮番折磨我和我的灵魂。已经很久了，夜里我迟迟不能睡去，记忆就在这时候一起涌到眼前。人们或许不会明白，很多事在白天觉得简单，你轻易就能经受住，但是到了夜里，就不是那么回事了。不瞒你说，有阵子我甚至不敢上床。我曾一遍遍走在这样的夜晚的街头，满街灯火我却无处可去。我不停地走，不敢停下来，因为一旦停下，我就要承受那种煎熬——时间仿佛停止了一般的煎熬。一个快乐的、拥有些许幸福的人，是不能体会到此种感受的。对他们来说，时间总过得太快。因不能承受一个人待在家里的痛苦，我常去到地下车库，在那里一直坐到天亮。有时是另外的一些地方。在许多个陌生的地方，我一坐就是几个小时。长久地坐在那里，默然不语。等回过神时，感觉就像做了一个长长的梦。这些事，这些话，我从未对人提起过，过去也不曾对你讲起。我不知这样的生活还要持续多久，以及这生活的尽头是什么？可我知道，我让很多人失望了，包括我自己。

我迷失了。

……

刚才停了下来，现重又提笔。总觉得这封信若是这样结束，有些令人生厌。

我想，我需要一点儿时间，需要一点儿时间来整理自己，也许可以做到。有些问题已困扰我太久太久，我一直在找寻关于它们的答案。我已不再年轻，不再是什么也不用考虑的十六岁少年。说到底，人生总要进行下去。有的人顺利，有的人不顺利。不论顺利不顺利，总得一天天过下去。我祈盼我能尽早搞明白这一切，然后满怀希望地、真实地活下去。当然，这需要一点儿时间，也许是相当长的一段时间。

我想对你说声，抱歉！作为男朋友，我实在不够合格。

……

说点儿别的。最近，我身上发生了件不可思议的事。

眼下，我正跟柯西莫男爵——一只三岁半的公猫，及一位路上遇到的伙伴，一道去寻找传说中的21枚古西班牙金币。这只猫有趣得很，我们曾隔着餐桌聊了足足有4个小时之久。它一边喝冰啤酒一边跟你大谈人类的命运，这情景想必很难想象。不过，这一切全是真的。

这么一说，你该不会担心起我的神智来吧。我向你保证，我的神智十分正常，比以往任何时候都正常。——算了，不解释了。在这个问题上解释得越多，越会陷入不利的局面。

算了，就此打住。

刚又自己读了一遍，这封信里提到的杂七杂八，想必会徒增你的不快（也许还有不安）。我现在已经开始希望你不会收到这封信。但无论如何，我会把信寄出。剩下的交给命运。

现在，飞机平稳地飞在云上，机舱里唯我一个——或许还有机长——醒着。说来，我已连续91天不能成眠。这是另一个说来话长的故事，找机会再单独告诉你。希望再次和你见面，尽早见到你，还有很多的话要对你说，很多之前说不出来的"什么"正在变成只想对你一个人倾诉的话语。

多有打扰,

顺祝秋安!

XXX

2010年9月10日

*

　　写到这里我停下来,最后将信读了一遍,想说的话和早该做出的解释都已写在信中。只是后悔没有早一点儿这么做。就此搁笔。

　　飞机离降落还有一段时间。羊在隔壁座位里熟睡着,身上盖一条浅红色的毛毯,身体随呼吸轻微地起伏。我盯着这睡着的身体看了许久,觉得甚是奇妙。几分钟后,我重新提笔,翻开一页新稿纸。

第十二章
番外：戴水滴形耳环的女孩

第一次见到她是在返城的轻轨列车上。

那是去年春天的某日，我正从机场返回市里的家。那段时间，不知何故，我总是早早起床，一个人搭乘当天从家门口发车的第一列机场专线，前往位于城市东北角的第一国际机场。

整个车程只需20分钟。

机场大厅的入口处，有一家24小时营业的咖啡厅，是我此行的目的地。说是目的地，却谈不上什么目的。不过是找一个空位子坐着，随便点一杯咖啡，待到上午11点左右，然后买回程的车票原路返回市里。

有时，我会带小说过去看，契诃夫或是托妮·莫里森。

这样的日子，一直持续到了那年四月份。

可是——我为什么会出现在那里？我在那里究竟想得到些什么？这一行为对我来说有否实质意义？我有时也会自问。然而，从来没有所谓真正的答案。

我那时26岁，在一家7×24小时的小超市上夜班，白天大把空闲时间，说不定只是需要一个地方（究竟是哪儿并不重要）来消磨掉一段无关紧要的人生而已。

我这样想着，一边抬眼观望周围的一切。

清晨的机场竟如菜市场一般纷乱。这里没有一个我认识的人。目光所至，皆是来去匆匆的过客。陌生的面孔挂着冷漠或疲惫或莫衷一是的表情从我的面前走过。我不禁陷入沉思。他们是谁？从哪里来的？又要去哪里？他们有家人吗？和家人间的关系怎么样？对迄今为止的人生是否感到满意？

没有答案。我只是坐在咖啡厅的小桌旁，等待回城的轻轨到点发车。

不过，若是严肃对待，冷静去分析，在某个不经意的时刻或许可以窥见我这一行为背后隐藏的原委。

大约两个月前，我送一位朋友（算是朋友吧，毕业后从没打过交道）离开。因为要省钱的缘故，她订了当天最早的一班飞机。我借来同事的车，将她送到机场。她握着我的手跟我说了很多感谢的话。具体说的什么，如今我已记不得了。只记得她祝我新年快乐。那时正临近岁暮，我也说了几句分别时大家常会说的言辞。她的手很小，很冰，头发有几天没洗了。我不知道她的家乡在哪里，也不知道她为什么要离开，我不知道的事情太多太多！在这个漆黑的冬天早上，我只想让她感觉不那么孤单。

等她走后，我联系她的房东帮忙结清了水电费，退回租房押金，再把钱汇到她的银行账户。她走得太匆忙，我想既然要帮忙，就帮得彻底一点儿，何况对方是一个无所依靠只凭自己的双手在陌生城市打拼的女孩子。这么说或许有失公正，但公正那种东西我早就不抱幻想了。收到钱后，她打来电话，再三表示感谢。听得出来她有些感动，谈话间数度哽咽。我不知该怎么安慰她，因为我不知道她的人生受到了怎样的伤害，只能报以沉默。

我没有告诉这位朋友，那天她走后，我在机场又逗留了一阵子，等到天彻底亮起来方才离去。

春节后的一天，我一早起来，望着外面被冷雾笼罩着的冬日，我又想起了这位朋友。我决定乘车去机场看看。

那之后，我便过上了每日早起往返机场的生活。

不过，这很难说跟那位朋友的离开有什么关系。说到底，是我自己不明白自己在希求、在等待什么。

时间来到三月。

我照例早起，照例乘坐当天的第一班轻轨前往机场的咖啡厅。去时，车厢里人满为患。回来时，则空荡荡的，见不到几个人。

我的座位是固定的，若没有别的乘客先我落座，每次都坐同一个位子。

轻轨途中会停靠一次，地点在机场南面一点儿。零星的乘客从这里上下车，多是家住附近的居民。

车门从打开算起，只有30秒的时间留给乘客上下。时间一到，车厢门就会毫不犹豫地关闭，列车载着留下的乘客继续向前去，一直开回市里的终点站，才会再次开启车门。

偶尔我会胡思乱想。坐在空空的车厢里，一面感受着自己随轻轨在地表迅疾地移动，一面思索着：我们的人生是否真的可以有所选择？上车或下车，搭乘这一班，而不是另一班轻轨？也许，也许。

到了月中，我就把这个恼人的问题弃之脑后，转而欣赏起窗外的春日景色。不知什么时候，枯黄的大地已沁出一层朦胧的绿意。我陷入沉思：桃花这时应该开了吧，正在我不知道的地方悄然绽放呢。少顷，我在脑海深处推出桃花盛开的景象。——就是在这个时候，戴水滴形耳环的女孩和她的朋友一道，走进了我所在的这节车厢。列车是什么时候停的，我浑然不知。

第二天，我照旧出行，按时归来。谁想，又同她们相遇了。

回程的途中，两位女孩在我的对面落座。一个长发，一个短发（戴水滴形耳环的女孩），年龄都在二十岁出头，眼神清澈，脸上还残留着少女的痕迹。俩人都没化妆，从亲密的举止来看，应当属于很要好的那种朋友。此外，短发的女孩看上去竟有一丝亲切之感，像是之前在哪里见过。

接下去一段日子，就像电影重放一般，轻轨只要在这点停下，女孩们就会出现在站台上。她们说笑着走进车厢，在我的对面落座。只是，我从未跟她们有过任何交往，至多几次视线无意间碰到一起。

我究竟在哪儿见过这位短发女孩呢,或者,认识的人当中有谁长得跟她相像。我试着在记忆里找寻,打捞某段可能淡忘的往事。思来想去,一无所获,一点儿头绪都没有。有时,我会盯着短发女孩的脸看上一会儿(当然是趁她不注意的时候),我什么时候在哪里见过她呢?她是谁?为什么每天会和我乘坐同一班轻轨?她们这是要去哪里,做什么事呢?诸如此类的问题徘徊在我的心里,然而一切无从得知。

我们只是默然对坐的陌生乘客,搭乘同一班列车去往对方不知道的哪里罢了。

——或许,我应该同她们认识一下才是。

我有时这样想。

不过,终究没能付诸行动。

不知不觉间,四月到来了。

这天,轻轨像过去那样停靠在站台。终点站到了,乘客们悉数起身,我踱步来到车门旁。此时距离两个女孩不到半米,转过头就可和她们打招呼。只需礼貌地问声好,然后问其中一个要一个电话号码,就这么简单,我对自己说。

我犹豫着,目光不知该看向哪里。

车门开启,没有不下车的理由,继续站在原地会影响别的乘客出入。我这么想着,迈步走出车厢。

我终是没能开口。相同的情景反复几次后,我对自己失去了信心。虽说依旧每日早起往返机场和市里的家,但同此前相比心境到底有了微妙的变化。

四月的最后一天，是个周四。我走出车厢时，忽听背后有人喊我。不是喊我的名字，而是喊："请等一下！"我立时反应过来，知道那是谁的声音。

我回过身去，面前正是短发女孩和她的朋友。女孩递过一张纸条，我下意识地接了过来。没有对话，没有握手，女孩和她的朋友匆匆走向自动扶梯，从我的视线里消失了。

站台上只剩了我一个，我打开对折的纸条，上面印着淡淡的蓝色条纹，是两个手写的手机号码，外加两行字迹隽秀的留言。

每天都见到你（见鬼），不知道你想认识我们中的哪一个？你看上去不像是坏人（但愿），这是我们的联系方式，现在轮到你来猜一猜了。

我像被人看破心事的少年那样，低着头快步走出了车站。

五月的第一天正值假期。我接通许久不用的电话，清去上面的积尘，拨打了纸条上的第一个号码。直觉告诉我这个号码是短发女孩的，至于为什么会这么觉得，我说不好。但总之，我认定这11个连续排列的阿拉伯数字是短发女孩的手机号码无疑。

我猜对了，只听声音我便确认了这点。

简单的寒暄过后，女孩问我可会使用劳动工具。我说："劳动工具的定义过于宽泛，能否具体说下工作内容。"

原来,女孩的家在顶楼,楼顶有一个面积不小的天台。她在那里搭建了一个空中菜园。谷雨过后,日渐炎热,给菜浇水成了件苦差。因为天台没有通水,每回都要从家中接水再用水桶提上去,上下十几趟,十分累人。于是,女孩就想到从自家的通风道接一条水路到天台上。

"这么干违法吗?"

"违法。"

"偷偷干,不告诉物业不就行了。"

"行。"

约好见面时间后,我挂了电话。

翌日上午,我去建材城买来PVC管、热熔机、阀门、水龙头和卷尺。然后让货车司机送我到机场附近的一个小区。因为管子太长,我没法乘坐电梯,转而走楼梯上到六层。

单元一梯四户,我敲了敲601的房门。

房子不大不小,有两间卧室,一间客厅,一个向南的小阳台,购置了简单家具。一个宜家风格的花瓶摆在窗台正中,从里面垂下几株新生的绿萝。

我去厨房看了水管接口和风道的位置,然后跟女孩去到天台。天台接近正方形,面积有三分之二个网球场那么大。从这里能望见远处的机场控制塔和近处一个栽满丁香树的小公园。丁香花此时开得正盛,一大团紫色在风里舒展着。

我取出卷尺,粗略测量了四边的尺寸。五月和暖的阳光照在背上，我褪去外套开始工作。

此地靠近机场，每隔几分钟，便有一架飞机轰鸣着从头顶飞过，飞去我不知道的哪里。每当有飞机飞过，我就抬头去看，机身下面的构造可以看得一清二楚。

活儿干到一半，女孩端来冰葡萄汁。我端起玻璃杯一饮而尽，感到一种久违的舒畅。举目远眺，城市的郊外已是一片初夏气象。我放下杯子，继续手中的活计。

头顶不知飞过多少架次飞机后，我装好了最后一个水龙头。去厨房打开总阀门，汩汩的清水从天台上流了出来。

差不多该走了，我这么想着。

女孩却执意留我吃晚饭。我干活儿这段时间，她已把饭做好。食材都是天台种的，吃在嘴里有种小时候家里饭菜的味道。两个人面对面吃着，顺便做了简单的自我介绍。

饭后，我帮她洗了碗。然后两个人来到天台上。女孩不知从哪儿搬出两把沙滩椅，在个空旷的地方展开。又跑去厨房，取来两大罐麒麟啤酒。我们并排坐着，喝着啤酒，眼望天空，看世界各地的飞机打头顶掠过，直到暮色降临。期间，俩人没有开口说一句话，像熟识的朋友那样，不觉得有任何尴尬。天边的星星依次亮起，我喝完了啤酒，起身告辞。

这天夜里我睡得很踏实，似乎还做了个梦。梦的内容却在醒来后，忘得一干二净。

再次见到她,是在一个周末,算是两个人的正式约会。

女孩22岁,独生女,一年前从一所颇有些名气的大学毕业。父母都是大学老师,在一流大学教书,在女儿毕业前,通过关系为女儿谋了份助教的闲职。不想女儿却不愿同父母在一处单位工作,转而跑去航空公司做了地勤。半年后,女孩贷款买了机场附近的便宜公寓,彻底从家里搬了出来。

"这里是吵了些,但比起那俩人整天絮叨你,可好太多了。真受不了那两位,哪来那么多话。"

我会心一笑,没说什么。

等到这年夏天,我们已是亲密的恋人关系了。

酷热的午后,我们常去动物园。那会儿的动物园,几乎没什么游客。偌大的一个地方,只有我们两个走来走去。往往走上半天,都见不着一个人影。

"这动物园跟咱自己家的似的。"女孩说。

我跟在她后面,手中拿着两个已经融化了的冰激凌。她不时回头看我狼狈的模样。蝉鸣如雷。

去的最多的景点是猴山和小熊猫馆,往往一看就是半晌。

"你看你们哥俩儿长得多像。"

女孩这么一说,我不由得更加认真地打量起笼子里的小熊猫君了。

秋天到了,女孩送了我一顶绒线帽,上面有两只尖尖的耳朵,戴上后我就更像小熊猫了。为了讨她欢心,在气温还不是很冷的时候,我就戴着这顶帽子到处走动。人们纷纷向我投来不解的目光。

那年冬天，连续几个周末赶上下雪。雪下得很大。周五下班后，我们一起进山去看雪。通常，刚赶到酒店不久，雪就急不可耐地落下来。

夜里，我坐到窗边，支颐默坐，望着外面纷纷扬扬的大雪，感受山间的静谧。

第二天，我们穿上雪地靴，手挽着手登上附近的矮山，眺望远处被新雪覆盖了山脊的群山。在雪的映衬下，层层叠叠的山脉显得分外巍峨。

走着走着，前方的雪地里出现了一串动物的足印。

"是兔子吧？"

"应该是狐狸。"

"要是白狐狸，就更好看了。"

"一定能看到。"

我说着，帮女孩掸去头发上的落雪。

有时，雪在我们下山时忽然又下起来。到了黄昏时分，雪就下得更大了。雪落下来，在酒店前面的院子里铺了厚厚一层，让人不禁想到春天樱花飘落时的景象。

我们坐在酒店的暖炉旁吃晚饭。

"过年去我家吧，我父母想见见你，大家一起过年。"女孩突然对我说。

"太早吧。"我回答。

"也许有点儿早，你还没做好准备。"

"唔……"

我应了一声，没再说别的。眼望窗外夜幕下的白色群山，思绪不知飘去了哪里。

再次提起这事是在除夕前一周。我向女孩坦言自己并不想去她家，也不想同任何人在一起过年。女孩表示理解，说没关系。我像过去的十个年头一样，除夕夜一个人待在家里哪里也不去，早早上床睡了。所幸，此事并未影响到我和她的关系。女孩对我一如过去，我也比之前更加珍惜她。

事后我问自己，为什么要拒绝人家的一片好意呢？倒也没有正式的理由。

转年，我陷入了一种莫名的恶劣情绪，一直持续到春天结束。有几回我很想把这种心情说给女孩听，总也找不到合适的话语。

这么着，三月来了。

月底，女孩打来电话，说父母托人给介绍了一个男孩，希望她去见一见。

我说："嗯。"

"相亲呀，俗气死了，俩人好歹也是大学老师，竟干出这种事。"

"必须要去吗？"

"看你的态度喽。"

我手握听筒，不知说什么好。那股恶劣的情绪仍环绕在我的周围。我不确定像我这样的人能否为对方带来完整的幸福。

我只好沉默。

"你不说话,那我看着办喽。"女孩开玩笑地说。

事后女孩告诉我,她嘴上答应父母去见,私下却找理由推掉了,并且请对方帮忙瞒着各自父母和中间人。

我能否给心爱之人带去完整的幸福呢?自此,我陷入了深深的自我怀疑(失望)之中。

最后一次见她,是在四月底的一个晚上——认识一周年纪念日。这天晚上,女孩化了淡淡的妆,耳朵上戴了副水滴形状的银色耳环。在餐厅幽暗的光线下,耳环的表面聚起了两点微小的光晕。每当她转头看向别处,耳环轻轻摇晃,这光晕也跟着摇曳起来。整个吃饭的时间里,我们几乎没有交谈。

走出餐厅,来到对面的湖岸。我付了租船的费用,解开缆绳,划动船桨,来到湖心。漆黑的湖面清楚地映出岸边的灯火。四周很静。我听到了船尾传来的微弱的抽泣声。

时间已是午夜。我们走在街上,微凉的风从背后吹来。

"没什么要说的了?"

"没有了。"

"那我走了。"

我为她拉开出租车的车门。她坐进去。我把门关上。出租车的尾灯闪了一下,从我身边驶开了。

女孩走后,我站在原地长时间地沉默不语,感到自己既没有了未来,又失去了现在。

第十三章
一座20世纪的老房子

飞机降落在目的地机场是在下午一点。照着约翰李给的地址，我们搭乘出租车前往藕片先生的住宅。

这是一条位于老城区的僻静马路，两排上了岁数的法国梧桐在头顶合拢，将天空遮了个密不透风。树后面是一栋栋建于20世纪二三十年代的别墅和西洋风格的小公寓楼。出租车驶过树下的浓荫，在一处不起眼的铁栅门前停下。一位留着查理式小胡子的男人等候在此。他身穿牡蛎白色的中式府绸衫，彬彬有礼地为我们拉开车门，小声吩咐司机在原地等候。

男人态度温和谦恭，又不失体面，很像旧时大户人家里的管事，该是这里的管家。

进得大门，先是一小片果林。正值初秋，枝上结满了各样果实。风一吹来，树叶飒飒作响。空气里飘着叶子的清香。脚下是一条鹅卵石铺成的小径。跟在穿绸衫的男人后面，我们经过林间，来到一片开阔的草坪前。

怎么说呢？——我从未在任何地方见过这么大的一片草坪。——并且，每一寸都被修剪得如短绒地毯那般平整。仅仅是维持这个标准，每个月想必就要花掉一大笔钱。

藕片先生的住房就坐落在这片草坪的尽头，是一栋西班牙风格的奶油色别墅。

房子共有三层。房顶是复折式的，红瓦铺顶。左右各有一个方形的砖砌烟囱，看上去已经多年不用，如今只是作为房子的一部分存在。正面约有二十几扇窗户，全是向外开的。窗台外面的栏杆铸有铁艺花饰。二楼居中是个大露台，从那里可以方便地观赏整片草坪。门厅高度适中，两边各有一根白色的石门柱，柱子的顶端和底部雕着旋涡状的纹饰。三级宽大的红砖台阶自门厅前头伸展下来，绕过一个三层的砂岩喷水池，改成一条不宽不窄的步行道直通到我们脚下。形状近乎完美的丝柏树和老式水银灯分列道旁，活像皇家仪仗般迎接我们的到访。

走到离别墅十米远的地方，只用了不到10分钟。

登上三级台阶，进入别墅的大厅，将装有金币和现金的背包交给管家，随后来到后院。

后院比前面小不少。首先映入眼帘的，是从远处山丘状的草坪边缘拔地而起的几棵水杉，葱郁的枝叶形成一道屏障，将后院同外面的喧嚣彻底隔绝。水杉前散落着十几株黑松，枝干虬曲，颇具古风。再近前是成片的花木，全是平常难得一见的品种，大多我叫不上名来。西边一个穹顶的玻璃暖房，面积差不多有一个小剧场那么大。要说最不可思议,还数眼皮底下这个小提琴形状的巨大泳池,一池碧水,粼粼波光,一大群绿头野鸭在里面浮游嬉戏。我数了数,大约四十几只。不禁愕然,这些野鸭子到底是从哪来的呢。

管家端来果汁和点心,请我们在这间正对后院的屋子里等待。

"对不住了,先生正在接受采访,一结束就来见你们。"

我起身表示感谢。

"先生本来安排是先见你们,不想你们的航班延误了。"

"这么说,先生都知道了?"

管家点头:"对先生来说,这不算什么。三位不要见外,有事就请按桌上的小铃。"

"麻烦了。"我说。

管家走后,三人(猫)静静地望了会儿院中的景致。野鸭子这会儿已经不游了,身子挨在一块浮在水上。池水在太阳下闪着白光。

"鸭粪怎么处理呢,不用说,肯定拉得到处都是。"柯西莫男爵不无担心地说。

"这种地方会有专人负责的,你就放心好了。"羊说。

"是吗,那我就放心了。"

"对嘛,放心好了。"

羊和柯西莫男爵吃了些点心,果汁喝去一半。我看够了绿头鸭,又把目光投向池边的雕塑——院子里值得一看的东西还有很多。紧挨着几棵广玉兰,有四根一人多高的大理石柱子,上面各站了一个裸体的女人。女人们一丝不挂,顾自以不同的姿态望向池边的空地。我看了好一阵子,也猜不透她们在想什么。不过可以肯定的是,她们已在这儿站了很久。她们脚下的苔藓和不太健康的脸色告诉了我这一点。

我无意偷听,可隔壁低低的谈话声,还是传入了我的耳朵。别墅朝向后院的窗全敞着,秋日的午后又是无比安静。

从谈话推断,采访者是刚从大学毕业的杂志社女实习生,受领导关照,才得到这次采访的任务。

另一位,当是藕片先生。

藕片先生声音洪亮,带着本地口音,话里偶尔带出个方言词汇,也不叫人觉得唐突。我猜他年龄45岁左右,不会超过50岁。事后证明,我这次错得简直离谱。

不久,羊和柯西莫男爵沉沉睡去。我把头支在膝上,听藕片先生讲他自己的故事。

"这些事我对外讲过很多遍了,你们社长也知道,既然他派你来了,我再讲一遍也无妨。"藕片先生说。

第十四章
藕片先生的故事（上）

藕片先生20岁之前的事已经记不清了。或者说很长一段时间里，他失去了20岁前的自己。对这个祖籍挪威不知亲生父母是何人的异乡青年来说，1957年8月5日这天是其一生的分水岭。由这天起，青年藕片告别一成不变的过去，开启了日夜兼程的苦寻之旅。

*

藕片人生的头20个年头是在这座城市的孤儿院（战争孤儿收容所）度过的，玛利亚修女是他的监护人。记得是战争打响后的第二周，嬷嬷一大早去区邮政局办事。那时天色尚早，邮局大门紧闭，嬷嬷的脚碰到了门前台阶上的一个竹篮。藕片就躺在里面，出生不到三周，身上裹一块旧围巾，一双沉睡的眼睛对周遭的世界一无所知。

修女将这个孩子带了回去，喂他小米粥和羊奶。在这家离码头不远的孤儿院里，婴儿远离外面的炮火及其余一切，长成了惹人怜爱的腼腆少年。直至20岁生日那天，藕片走在街上，一声尖厉的防空警报从城中响起，他来不及辨别声音来处，直觉耳道里阵阵鸣响，犹如轰炸机群在俯冲，登时跌倒在行人道上。

醒来后，藕片什么也不记得了。甚至不知道自己是谁，为什么会躺在马路当中。修女花了三天时间找到他，再次带他回到孤儿院。

藕片失去了过去20年来的全部记忆，好在语言和读写能力得以完好地保留。人们没能搞明白这是怎么一回事，但看到藕片可以读书识字，可以开口讲话，就暂且放下心来。

"当初啊，脑袋里若是什么都没剩下，人可就真完了，那时候正在打仗，能不能活下来都要另说。"藕片先生的语调中仍能听出对过往之事的感慨。

花费一周时间，藕片重新记住了包括玛利亚修女在内的所有人的名字。

到了这年年底，藕片在每晚的梦中总见到一张模糊的男人的脸。男人头戴一顶黑色礼帽，像是藏在一块磨砂玻璃的后面，任藕片怎么努力，也看不清那人的五官。从男人的身姿和身后的背景判断，男人应当是走在街上，怀里似乎抱着什么东西。梦境结束前,藕片瞥见了一块黑色的招牌,招牌也是雾蒙蒙的,但藕片认定那是区邮政局门口的老招牌。

一连做了数月相同的梦,藕片将梦里的男人同他未曾谋面的——这只是一种猜测——父亲联系起来。他把这个想法告诉了修女,在孤儿院里很多事他只讲给修女听。

藕片拉开床头柜的抽屉,里面是(应该是)父母留下的几样东西:一张破旧的英文写的出生证明,上面有藕片的出生日期和医院地址(医院在二十年前那场旷日持久的会战中已被夷为平地),一封残缺的信件,信封不是原来的信封,仅剩的三页信纸上除了一些家常琐事什么也没写,可说是毫无线索。一直以来,藕片不曾得知自己的生身父母是谁,在哪儿。从心情上,就一直视这几样东西为父母留下的遗物。

像个痴迷宝藏地图的人那般,藕片躲在孤儿院的房间里一遍遍翻看这三页信纸。终于,他找到了一个难以称之为线索的线索。最后一页信纸的末行,有这样一句话:一切都好,勿念,9月见。哈尔沃森夫人。

经他了解,哈尔沃森(Halvorsen)是一个普通的挪威姓氏。他在心里隐约感到,自己的身世或许跟那片遥远的北国大陆相关。怀着这样的想法,青年藕片开始学习异国的语言。在那所由教会资助的孤儿院里,他度过了最后一年半的时光。

真正下定决心前往欧洲,是在1959年夏末藕片22岁生日那天。拿定主意的藕片将心中想法和盘托出,几天后他告别玛利亚修女登上了一艘荷兰造的远洋客轮，只身前往奥斯陆。此时不曾想到，这张一寸左右的船票带着他在外面漂泊了整整30年。

"这30年里，嬷嬷每晚都为我祈祷，没有一天间断。"藕片先生动情地说，"嬷嬷那时还很年轻，像一个母亲那样，在码头紧握住我的手，吻了我的额头，为我送上祝福，在我耳边叮嘱，盼我早日回来，然而世事难料。"

奥斯陆的头一年，藕片在港口做苦力工。这份累重的活计让他年轻的躯体日渐成熟强壮起来。一个半月的夜晚，他初尝女人的味道，对方是下等酒馆的香烟女郎。此外，他还有了几个当地的朋友，都是像他这样的底层劳动人民。大家论起这个外来青年，无一例外赞不绝口。

就这样，时间来到了1962年。一个偶然的机会，藕片被介绍到市区一家老饭馆做男招待。这时，他的挪威语讲得近乎纯熟，只听口音甚至无从知晓他是远渡重洋而来，很多光顾饭馆的客人把他当作土生土长的奥斯陆人对待。

毫不费力地融入本地风俗，像母语般使用一门陌生的语言，这一切让他始终相信自个儿身体里流着挪威人的血。于是，他更加执着于之前那个大胆的设想。

每个周三、周五的晚上，总有一位年老的白发顾客走进这家饭馆。这位先生年事已高，至少九十几岁了，穿一件深色的过时礼服，将黑色的手杖习惯靠在座椅扶手上。老人总是在窗边落座，从那里望出去，可以看见港口的日落。

如今藕片先生已记不得具体是哪一天了，毕竟是48年前的事了，自己被幸运的主神眷顾得以让祖父年轻时的这位朋友认出。

"我只记得老人的手杖滑落到地板上，他俯下身去，我正好打边上经过，抢先一步拿在手里。接下去，我和他四目相对，对方怔怔地看了我好几秒钟。我把手杖递还给他，但当时他并没多说什么。"藕片先生回忆道，"一个星期后，这位先生又来就餐，见到我问我下班后可愿意跟他一道走走。那天我们漫步在午夜的维格兰雕塑公园，老人告诉我，我和祖父年轻时长得简直一个样，看见我就像看见他本人，而哈尔沃森正是我家族的姓氏。"

从白发老者那里得知，藕片祖父于1873年出生在港口附近一户经营杂货店的人家，家中排行第三，前面两个姐姐分别死于天花和结核病。祖父21岁成家。次年，妻子生下双胞胎男婴。之后五年杂货店生意一落千丈，祖父不得不外出做苦力贴补家用。又过了五年，祖父卖掉家族几代人经手过的杂货店，连同二楼的住房一并低价出售。据眼前这位老人讲，克里斯蒂安尼亚（注：城市其时仍在沿用丹麦国王的名号）的最后几年，祖父一家到了不举新债难还旧债的地步。终于，1910年的冬季，借着无尽夜色的庇护，祖父一家四口登上了一艘停靠在码头的小货轮。

5个月后,这位朋友收到祖父寄来的信件,知悉祖父一家几经辗转,在靠近德俄边境的一个小镇落了脚。祖父在当地的伐木场找了份伐木的工作,生活得以维持下去。据这位老人后来回忆,藕片的祖父同他的书信往来一直持续到战争(一战)开始前半年,最后一封信的日期是:1914年2月X日。

藕片陪老人回到港口附近的家中,得知祖父当年寄回的信件毁于多年前的一场火灾,并不感到特别失落。

*

到了1963年冬天,青年藕片攒下了一笔不小的盘缠。冬季生意清冷,他跟饭馆经理请了长假,先乘船后搭坐火车去了祖父当初逃债时到过的边境小镇。在那里他居留数月,结果一无所获。

回到奥斯陆不久,藕片彻底辞去饭馆的工作。他乘船南下,开始在欧洲四处游走。没有明确的目的地,只是行走不止。钱用光了,就就地找一份短工,赚到一定数量的钱后,便离开那里,去往下一个地方。4年之间,他的足迹遍布22个国家之多,许多偏远地区的人们都曾见过一位腼腆沉默的青年打屋前走过。

他总是在野外露宿,望着满天的星斗思索未知。躺在篝火旁,凝听火舌舐食木头发出的嗞嗞声响,在手边一张白纸上画下一个个黑点。那是照着地图上的真实距离标注的自己落脚过的所有地方。一个地方在白纸上化作一个黑点。眼望星空,藕片在纸上画下一条条直线，把全部的黑点连在一起，然后他在里面看到了人生、真相、命运或诸如此类的东西。

　　1968年夏，藕片再次回到德俄边境小镇。他从一位伐木场退休工那里打听到一些关于家族的消息——哈尔沃森这个姓氏让这位行将入土的老伐木工记起了58年前从外地赶来的藕片祖父母一家。原来，战争（一战）爆发前，藕片的父亲和同胞兄长都已成婚。第二年战火烧到边境，双胞胎中的哥哥决定和妻子一起去俄国投奔远亲，结果寻亲不着，只好先在东乌克兰地区的某乡下安顿下来。藕片的父亲则和藕片的祖父母及另外一些逃难者一道，一路往西，途经汉堡，住进了去往遥远中国的三等船舱。一家人从此别过，再无相见。

　　"听老师傅这么一说，我当天夜里就决定去乌克兰，找寻大伯一家的下落。虽然不知道他们在哪，是生是死，一概不知，我还是决心一探真相。"藕片先生说，"不久就发生了那件事，就在去往乌克兰的途中。"

　　如藕片先生所言，前去乌克兰途中，31岁的藕片病倒了。在一间窄小闷热的客房里，一连高烧了四天四夜。昏睡中，那张模糊的戴礼帽的男人的脸再度出现在他的脑袋里。跟11年前相比，梦中的影像并无任何变化。唯一不同是，这段梦中影像（抑或说无端多出的记忆碎片）似乎具有了某种生命开始自行生长起来。在藕片沉睡时，记忆像扎向地底深处的根系逐渐填满了藕片失去的人生头20年的空白。一觉醒来，他记起了在孤儿院发生的所有事情。

故事到这里并没有结束。

接下去一段日子，每当藕片入睡，记忆便以梦境的形式在藕片的脑袋里肆意扩张，像没有固定方向的风那样，彻夜吹过荒原。许多藕片未曾经历，甚至他出生前的事，都不由分说地潜入他的记忆里。

一切像梦一样真实。藕片看见自己躺在市邮政局门口的台阶上，嬷嬷将他从竹篮里抱了出来。接着，画面转去了战场（根据藕片先生口述，此战指发生在1937年8月的淞沪会战），藕片看见婴儿大小的炮弹在面前掉落，炸开，摧毁了岸边阵地、民宅、车站和医院。四周全是火，塌倒的楼房顷刻间就化为一堆冒着黑烟的废墟，人们在他的眼前死去，警报声响个不停，空中飘浮着一股焦尸的气味。

"我在不属于我的记忆里清楚地听到飞机在头顶轰响。我抬头去看，看见蜻蜓大小的机群从低空掠过，在身后留下大片火海。我看见一个两岁的孩童，坐在炸毁的铁轨边上，他在哭喊，身上穿着被血染透的旧衣裳，眼泪从眼睛里淌出来，却得不到任何回应。因为周围没有一个活人。后来，这个娃娃也死了。这就是发生在我出生那年的事。可世上缘何会发生这样的事呢？我搞不清楚，感到孤独和无望极了，甚至一度不去想自己的身世。"

记忆的生长让藕片脱离了常识的限制。他和从未见过的人们在记忆里相见。他了解他们的生活、人生和命运,看见了过去、现在和一小部分未来的模样。唯独那个男人——那男人的脸一直是模糊不清的。那个抱着自己步履匆匆的男人,究竟是谁呢?是父亲吗,还是别的什么人?完全搞不明白。母亲呢?母亲又在哪里?为什么新生的记忆里独独缺少了这一部分。没有为什么,就是注定吧,藕片这么想。他从不叹气,只是沉默和微笑。

来到乌克兰境内后,藕片夜里不再做梦,他可以在床上安睡到天亮。记忆还在身体里继续生长,但好歹较之前慢了下来。这段日子,每天醒来后他都会站在窗口,什么也不想,只是望向天际,让一些行将发生之事的画面在脑海中聚拢成形。

起初,藕片认定这是一种巧合。就像天什么时候下雨,什么时候起风,人一连猜中几次也是常有的。直到一天早上,他看见当晚在一间旅店喝的汤里没有胡萝卜,只放了肉块和土豆。到了晚上,他改变了对此事的看法,不再认为那是巧合。

"当你意识到你脑袋里浮现出的每一样事物及其后面的命运走向在现实世界里都将一一应验,你就无法再像从前那样去做出选择了。你得重新学习一切,学习生活。你不能把你已知道的一切,那些将要发生的事情丢到一边。这是一种很奇特的感受,你没法视而不见,没法说不,也不能拒绝或改变它,只能学着去适应,学习和它相处。你得告别过去的自己,把一切重来一遍。"藕片先生接着说,"知晓命运的真相并不是一件幸事。"

*

藕片在乌克兰某乡下人口登记处,找到了父亲同胞兄长一家居住过的证据。父亲的兄长早已不在人世。根据资料记录:哈尔沃森先生于1915年秋偕同妻子来此地定居。1932年,家中诞下一名男婴(即藕片的堂兄)。1933年,乌克兰大饥荒时期,家中仅有的半袋土豆被拿走,哈尔沃森先生不久后死于饥饿。1934年,天主教徒哈尔沃森夫人携子返回捷克娘家布尔诺。

这处乡镇坐落在煤矿边上,路面布满灰色的煤渣。藕片徒步穿过几条街,来到镇邮局大厅。他拍了几封电报和打了数次电话到布尔诺的人口管理部门,然后在镇上挤满外地矿工的下等旅馆里等待回信。十几天后,他搭车去了最近的城市,从那里坐火车前往捷克首都布拉格城。

路上四天时间,除了观望窗外的风景,其余时候都在座位里抱臂沉睡。火车驶进捷克后的那晚,藕片毫无征兆地在半夜醒来。他久久凝视自己映在车窗玻璃上的脸。就在刚才,在梦里,一个长得跟自己几分相似的男子,被一个身穿苏联军装的年轻士兵举枪射杀了。死去的男子有着和自己一样的浅色金发。他是谁呢?

这天夜里,藕片没能再睡去,目光一直看向车外,但那里什么也看不到,什么也没有。黑暗笼罩着大地,火车的嘶鸣在夜里传得很远，很远。

因为时局动乱，提前两站就被全副武装的士兵赶下火车的藕片，步行来到布拉格市区已是十天之后。他敲响一户陌生人家的房门，确认无误后，表明了身份。

晚饭时，年迈的妇人跟他讲起刚下葬的儿子。藕片坐着仔细听着，即便早已知悉一切。令他不解的是，这位母亲，或妻子，在说起儿子和丈夫是如何死去时，脸上几乎见不着可称之为悲伤的东西，好比是在谈别人家的不幸。后来——很多年过去后，藕片才知道那是一生经受过太多苦难的人才能明白的一种沉静的痛。

藕片躺在堂兄生前睡过的床上，想着那个长相跟自己有几分相似的人的方方面面。35年前，堂兄的父亲在乌克兰亡故，堂兄其时不满两岁，被母亲带回了捷克。等到二战结束，举家迁来布拉格。16岁开始，堂兄在区邮政所负责分拣信件，勤勉、虔诚地工作了20年。7天前，他裹在街头的人群中，一颗来自基辅兵工厂的手枪子弹击穿了他的左肺，没等送到医院人就死了。这样一来，世上最后一个和藕片有血缘之亲的人离开了。他彻底成了孤家寡人。

藕片去了趟埋葬堂兄的墓园，然后和死者的母亲道别。去哪里还不知道，只是先要离开此地。据后来藕片先生回忆，他从布拉格出发，一路朝着西南方向去，穿过荒原低谷，跨过大小河流，翻过坎塔布里亚山脉，在高原和丘陵间穿行……几年之后，他来到一个叫萨格里什的葡萄牙海滨村落。在那里他待了数日，接着调转方向往内陆走去。最终，流浪者的脚步停留在1974年的塞维利亚。在这座古老的城中，流浪者认识了来自中国的皮货商李先生，俩人合伙用15年的时间，将皮具卖到了西班牙南部各省。

"我的先人们都穷，曾祖父穷，祖父穷，父亲穷，哥哥穷，到了我这里终于不用为吃饭犯难，只是这付出的代价太大了。"藕片先生说。

*

1989年8月8日早上，藕片先生从床上醒来，决定要返回中国。他给生意伙伴留下一封手信，告之他的决定。他必须回去，因为有个重要的人在等着他。同年冬天，玛利亚修女在医院病逝。

第十五章
藕片先生的故事（下）

时间以难以觉察的速度在院子里流逝。风停了，水杉树的叶子安静下来。野鸭浮在水上一动不动。隔壁传来轻缓的足音，几秒钟后，一个身穿白色夏季西装的男人出现在门口。

"失礼了各位！让你们久等，实在抱歉，快，快请坐！"

藕片先生和我们一一握手（当然，也包括柯西莫男爵），管家送来新的糕点和雪利酒。

先生脸色红润，身形发福，看上去绝没有采访中说的73岁，至多50岁出头的感觉。

半杯酒下肚，先生问起约翰李的近况。

"臭小子都好久不来电话了。"

"李老板他……"我将所见如实相告。

先生轻叹了一口气。

"老样子，约翰今年快40了吧。十几年了，两父子没说过一句话，有事都是我在中间传话。一家人，能有什么正经的怨和仇。可这两个,一个比一个犟,跟驴一样,谁都不肯退让。"

我们默然。

先生继续说道:"老李这辈子很不容易,从街边一家小门脸开始,辛苦操劳几十年,才有了后来的格局。这老先生人很好,就是性格过于霸道,人人得顺着他,一不如意就炸毛。约翰的脾气跟他爹一样,又倔,到头来,也不知两父子在争什么。我夹在中间,一点儿办法没有。"

"他们各自的敌人不是对方,"柯西莫男爵接过话头,"是自己。"

先生点点头:"你是一只顶聪明的猫咪。"

"谢谢夸奖!恕猫咪直言,俺们远道而来,可不是为了听您唠家常。您若是肯帮我们,猫咪我将十分感激。您若是不打算帮,我可要抬屁股走人了。"

"别着急嘛好猫咪,我答应约翰会帮你们,请沉住气。"

"俗话说'杯中有酒,心中不慌',我这杯子空了有5分钟啦,我能沉得住气吗?"

"我活到这岁数,没见过这么有趣的猫。"藕片先生边给柯西莫男爵倒酒,边转向我说,"你们要是不急着赶路,真想留你们住一段时间。"

"叫我柯西莫男爵好了。"柯西莫男爵说。

"好的,柯西莫男爵,这酒喝着如何?"

"非常好,无可挑剔!"

接下去两个人(猫)就酒的问题谈论了许久。羊像突然想到什么似的，小声问道：

"先生，我想请教一个问题。"

"请讲。"

"人上了年纪后，仍会感到寂寞吧。"羊问。

"不瞒川上小姐说，的确会有这种感觉。人一旦到了某个年纪，人生之路走完了大半，你就会感受到这一点。这是没办法的事，人有许多的无可奈何，这是其中一件。"先生答道。

"听您讲这些，我想起了我的父亲。"羊说。"很抱歉！"羊随即补充道。

"川上小姐不必自责，对于我的身世我早已释怀。如今我视那些业已成形不会再有改变的人或事为一块石头。一旦这样想，心下就宽了。"

羊默默点点头。

"我是信命的，中国有句老话，叫'人各有命'。人生哪有全如意，万事只求半称心，我们又何必徒添烦恼。"

"过去即石头，对于过去，我们就像对石头一样无能为力。"柯西莫男爵提议道，"不如喝一杯，敬石头！"

"这个提法好！"先生附和。

我喝下杯里的酒，尽量不去想过去的人和事。

"可是，有时候明知是石头，还是想去搬动它，这也是人生无可奈何的部分吧。"

"正是这样，川上小姐。"先生说。

"那么——"短暂沉默,"先生,我们到底能做些什么呢?似乎什么也做不了,做什么都失去了意义。"羊接着问。

"说实话,川上小姐,我们能做的十分有限。所谓选择,只是人生诸般形式罢了。"先生答道。

我们沉默不语。

"诸位莫要灰心,还未发生的事情还未发生,即便在十分有限的范围,仍存在种种可能性,那里面有人生的幸福所在。"

羊点头。

*

谈话告一段落。太阳西沉,在草坪上投下长长的树影,透过窗扇,将一部分枝叶的影子印在墙上。定睛去看,枝叶分明在微微颤动。

藕片先生今晚要赴约,对方是一位政界大人物。数月前托人约他一见,约了数回,不好再推谢,藕片先生对我们解释道。

"我很不喜欢这样的饭局。"

送藕片先生离开后,管家说:"先生嘱咐,请三位今晚务必住下,沉住气再喝几杯。接下去你们要赶很远的路,留下歇歇脚,吃顿便饭也好。"

"先生说接下来我们要去哪儿了吗?"我问。

"你们要去的地方是一个海岛,在那里可以找到最后一枚金币，事情可能顺利，也可能不顺利，现在断言还为时过早——这是先生的原话。"

"了解了，谢谢。不过——"

"请讲。"

"今晚我们不能住在这里，请代为谢谢先生的好意。"

"明白了。"

"也谢谢您。"

"不必客气，请收好，这是先生给的。"

管家递过来一个名片盒大小的黑漆盒子。打开来，是两枚保存完好的古西班牙金币。

"先生嘱咐，去那座海岛不要乘飞机，其他方面你们自便。"

我再次表示感谢。

"有时间常来坐坐，先生他有时也……"

"寂寞得厉害。"我说。

管家点点头。

我点点头。

"祝先生一切顺利。"羊说。

"多谢小姐，我送你们出去。"

乘出租车前往酒店的路上，收音机里播放了一首周璇的《长相思》。到达酒店时，夜色转成一片黛蓝。出租车司机告诉我，车费管家已付过了。

第十六章
藕片先生年代记

晚上8点，我从穿夹克的青年手中接过本田车的钥匙，按照电话里和白发老人的约定，没再支付任何费用。直到多年后，我的这些手稿被一家大型出版社的编辑看上，整理成一部名为《孤独笔记》的小说出版时，还时常想起这对在典当行相依为命的父子。不过，这些都是后话了。

回到房间，除了喝酒，暂时想不出别的方法打发时间。我在床上喝完两杯兑水的威士忌，又给自己倒了第三杯。我继续喝酒。一刻钟后，我坐到书桌前，取过纸笔，将藕片先生的人生轨迹尽可能完整地描画出来。

如下：

1873年，藕片祖父出生在挪威克里斯蒂安尼亚，该城后改名为奥斯陆。

1895年，藕片父亲及同胞兄弟出生。

1910年，藕片一家因躲债搬去德俄边境小镇。

1914年，战争爆发前，双胞胎兄弟在边境小镇先后成家。

1915年，一战期间，双胞胎兄弟分开——从此别过，再无相见。藕片的父母随祖父母去了中国，大伯一家前往东乌克兰投奔远亲。

1932年，藕片的堂哥在乌克兰某地出生。

1933年，乌克兰大饥荒，藕片的大伯活活饿死。第二年，堂哥被母亲带回捷克娘家布尔诺。1945年捷克全境解放后又迁至布拉格居住。

1937年，淞沪会战期间，藕片在中国出生。

1957年，藕片20岁，在街上被防空警报声惊到，醒来后记忆全失，梦境里多出一段婴儿时期的影像。

1959—1963年，藕片回到奥斯陆，期间去德俄边境小镇寻找家人线索，停留数月。

1963—1967年，藕片游历欧洲。

1968年夏，再次回到边境小镇，获知大伯一家的线索，前去乌克兰途中记忆开始生长，藕片具有了预知能力。8月底，藕片的堂哥在布拉格街头被击杀。

1974年，藕片来到塞维利亚，结识约翰李的父亲。

1989年夏，藕片先生返回中国。同年冬，玛利亚修女去世。

2010年，现在。

第十七章
离开故乡的感觉

时间已是深夜两点，金鱼迟迟不现身。我只好翻开一页新稿纸，继续写点儿什么。

已经是第91天连续失眠了。我在绿格子稿纸的空白处写下：2010年9月10日，失眠，第91天。

写罢，我注视文字良久，又拿笔将其画掉。我不确定这组数字还有什么记录的必要。如果数字不能在这个世界上有所作为，数字将彻底失去作为数字的价值和意义。那么，数字仅仅是数字罢了。

写罢这段，我读了一遍，发现全是些车轱辘话儿。

我决定停止无谓的记录。放下笔，闭上眼，调整呼吸，身体尽可能后仰，将一切同数字相关的存在——时间、距离、进制……等等，一一驱出脑际。

然后睁开眼，重新回到稿纸前面。

可是，该写些什么好呢？

（随便什么好了。）

嗯，也好！

我的记忆力开始衰退，或许跟失眠有关，也可能是饮酒过量导致（奇怪的是一次也没喝醉过）。除此之外，一切还好（当然了，就算不好也没什么办法）。

今晚的月色很美。柯西莫男爵应该睡去了吧，还是坐在窗前和月亮聊天呢。猫会做梦吗？猫在梦里会梦见什么呢？

羊呢，这个时间也该睡了吧。可是，那晚的事又该作何解释。想必没机会了解真相了，这种事是不方便开口问的。

还有，穿夹克的青年回家去了吗，还是顺道去了别的地方？

其余的十七枚金币又在哪里呢？

……

罢了，罢了，不去想了，纯粹浪费笔墨。

*

写点儿别的——也许，应该写一下这件事。不过，但凡写作就不可避免要用到数字，这也是无可奈何的呀（叹气摇头）！

人们习惯将自己出生并成长的地方呼为故乡。我人生头27个年头里，从未长时间地离开那座城市，故而很难体会人们口中说的那种思愁。换句话说，我是没有故乡的人。因为缺少了离开，所以没有故乡。家倒是有的，不过我不想多谈。

说起来，离开家也不过4天时间。但感觉上，似乎已过去了一整个世纪。这是我未曾经历过的感受。很难说是因为什么。

此刻的我，很想把什么付诸笔端，却总也写不出一个像样的句子。那些就要形成语言的感受，在落笔的瞬间，仿佛受到惊吓的小鱼一样四下逃开了。在这深深的夜里，窗外是陌生的城市，手边是喝空的酒杯，冰块化成了水。我究竟想表达什么呢？

我究竟想表达什么呢？

也许，是对自己的失望吧。

在过去的整整一个世纪里（这当然是夸张），暮年的事已记不清了，反而是年轻时候的记忆愈发鲜活起来。我走在那座城市的某条街上，时至五月，柳树的花絮在地上铺了厚厚一层。路边的长椅上，一位穿西装的先生，正把手里的报纸折起来。等他走后，我便占领了他的位子。我还记得，在那个长椅上我一直坐到黄昏来临。起初，我饶有兴趣地数着在此地经过的车辆和行人，拿脚边的小石子帮着计数。每颗石子代表一百辆车或一百个路人。后来，草丛里再找不见新的石子了，才悻悻作罢。离开时，已是午夜。我看见有个人在路边拿打火机点地上的柳絮玩。火光一蹿一蹿的。回家的路上我一直在想，若是那人玩累了到长椅边坐下，一定会奇怪面前的这两堆石子是打哪儿来的，作何之用。深夜的树影下，我忍不住笑出声来。这是记忆里我第一次不愿回家时的情景。

再后来是一个雨天。我坐在自己房间的书桌前看一本书，大概是小说之类。不对，那个年龄的我（坐在椅子上双脚还够不到地面）不应该对小说这类读物感兴趣。可能是漫画。不，印象里家中从来没有过漫画书。或许就是小说吧，随手拿来翻看的。屋外的争吵声越来越激烈，夹杂着咒骂声。我从椅子上跳下来，打开床头的小收音机，音量开到最大。那天是周二，电台全部停播，找来找去也找不到一个播放广播的电台。房间里全是收音机喇叭发出的沙沙声。后来，雨渐渐停了。我走出房间，外面什么声音也听不到了。

回想起来，关于那座城市的记忆，任再多的稿纸和句子也难言说。不过，真正值得一写的事情，似乎一件也没有。

如今，我坐在这陌生城市陌生酒店的陌生书桌前，欲睡无眠，欲写无言。仿佛把另外的一个自己留在了过去，留在了那座城市、那条街上。我能看到他，感觉到他，但没法同他说上一句话。有些事情，本可以避免的。

我现在无比怀念那座城市，及它留给我的一切。我思念戴水滴形耳环的女孩，她的哭声犹在我的耳边。那漆黑的湖面，白亮的灯火，无声的船桨……

我灭了灯，摸黑上床，盖上毯子。在这寂静的夜里，我闭上眼睛，等待金鱼梦境降临。过去，即石头。

第三部
荒原之上

第一章
603号房间

　　高速公路在这里中断了，再往前是一片荒滩，不见河水踪迹。附近几辆车正贴着路面断口小心掉头，打算往回开。我推门下车在断口处站了一会儿。风很大，烟没吸几口就被吹灭了。回到车里，我告诉他们此路不通，顺便看了眼油表，只剩三分之一不到的汽油了。

　　超了几辆往回开的私家车，寻找最近的高速路出口。15分钟后，车子驶入一条积满硬土块的匝道，车身不停地抖动，我们在一个积水的涵洞底下掉头，继续向南开。这样，高速公路就又出现在我们的左侧。

　　接下去四天，兜兜转转，算是彻底迷了路。

　　在路边简陋的加油站把油箱加满，买了水和食物还有波本威士忌（这一点无比重要，没有酒的话我们可能一天也坚持不下去了）。我问值班的老人这是哪里？最近的大路怎么走？他只顾摇头,像是听不懂我的话。无论我们问什么,他都以摇头回应。我怀疑他是个聋人,于是付了钱,不再指望谁会能帮上我们。

路况越来越差,几乎看不见公路的踪迹。风卷起尘土,扑在车身上。我不得不每隔一段时间,就拨一下雨刮器的挡杆。驾车穿过一大片望不到边的枯玉米地,我把车停在一小块平坦的乱石滩上。

风渐渐小了。远处能看见几座山石裸露的矮山。我把车门锁好,留下柯西莫男爵看守,和羊一起去做在此地过夜的准备。

沿着无水的河床向下游走了半公里,捡回大堆枯树枝和被水泡过的干树皮,在过夜的地方堆成三个柴火堆,用来抵御夜晚可能到来的寒冷。羊找来十几个干玉米,个个硬得跟石杵一样,经火一烤,根本入不了口,干脆投到火堆里当了新柴。

夜晚比预想的温暖,羊和柯西莫男爵在车里睡得很安稳。我睡不着,从车里出来,爬上车顶。周围听不到什么声响,除了火堆燃烧的声音。星空就在眼前,低低的,直叫人想落泪。

我一时间想起,多年前,总是在野外露宿,眼望星斗思索未知的藕片先生。……人生……命运……真相,或诸如此类的东西。

第二天一早,我们留下三堆灰烬,沿着无水的河床向下游开去。玉米地依旧见不着边际,但风小了许多。在一处近乎荒废的加油站我们把油加满,却发现没有工作人员。我把钱留在柜台上,用一罐机油压住,防止被风刮走。天黑前我们发现了一个过夜的好地方,就在那里停了下来。

夜里如法炮制。拾柴，点火，喝波本威士忌，等待天亮。

第三天，河床已经消失不见。成群的牛羊开始从路的中间穿过，我们只好把车停下，等这些无人看管的游民们先过去。这天夜里，天下起了雨，雨水浇灭了火堆。我只好坐回车里，听着雨声打发后面的时间。

第四天中午时分，车的油表警示灯亮了。此时车子正停在一个三岔路口前面。羊对我说，走右边那条路。我照做了。没理由不听她的，几天前在赌场帮大家赢了几十万的可不是别人。

后面再没有玉米地的影子了。车子爬上一小段缓坡，从一座没有护栏的石桥上驶过，桥下有浅浅的河水流淌。原来早前消失的那段河床是转到地下，然后又从这里接上了。我不知道车子还能开出去多远，尽量控制好油门，避免大力踩下去。直到前方出现城镇的轮廓，我才长出一口气。

现在，轮胎行驶在半旧不新的柏油路面上。我们在经过的第一个加油站停下来。这时候，除了我们和半瓶威士忌，车上已没有任何有生命的东西了（也许那四件小东西例外）。我倚着车门，喝一瓶刚从便利店买来的水。右前方是一块高耸的巨大广告牌，上面斜卧着一个半裸的女人，旁边是一行醒目的大字——欢迎入住白石滩酒店。可这里既无白石，也无河滩。我一边想这个问题，一边继续喝水，等油箱加满。油枪跳枪的声音适时响起，我走过去，取出油枪，旋紧油箱盖，然后绕到车后面，用钥匙打开后备厢，确认拉杆行李箱锁得好好的。然后发动车子，朝白石滩酒店方向开去。就让那四枚古西班牙金币在黑暗里沉睡吧,现在还不是它们现身的时候。

城镇像是座弃城,街上安静得吓人。酒店前台的男招待,在身后的木板墙上一通瞎找,把603号房的钥匙牌从一枚生了锈的钉子上摘下来,递到我手里。我们搭乘吱嘎作响的旧电梯上到六楼,在昏暗的过道里寻找标着603号的房门。我的手紧握着拉杆行李箱的把手,两边房间里听不到任何动静,甚至比街上还要安静,这又让我想起在地下赌场的通道里穿行的情景。

我转动钥匙,打开门。一股霉味迎面而来。你能见过的最差的房间也不过如此了。不用看你就知道,这房间至少有30年没住过人了,到处透着一股子陈旧气息。窗户外面装着上个世纪的铁丝网,有那么一刻,我恍惚觉得又回到了从前的某些日子。可细想起来,我是从未经历我想象的那些时光的。我今年27岁——我是说,还不到30岁。

我把行李箱靠在床头柜前面。

羊望着一面壁纸脱落的墙直叹气。"我宁愿睡在车里。"她对着光秃秃的墙壁说。

我在床上坐下来,床垫立马发出尖锐的弹簧声。

"把那扇窗打开透透气。"柯西莫男爵对我说。

我请它稍等,因为我正从另一个背包里寻摸剩下的那半瓶威士忌。酒找到了,拧开瓶盖,对着瓶口直接喝了一大口。

窗户因为太久不用卡死了,我试着从另一面打开它,结果也一样。我只能坐回到床上,这次干脆把脚也抬了上来,在身后塞了两个枕头,让自己舒服些。然后我看看柯西莫男爵,它正趴在床尾也在看我,我们两个相互看了一会儿,就各自把目光挪开了。

时间还早。羊仍在望着那面墙壁叹息,脱落的墙纸边缘一直耷拉到她脚边的地毯上。没多久,我喝光了那半瓶酒,起身去卫生间小便。马桶坏了,水从蓄水箱里一个劲儿地往外流。我伸出手去,想把水箱盖移开看看是怎么回事。不想盖子刚掀开一半,就眼前发黑昏倒在了地板上。几秒钟后,我失去了意识。这时才下午3点刚过。

第二章
这是哪里

周围见不到任何人迹，四下阒寂无声，天空灰蒙蒙的，脚下是一直铺展到天边的灰色鹅卵石。抬眼看去，天地一色，只有浅浅的一条溪流从我身旁流过，在地上画出一道墨黑。我抬腕看表，屏幕上整齐排列着一串数字0（0：既像是还未开始，又像是全部结束了）。时间在这里似乎不奏效了，我的反应也跟着慢了下来。从卵石堆里站起身，再度回望四周，这才意识到此处不是酒店房间，身边也不见了羊和柯西莫男爵。15分钟后，我认定这不是在梦里，转而决定朝溪流的上游方向行去。

我怕迷路（周围的景致过于一致），紧贴着溪水边上走。枯黄的杂草从各处石缝里钻出来，每隔几米，就能看到有些草叶被齐根斩断，像是不久前被某种食草动物光顾过。

我不知走出去多远，视野里开始出现稀稀拉拉的树影。靠近一看，是结了栗子的栗树。现在倒不必为晚饭担心了，我想。只是身上没有火种，到了夜里就有我受的了。

走累了，干脆在溪边躺下来。听着水流汩汩的声音，很快便睡了过去。再醒来时，我发现自己正身处羊群之中。这时天色已经变暗，不远处一棵栗树的下面蜷缩着一团暗影，影子前面是一个刚点起的小火堆。我分开羊群，走向火光，发现那里坐着一个牧羊人。不等我打招呼，他抢先开口："明天要走40里地。"他说这话时一直望着面前的火苗，所以又像是在喃喃自语："洪水就要来了。"

"洪水？什么洪水？"我问。

这人年龄30岁上下，留着细密的络腮胡须，个子不高。我一坐下，他就递过来一块羊干酪，接着把两把生栗子丢入火中。

"来了你就知道了。"他说。他用一截枯树枝将烤熟的栗子从火里拨出来，看样子不打算再说什么。

这就算是晚饭了。饭后，牧羊人从溪中汲来清水，用一个小铁壶支在火堆上烧。我捡来一些新的枯枝放在一旁备用。

夜里安静无风，空气温暖湿润。头顶既没有月亮，也看不见星斗。天空一直灰蒙蒙的，像是夜晚还没有真正到来。羊群里一直很安静。我在火堆边上闭起眼，一觉安睡到天亮。

是羊群的躁动把我叫醒的。

天亮了，牧羊人正在把炊具收进随身的包囊。晨曦中，他看上去比昨晚年轻不少，差不多与我同龄。照他说的，这一天，我们和40只羊一起，走一段歇一阵，歇一阵走一段，沿着小溪的右岸一直朝上游走了40里路。牧羊人告诉我,之所以一直贴着溪水走,是因为怕迷路,周围的风景都是一样的,人一旦走远了很容易迷失自己。

夜里,经过白天的行军,我和他熟络起来。他一改昨天初见时的沉闷,话跟着多起来,不过他没问我我是谁、从哪里来这类问题,只说明天还要继续走这么远。这天晚上,我们吃过烤栗子和羊干酪后,早早就睡下了。

第二天的行程,较前一日轻松许多,我的双腿不再像第一天那样沉重疲惫了。羊群一直走在我们前面,沉默着。为了赶路,我们连午饭都省了。只有羊群停下来在溪中饮水时,我们才稍作休息。

第三天近黄昏时,地平线上远远地现出了一个白点。白点越变越大,我发现那是一座由浅色石头修成的带有尖顶塔楼的建筑。

"教堂。"牧羊人指着说。我点点头,不指望会有下文。在白天赶路时,这位称职的牧人的话就像沙子里的黄金那样少。

往下又走了几里,他呼住羊群,驱赶它们涉水过溪,再爬上一段平缓的溪岸,一直来到教堂的东边(也许是东边)。我紧跟在他和40只羊的后面。

从溪岸边到教堂这一段路,我一直在想洪水的事情,想着洪水淹没了整个大地,我们无处栖身。我们是从教堂的后面进去的,外围的石墙倒掉了一大截,羊群从一个敞开的大口子中间鱼贯而过,被牧羊人赶进一间没有房顶的石屋。牧羊人把门闩放下来,转身对我说:"羊不会乱跑,但还是小心为好,因为跑出去就会迷路，就再也回不来了。请跟我来，带你见一个人。"

教堂很老了，像是很久以前遭受过战争或是严重的火灾，又加上岁月的侵蚀打磨，已到了分崩离析的边缘。两座尖顶塔楼中的一座已经坍塌了，这让剩下的那座显得格外突兀。从残存的部分来看，这是座天主教堂。

我们穿过一片荒草杂生的空地进到教堂大殿，这里幽暗又阴沉，暗淡的天光从没了玻璃的窄窗透进来，只能照亮很小的一块面积。这让光亮之外的地方就更显得黑暗了。虽说如此，我还是瞥见了坐在主祭台旁的那个老人。他看上去已时日无多，眼中的生命之光早就熄灭，几绺干枯的白发贴在头骨上，跟外面石缝里的荒草无异，无非是在等待某个日子吧。我数了数他对面的空椅子，共有十五把，顺便想象了下昔日主日弥撒时的盛况。牧羊人把一个盛着羊干酪和羊奶的铁皮罐子放到他的手边。他这时才睁眼先是看了看牧羊人，接着又看了看我。然后他又将我上下仔细打量了一番，过了好半天，才开口说话。

"孩子，你信奉上帝吗？"他问，该是在问我。

"我不知道。"我实话实说。

他笑了，嘴里没几颗牙。这无声的笑，叫我觉得不忍。接着，他抬手示意我们可以走开了。

牧羊人带我去过夜的地方，就在羊圈的斜对过，一间位于二层的小房子，靠墙摆着两张简易床铺，他让我睡里面的那一张。

"看样子洪水还要再晚两天。"他说,"你先住下,等洪水过去再说。"

我向他道谢,他说没什么,接着便不知忙什么去了。我把悬在门边的油灯取下来看看,又挂回去,然后推门出来。从我现在站的位置看过去,正好可以看见羊圈里的情况,有一只母羊要生产了,可能就在明天。当然,这些都是牧羊人说的。我对羊分娩的事情一无所知,就像我对上帝一无所知。视线越过残缺的石墙,望向远方的地平线,如果有太阳的话,现在应该正是日落时分(世界应该很美的)。活在这世上27年,我还从未考虑过上帝的事,一次也没有。即便在那些最苦涩的日子里,我也从没想过从他那儿或是什么别的地方得到些什么,或是找寻安慰。或许,在一定程度上,你能得到些什么。但不管怎么说,那是你自己的事。据我所知,有些事你只能靠自己解决,谁也帮不了你。这就像是失眠,没有人能替你入睡,你只能自己受着。不过,这天夜里我睡得就像在火堆边一样安稳。

第三章
除了风声什么也没有

我在教堂的院落里四下走动，满眼是裸露的砖石和从石缝里钻出来的荒草。教堂的西面（可能是西面）是一块墓地，这里野草疯长，把墓碑埋藏在一片虫鸣之中，这声音到了晚上就更清晰可闻。紧挨着旁边是一小块耕地，土里种了花生和红薯，牧羊人一大早就在那里忙活了。

从牧羊人口中得知（他并非是一个不善言谈之人），此地许多年前曾有一个富饶的镇子。当初坐在大殿里的老人和另外十五名布道者一起带来了种子和羔羊，在他们带领下，当地居民团结一心辛勤劳作，数十载过后，镇子上的人口一度突破了二十万人，并以出产甘甜的羊奶闻名远近。大家为了感谢十六圣人的奉献，从很远的地方运来石块，修建了眼前这座教堂。然而好景不长，教堂建好的第五年，附近一个村子里的一名男婴因为喝了镇上出产的羊奶，发了高烧，几日几夜昏迷不醒，不久就离开了人世。这样的怪事，后来又发生了几起。没人能说清这是怎么回事。人们搞不清楚是什么原因让孩子发病，也不知道如何治愈，就把罪状怪罪在河水和羊身上。那天人们聚在河边，把羊群围拢在一块，一只只杀掉，尸体丢进河里，并且拒绝再饮用这河中的水。再后来，镇子就败落了。人们为了生存，要去五十里以外的地方取水，往返一次至少要一天一夜。镇上的居民不再像过去那样尊敬十六圣人了，甚至私下里议论是修建教堂带来的灾祸。河水在被羊血浸染后，也一天天在减少，最后变成了小溪。开始有人搬离小镇，离开前无不恶狠狠地诅咒这个地方。"我差不多就是那时候出生的，"牧羊人说，打他记事起，这里就只剩了他和爷爷还有大殿里的那位老人，"爷爷几年前去世了，就埋在后面的墓地里。"

我踩着残破的石阶，来到大殿入口处的二层。这里原是摆放管风琴的地方，但现在平台光秃秃的，连窗框上的彩绘玻璃都不见了。我穿过平台一头的一道石门，踏入北侧塔楼的废墟。塔楼的上半截几乎全毁了，只剩下半个带有石栏的露台。从这里能看到周围几公里内的景色。

天空依旧灰蒙蒙的，看不出任何放晴的迹象。溪水在我的身后，像一条银色的带子，无声地流向远方。羊群静静伫立岸边，在石缝中寻找青草。栗树的叶子开始凋落了。我抬手看表，不出所料，屏幕上仍是一串整齐排列的0。时间在这种地方完全失效了。这是哪里呢？我举目远眺，视野里空无一人，只有和缓的风不停地从身边吹过。

整个下午，我无事可做，就继续在教堂四处游走，不时从某个敞开的窗口看一眼远处的羊群。我很想去跟大殿里的老人说说话，但又不知从何说起。我在他的眼中见到过那种在别的地方你见不到的悲哀，那悲哀深不见底，几乎让他成了悲哀自身。我知道他在等待某样东西，或许是死亡，也许是别的。

这天下午，头顶的灰云渐渐散开，天空有了晴朗的迹象。我沿着石级登上还未倾倒的那座尖塔的顶层。那是间位于钟楼（钟早就不知去了哪里）上面的小房子，四面开有竖窗，若能赶上落日的话，可以从窗口好好观赏一番。不过，等我上来才发现，四面窗都是钉死的。我逐扇窗推了推，发现无济于事，只是把窗棂上的灰弄到了手上。离天黑还有一段时间，我从一个窗口前踱到另一个窗口前，寻思着羊和柯西莫男爵现在在哪里，他们会否为我担心，我又该如何联系他们。我来回踱步，每隔十分钟（心理上的）看一眼窗上的彩绘玻璃（整个教堂只有这间房的窗玻璃是完好无缺的），我不知道天什么时候会放晴，再后来，我感到厌倦了，就在靠墙的小书架边上坐了下来。我想吸烟，手伸进口袋，发现是空的。香烟和火机不知什么时候不见了。我转而盯着地板中央的大团黑渍看了半天，那是生火留下的痕迹，这里曾有人短暂居住过。我不再去想过去的事，也不再想诸如谁会在这里暂居这样的问题。外面灰云正在散去。我从书架上取下一本《圣徒言行录》，翻开书页，不想一沓厚厚的东西跟着从里面掉落。我拿在手里细看，是一份写在旧信纸上的手稿。从字迹看，书写者当是位男性。于是，我朝窗口那边靠了靠，开始读起这份手稿。

（手稿近乎一份自白，讲了一位青年向少年好友复仇的故事。我不知该把它当作虚构之事来看，还是真有其事。）

第四章
单卵男人（又名：一个持刀者的自白）（上）

叫我单卵男人吧。这就是命运。我无力反抗。主知，我知。

我不知道从哪里讲起。我和大武的命运列车就在今晚相撞，他将被我掀翻在地，而我则继续向前行驶一段，然后脱轨而亡。——我再一次检查了我的杀人工具，一把刃透寒光的三棱刺刀、一片偷来的医用手术刀片。几个小时后，这把刺刀将准确地扎入大武体内，在我掏出刀片划开他的喉咙听到嘶嘶的风声之前，我会盯着他的双眼告诉他：大武，这是你欠我的，我现在来把它取走。

从床上一身腻汗地醒来，已是快6点了。我睁开眼，竟有些想哭的冲动。世间有那么多的命，我只要大武的，等这一天我已经等了十年六个月又七天。我翻身下床，裸身站在屋子中央，看着镜中的自己，点上一支烟。这午觉全是为了能顺利杀死大武睡的。大武回来得太突然，我昨夜打牌一宿未睡，近中午才回到家里。回来的路上我握紧双拳，感觉不到任何力量。若是以这样的状态去杀大武，一旦失手让他逃了，这辈子都不会再有杀他的机会。无须多说，我必须去做这命中注定的事情。我主您是知道的，这是您的安排，我不能悖逆。我走进浴室淋浴，然后将衣服一件件穿在身上。

即将拥抱死亡的这位是我年少时最好的朋友。这是一个普通的北方小镇，小镇的名字就甭提了。和所有的小镇一样，这里没有怜悯，没有同情，拥有一个好或坏的名字并没什么实质性的区别。我和我年少的朋友就在这里出生，在这里长大，读同一所学校，用同样颜色的圆珠笔写作业，在同一间教室里看上了同一个姑娘——这是所有不幸的开始。如主所愿——我和大武不同，我没有抱负，我在13岁的时候就明白，我的一生会和周围那些大人们一样：高中毕业，找一份普通的工作，结婚，生子，过完剩下的日子，等某一天到来，然后被子孙们埋进黄土。在我还是一个完整男人的时候，我从未想过要杀死谁。我连大武他们偷看女厕所这样的事都不肯参与，更别提杀人这等要偿命的事。然而，大武改变了这一切，这就是我恨他、要他死的原因。

我17岁的那年夏末——我真希望这不是您的意思——天边经常燃起火烧云，大武离开了这个小镇，带走了我的女朋友和我的一个睾丸，留下我和我仅剩的另一个睾丸躺在医院的病床上感受着下体几近消失的微麻的肿胀感，等待三天后的单侧睾丸摘除手术。大武带走芳芳的时候，她还只是个青涩少女，她的手指我都未曾碰过。对这位姑娘动心是因为她是这个被神遗忘的镇上唯一会演奏黑管的女孩。音乐让我着迷，也许是占有欲。不管怎样，一个周五的下午我在她的数学书里夹进了第一张纸条。

我们交往的方式异常简单，放学后我和她会分别走去小镇的北边，那里矗着小镇上唯一的一座天主教堂，只有三层半楼房那么高，后面是大片的麦田，边上有一条小河。我们就在这里碰头，然后沿着河边的小路逆流而上。芳芳手背在身后，习惯性地不说话，只是微笑。而自始至终说个不停的我，也讲不出什么至理名言——大多是生活琐事，有时也会提及大武，但大多数时候我不知因为什么，会避而不谈这个话题。等到天彻底黑了，周围再听不到鸟儿扇翅的声音，我们就看对方一眼，知道该返回镇上了。

恶斗发生在一间只有四张球桌的台球室。那是一个傍晚，我们的朋友都在。我和大武面对面站着，中间隔了一根球杆的距离。真相只有一个：大武背着我睡了芳芳，而且不止一次。我占据着道德立场上的优势，打算动手前好好发挥下口才，一来让芳芳知道我比大武高级，二来我要让众人知道是他大武对不起自家兄弟。可惜的是，大武并不愿配合我的步骤，他的方式简单而直接——在我将要开口之际，他一个跨步冲过来，照我两腿之间就是一脚。巨大的痛苦之中我想明白了一件事：我的悲哀在于我那不知道寄托在什么之上的一厢情愿和不知何时来自于何处的人生偏见。事已至此，我竟还固执地认为芳芳喜欢的人只能是我，她是永远——我是说永远——不会爱上大武这样粗鲁又原始的男人的。但我一个字也说不出，我痛苦地弯着腰，身体朝地面歪去。主的世界在我的视野里倾转了九十度，我看到芳芳置身其间，自始至终，面无表情，一言不发。

我在一间充满劣质消毒水味儿的病房里醒来，手背上插着输液用的针管，身边没有什么人——你们知道，这是一厢情愿的后果。

房间里有三张病床，我躺在靠门口的那张，另外两张空着。让人恶心的灰绿色墙裙毫无阻挡地映入我的眼中——我不知道主为什么要创造这样的颜色。我试着翻动一下身体，以便躲开那片灰绿，小腹处立刻传来一阵剧痛，像是有人在那里放了一把镰刀。我尽量不去看，不去思考，不做大幅度的动作。在这间昏暗的病房里，靠着回忆往事度过这段难挨的时光。

我在医院里躺了差不多十几天，出来后外面的世界完全变了。

小镇很小，人少，一个只有一个睾丸的男孩，没有理由不成为众人茶余饭后的话题。我正在读高一，很快，我成了学校里的名人。他们都用异样的眼光看我,就像我不再是您创造的那个伟大作品的后世。一些男同学会公然取笑我。女同学因为考虑体面,只能凑在一起低声私语。很快,我又有了许多外号。镇上的小孩远远见到我,都会喊一声"单卵超人"。不多久,称呼换成了"小太监"。再后来,我又升官成了"赵公公"。高年级,低年级,总有些人想一窥真相。我就避开,尽量不在学校的厕所里大小便。最令人难堪的是,每当有女孩子从我面前经过,无一例外,她们都会低头掩面,脸涨得通红。与此同时,过往那些要好的朋友全部疏远了我。除了默默接受,我没有别的选择。那段时间我养成了一个习惯,每晚睡前,我会去摸下身的那个肉袋子,感受缺失的那一部分。如您所知,每次我都会幻想这不是真的。但每次手碰到那里,绝望就从我的心头升起——那东西已经跟了我整整十七年,那种摸上去的感觉再熟悉不过,而如今,只剩下鹌鹑蛋大小的一个被这个镇子上的人们称之为"卵子"的东西在那里孤单单地坠着。我意识到,这是一个不容更改必须接受的事实。我自卑极了,有几回我在深夜的床边哭个不停——直到有一天,那是四月的一个上午,课间操结束后,回教室的路上,我听到身后有几个小伙子在议论我。其中一个说道,我从没见"公公"在学校撒过尿。另一个跟着说,"公公"是蹲着尿尿的,他怕你看到啊!肆无忌惮的笑声钻进我的耳朵,就是这一刻我起了杀心,我把这所有的账算到了大武头上,是他带给了我这些屈辱。

为了避免再受刺激，我退了学。父母没有阻拦。他们都是顺从主意志的人，觉得所有事的发生都是主的旨意，是命中的安排。但这件事发生后，他们却一直觉得欠我许多。但他们唯一能做的，就是去大武家讨个说法，然而大武已经不在了。大武妈死得早，大武贫穷的父亲用颤抖的双手递过一千块钱算是赔礼，我父母用同样颤抖的手接过来，这事就算是过去了。小镇上的事一向如此。但对于我来说，再多的钱于事无补，我已是个不完整的男人，我不能像被阉的公狗那样，买个假睾丸缝进去充数。

退学之后，我天天混在网吧。在菜市场旁边的一间旧库房里，在最靠里的位子上，我一面上网搜索单个睾丸会否对男人那方面产生影响的相关资料，一面计划着怎么收拾街上的流言闲话。上网的钱是父母给的，我觉得是他们欠我的，我永远无法忘记一个人在病房里醒来的感受。因此，在伸手要钱的时候，我理直气壮。这对夫妇并不富裕——几年前他们先后下了岗，现在一个在菜场卖鱼，一个在工地上和水泥——贫穷几十年如一日地盘旋在他们头顶。但每回面对我伸出的手，他们都去尽力满足，因为连他们自己都觉得那是他们欠我的。从我奶奶辈开始，家里人除了我，都是天主教徒，就良善和助人这两方面说，他们并没有损及主的荣光。

先从最小的孩子开始。一旦谁喊我的外号被我听到，我就走过去，抽他们耳光，直到鲜血从他们的鼻孔里流出。有时你会遇上几个倔脾气的孩子,这时候耳光就不太好使,你只能抓住他们后脑的头发将他们的前额狠狠撞向墙面,你要一直重复这个动作,不多会儿,他们就会蹲下来求饶。我从菜场卖肉的范屠户那里偷了一把小号的剔骨刀,准备用来对付找上门的家长,但一次也没使上。那些被我揍过的孩子的家长,不断向我的父母投诉我的恶行,而我的父母知道他们欠我,也就沉默不语。于是,我开始用这把沾满油腥的剔骨刀对付我的高中同学——每当我掏出这把小巧锋利的刀时,他们就吓软了,他们有两个卵子,但他们一样会软。总有人哆嗦着嘴唇对我说:小文哥,不是俺们说的,是别人说的。我不会听任何解释。我揪过前面那个小子,把他推到墙根,将手中的刀送到离他鼻尖不足半指的地方,我停下来,让他看清楚这一切。然后我把刀刃竖起来,完成最后一步:刮去他额前的一小片头发。这个时候他们的眼泪就会顺着各自的脸颊流下来。我只想告诉这个镇上的人们,不要招惹我,我的刀子很快。只有一次,我失败了——那是在黄昏时的一条小胡同里,我将四个高中男生堵在里头,结果被对方暴揍一顿。他们正是背后说我蹲着尿尿的那几个,一个个身形健壮,是练田径的体育生。起先他们被我的阵势吓住了,当我举起剔骨刀,准备刮去领头那个小子的头发时,拿刀的手腕突然被他抓住。当我意识到对手无论个头还是力气都年长我二三岁时,胳臂已被反拧到背后,几乎同时,右边的膝窝重重挨了一脚,我单腿跪在了地上——疼痛从我的脸部开始,然后是背、两肋、腹部。我的胳臂一直被拧在身后,剔骨刀也不知去了哪里。四个高三男生揍了我足足五分钟，这期间我一直保持单膝跪地这个姿势。后来他们累了，停了下来。离开时，领头的小子冲我的脸啐了一口：一个卵子还敢跟老子耍。很久之后，我才从地上爬起来，天已经黑了，我挂着满脸血污往家走，感觉不到一丝一毫的难过。我一点儿不伤心，不同情自己，这是我应得的：凡动刀的，必死在刀下。不是吗？

千禧年前的每一个中国小镇，似乎都有强哥这样的人物存在。我不上学，也没班上，一个闲人日日在街上闲转，也就认识了镇上别的闲人。小镇很小，只有一条东西方向的主干道，这条丑陋的马路把小镇一分两半。不用我说，主您知道，这里的人们管北边的一半叫北城，南边的一半叫南城。我住南城，您的教堂在北城。南城最出名的闲人是强哥，大家都说他是南城黑社会的老大，我先是跟他手下的小兄弟们玩，后来才认识他的。大武的家在北城，北城最有名的闲人是二哥，是南城强哥的堂兄。说起来，这个镇上的黑社会是一家子。我常在南城活动，和强哥混在一起。这两位大人物自然知道我丢了一个卵子的事，对我有一份特别的客气。他们知道我是这个小镇上唯一敢，也想跟人以命换命的人。那天我顶着一头一脸的血奔赴强哥的饭局，强哥见我狼狈如此，不问一句叫人先送我去了医院，余下事他来处理。第二天晚上大家坐下来刚要开始喝酒，强哥的几个手下给我带回来五颗门牙。我放在手心里，在灯光下仔细观瞧。五颗门牙大小不一，牙根上都带着血，两颗略白，三颗偏黄，其中一颗的背面还附着一层牙垢。大家都不说话，看着我看。等我看够了，头一扬，手一翻，这五颗带血的门牙就顺着我的食道落进了胃里。在座的几个混混儿惊坏了，赶忙起身给我敬酒，一口一个小文哥喊着。强哥听了就伸出手指着他们：什么小小小的，以后全都喊文哥，记住了！他们都记住了，街上也没人说我的闲话了。要说只能背地里说去。人们害怕他们说的传到我的耳朵里被我知道。镇上的男人见到我开始忙着递烟，点头示好，从不在我的面前讲荤段子，嚼舌男女之事。我成了小镇的传奇人物，沉默少言，郁郁寡欢。一半时间我和南城的混混儿们混在一起，一半时间自己在街上闲逛。我从不偷蒙拐骗，缺钱就跟父母要，但从不跟他们说话。我在这个小镇上过起了作为一个"单卵男人"的正常生活，生活的目标只有一个：等待大武回来，然后杀了他——这在镇上已是人人皆知的事。在大武刚走的那几年，我曾有过去外地找他然后杀死他的想法。我问了很多人，包括我和大武以前共同的朋友。他们都说不知道。有人说大武去了南方，但究竟是哪里说不准，可能是这一个城市，也可能是另外的一个。镇上还有一个传闻，说大武去了日本，出海打鱼死在了海上。那段时间，我经常做一个梦，梦见自己孤身漂浮在大海上，周围全是水，无边无际，海风从海面上吹过，发出怪异的吼声。每次这声音一出现，我就从梦里惊醒。我想，大武到底去了哪里，只有您知道——也只有您知道。三年过去了，与我年纪相仿的这些人考上大学去了外地，知道大武、认识大武的人越来越少。我也没处打听了。我曾撬开过大武家门口的信箱,里面啥也没有。没有信件,没有寄送地址,没有任何能够提示大武去向的东西,什么都没有。我渐渐放弃了寻找大武的想法。大武走后第四年的除夕夜,我没在家过年。我揣着三棱刺刀和手术刀片,在大武家门外的槐树下站了一宿。第二天,大年初一,我哪也没去,一直就在那棵槐树底下站着。拜年的人们走街串巷,打我身边经过,个个侧目不解,但不敢上前搭话问询。傍晚的时候,我回家吃了饭,接着又去大武家门口守着。这天夜里下起了大雪,风很大,老槐树吼吼地叫着,我站在树下,一支接着一支地抽烟。风夹着铜钱大的雪茬子打在我的脸上,几次啐灭我的烟头。我不为所动,默默站着。您一定看见了,风雪中我紧紧盯着大武家那两扇紧闭的漆黑色的大门,大武你终有一天会回来。初一过后,初二我又在大武家门口守了一夜。之后每年的除夕、元宵节、清明节、端午节、中秋节、国庆节、祭祖节、腊八节、小年的前后三天,我都会带上三棱刺刀和手术刀片在大武家门外的槐树下守着。尤其春节前后那段日子,我有事没事就会去大武家门口绕一圈。到后来,整个小镇都知道了我要杀死大武的决心。芳芳一直没有消息,这么多年从未回过小镇。她的父母在她离开后没几年也从小镇搬走了,去了哪里没人知道。第二年春天,大武家那两扇常年紧闭的黑色大门,不知是哪一天被什么人刷成了大红色。日子一日日过去,我知道,我可能永远也守不到大武回来了。他可能和芳芳在外面已经结婚、生子过上了日复一日的平凡生活。但这些都不是最重要的,保有杀死大武的决心才是至关键的。我害怕时间冲淡内心的那些仇恨，我害怕时间会让我接受这个残缺的自我。所以，无论能不能等到大武，每年的那些日子我总是守在他的家门口。我想，这是作为一个杀人者应有的姿态。

读到这里，字迹已是无比潦草，许多处需仔细辨认方能明白写的是什么。想必跟书写者彼时的心情相关，文字也是一次写成。这时天在放晴了，外面正逢日落，我隔着窗扇上的彩绘玻璃向外望了一会儿，然后坐下来继续读下去。读完时我听到牧羊人在下面喊我的名字。

第五章
单卵男人（又名：一个持刀者的自白）（下）

再一次，说说命中注定这件事。或者说，您为什么要安排张寡妇出场，这个女人差点儿毁掉我杀人的决心。在这里，这个小镇上，所有的故事都和女人有关，所有和女人无关的故事都是由女人引起的。一句话：女人就是世界。那天黄昏——您当然知道——我一个人去了小镇北面的河岸，站在无边的麦田前，看五月的风不停摇动麦穗，想着自己的前世可能是个俄国人，他的名字可能叫：拉斯柯尔尼科夫。算了，在您面前，我不应该有前世这种想法。张寡妇就是这时候从河对岸走了过来，她穿一件碎花裙子，步态优美，胯骨随身体轻轻地晃动。她来到我跟前，跟我要了一支烟。我给她点上。沉默有一分钟之久，她跟我要了第二支烟，吸一口后，开始讲些不着边际的话。我只看见她的嘴动，完全听不到她说了什么。有那么一会儿，风声大得盖过了所有话语。突然间她的嘴唇不动了，扭过脸，直盯着我问：你想不想和我弄那个事。那时太阳已快落山了，周围没什么人，风从我脸上热辣辣地刮过。我不敢看她，她的眼神能在我脸上烫出一个洞。忽然间，一种前所未有的愤怒降临我的身体，我伸出胳膊，抱起眼前这个女人走向麦田深处。我步伐坚定，一直走出很远。我将肩上的女人扔向地面，压倒了一片麦秆。我扑上去，在一片碧绿之中扯去这个女人的外衣和裙子，怀着恨意，还有羞涩。我的每一个动作都像寡居多年的鳏夫，带着兽性的意味，同时又笨拙得像头骡子。在女人耐心的引导下，我进入了她的身体。我的动作很快，我不敢看她的眼睛。我只听到我的耳边不时响起她的笑声，空气里似乎还飘着烟草的味道，女人的双腿就盘在我身后，我感到头皮一阵阵发麻。很快，我结束了。天已经擦黑，我光着身子躺在地上，看张寡妇慢慢穿好衣服，朝着河岸的方向拢了拢头发，转身离开。我的裤子褪在脚踝处，再度勃起的东西直挺挺地刺向黑蓝色的天空。五月的麦子已经抽穗，风吹过，就在我眼前一排排地摇着。四周全是麦子秆折断后发出的腥涩味。压在身下的麦穗刺得我有些难受。除了这种难受，还有些别的。那一天是我二十三岁生日，我听人说张寡妇二十八了，比我大五岁。我是等到天彻底黑了才起身离开的。回家的路上，我感到委屈无比，几欲想哭。

张寡妇的大名叫张美丽，不过镇上的人都喊她张寡妇，她是小镇上的另一个传奇。关于她的事情我最早是听南城一个朋友说的。张寡妇不同于这小镇上的其他寡妇，是因为她在男人死了后没着急改嫁。一年春天，张寡妇的男人，就是她的丈夫在外面和人家争工地上的包活,两边动了手,对方人多失手打死了张寡妇的男人。男人的母亲,就是张寡妇的婆婆知道儿子死了,直接倒在了自家院子里,送去医院没几天,就转去火葬场了。家里再没别人了。张寡妇没有孩子,公公在她嫁过来之前就死了。料理完婆婆和自己男人的后事后,张寡妇就守着自家男人这些年辛苦挣回来的一堆钱,再加上凶手方面的赔偿金,成了小镇最自由、最富有的单身女人,再算上那份姿色,在小镇未婚男青年的嘴里,张寡妇是永远嚼不烂的三个字。

结识张寡妇之前,我一直没碰过女人,对自己那方面的能力一直持不自信的态度。在那之前,我的母亲曾托人给我安排过一次相亲。对方是一个乡下姑娘,长得算是不错,我怀着对父母的恨意——这种恨源于他们的沉默——去见了那个姑娘,为的就是毁掉母亲这份善举。我告诉那个姑娘,我只有一个卵子,没有那个能力,没法跟你干那个事,你嫁了我跟守活寡没两样,你可以去街上打听打听,我说的都是真的。姑娘哭着跑开了,不知道是为我伤心,还是为她自己伤心。我一度怀疑自己那方面的能力。那些道听途说的民间传闻一度让我忧心忡忡。完整的一对都有可能不行,别说我只有一个了。这个无人不知的事实成了我在小镇娶亲生子无法跨过的鸿沟。每想到此,我的心中就升起凶猛的恨意,恨不能把全镇的男人杀光,包括我那淡漠无能的父亲。我开始没日没夜栖在网吧里,在远离人群的那个角落,我不停查找关于单个睾丸对生育及男女之事有否影响方面的资料。网上的说法五花八门，难以定断。而我又没有勇气照着网上的建议去小镇的医院做男科检查。这段日子唯一的收获就是，我知道了世上曾有两个厉害角色和我一样，一个电影明星，一个纳粹头子，他们都是单卵男人。可这并没有让我感到好过起来。在小镇上生活，有些事是躲不掉的。我那些没有考上大学的高中同学，陆陆续续追到了心仪的姑娘，又陆陆续续把姑娘的肚子搞大，然后就忙着结婚。这些都被我看在眼里。女人对于他们来说已经不是神秘的事物。唯有我，面对此事，既想且怕，又卑又恨。可我不甘心就这样下去，我开始尝试锻炼自己那方面的能力。方法是从网上看来的，我希望后天的缺失也能通过后天的努力追回来。我开始在体校冰冷的泳池里游泳。说是游泳，其实只是创造一个低温的勃起环境。网上说，如果你能在冰水里勃起二十分钟，那么就相当于战场上的一个小时。这多么可笑——可我信了！体校泳池并不对外开放，但看门的是我家一个亲戚，一大早那里没人，我就趁这个时候去。我每天都去，为了避免碰到什么人，从不在那里的更衣室换衣服。我都是在裤子里面提前穿好泳裤再去体校的。等低温勃起训练结束，趁着更衣室里没什么人，我躲进去换上从家带去的干衣服。有一次，我刚进泳池，对面女更衣室里就闪出两个女孩。我认得她们，她们住在镇委大院里，比我小几岁，在外地读大学，应该是学校放暑假刚回来不久。两个女孩都穿着颜色鲜亮的高叉连体泳衣，他们慢慢走到泳池边，我的目光跟随她们移动，她们似乎察觉到了这一点。我双臂搭在池沿上，漂在深水区，一声不响假装镇定。两个女孩在泳池另一头，小声说着话。说的什么我听不到，可能在讨论要不要下水，她们看上去有些拿不定主意。过了几分钟，她们还是进到了水里，但没有马上游动，只是静静地站在那里和我隔着两条泳道的泳池另一头的浅水区。我壮着胆子继续看她们，她们的泳衣被水浸湿，颜色不比刚才鲜亮，却紧紧地贴在了身上。我坚持了一会，还是把目光移向别处，躲开她们的身体。我丢了和漂亮姑娘交往的勇气。隔着一整个泳池，我还是感到浑身不适。带着这份羞缩和自卑，我半是躲避半是炫耀地潜入水中一口气游到对头。我爬出水面头也不回地走开了，再没多看她们一眼。还有件更难启齿的事，我想我不能保留，还是说出来吧。自从这两个女孩来过泳池——她们就来了那一次，女更衣室这四个汉字就对我充满了空前的吸引力。有时候，我会倚靠在泳池边上，愣愣看着这四个字出神，直到半晌过去，我被泡得双唇打颤，这才回过神来。每当此时，我都会叹气，轻得连我自己也听不见。我是如此热烈地渴望着年轻女孩的身体，我想象着她们的面容，想象着她们在我面前笑着，她们充满了活力和热情，她们青春的身体穿上了颜色鲜亮的泳衣，她们的泳衣被水浸湿，遮蔽的部分凸显了出来，她们对着我笑，不介意我的眼光在她们身上爬来爬去——我想象这一切的时候内心充满无比的绝望，这种感觉，您是永远都不会理解的。

我和张寡妇的事很快传遍了全镇的耳朵，但没人敢当着我的面跟我提这个，他们知道我的凶狠。我的父母同样装作一副什么都不知道的样子，我真可怜他们。他们不知道，正是他们这种无动于衷在一直深深伤害他们的儿子。我在张寡妇身上找到了作为男人的体面，这让小镇的人们感到吃惊：一个卵子的男人也能办事。作为回应，我每次在张寡妇家和她干那事的时候，总要门窗大开，我让她叫大点儿声。她知道我的意图，却愿意配合。整个镇子的人都知道我们在做什么。每次完事，张寡妇都不无怜爱地抚弄我仅存的果子夸我勇猛。听她这样讲，我并不感到开心，反而心生怨恨。她一说完，我就翻身上去，赌气一般地再干她一回，直到她口喊求饶为止。我有时会在她身后狠狠扯她的头发，我不能理解这一切，我不知道我走在怎样的一条路上。有一年的除夕夜我没去大武家守着，因为我贪恋张寡妇家的那份温存。那天晚上我在张寡妇家里待了一宿，看电视，吃饺子，喝白酒，临睡还做了那事。在那事快要结束的时候，她搂住我的脖子在我耳边说：这样挺好，别杀大武了。我没说什么，完事就睡了过去。第二天早上醒来，我开始痛恨自己。我没吃张寡妇端来的早饭，把昨晚喝剩的半瓶白酒灌下，起身离开了她家。路上来往都是小镇起早拜年的人，我自己已经有六七年没参加过这种集体活动。踩着脚下咯吱作响的新雪，我看见他们向我投来别样的目光，我知道那目光意味着什么。他们在说：小文罢休了，小文被一个寡妇绊住了，小文不会再杀大武了。为了挽回颜面，我在酒桌上放话出去，说我不杀大武了，我要和张美丽好好过日子了。他们信不过我，借着敬酒探问：文哥等了这些年，说不杀就不杀了？我说不杀了，大武以后可以回家过年了。但到了元宵节那天，我又去大武家门口守着了。和过去一样，连守了三天。小镇的人们又在议论，他们说小文真有心眼儿，初一刚说放过人家，这十五又去候着了。强哥身边的那些混混儿对我更是刮目相看，他们觉得我有勇有谋。可是他们都不知道——我想您是知道的——我就要撑不下去了。我的斗志已经耗尽，杀死大武的决心也只是在做给别人看。这么多年过去了，小镇的人们已经习惯了我这个"单卵男人"，大家看我的眼光不能再带来自卑和仇恨了。走在街上，我神色黯然，我知道这份仇恨就快要被时间带走了。为了不让全镇的人看我的笑话，我决定重新恨一遍大武。我做的第一件事就是先疏远了张寡妇，是女人让我丢掉了斗志。接着，我把家里唯一的一张芳芳的照片翻出来，钉在我的床头。我借来相机拍了很多张我下体的照片，我把这些照片冲印出来和芳芳的照片钉在一起。看着失去的这两样东西，我一早一晚，每天两次，勤奋复习着内心的仇恨。我开始关注我当年那些朋友的生活，他们大多已娶妻生子，过上了三口或四口之家的幸福生活。而我，却只能夜夜栖身寡妇的床畔。我努力让自己再一次地去厌恶自己。我没事就去医院闻那种劣质消毒水的味道，去看那灰绿色的墙裙。我努力让我的知觉回到当年那个空荡荡的病房。我不停打磨我的三棱刺刀，擦拭我的手术刀片。在那些重要的节日里，我会准时出现在大武家门口的槐树下。然而，这些都不太管用，我恨不起来了。

事情的转机出现在那年秋天。那年秋天的一个午后，雨已经下了半日。我在家吃过午饭，闲着无事，决定去强哥家串门。走过三条街，拐入一个巷子就是强哥家。推门进去，隔着院子里的细雨我看见强哥正跟两个小兄弟坐在厦子下喝酒。一张小方桌摆在中间，三人围坐着，不声不响，像是在喝毒酒。走到跟前我也就明白了个大概，是强哥的老婆背着他和别的男人有了一腿。一种奇怪的感觉从我心底生了出来，我觉得我一下子成了强哥的知己——强哥这么有头有脸的男人，竟也少不了这一折。我甚至有些得意，从裤兜里掏出一盒烟，给自己点上一支，再把整盒烟往桌上一掷，这才在强哥对面坐下来。强哥那副颓丧的模样，叫我心里渐渐不屑起来。不就是一个没了姿色的女人吗，连张寡妇那样人人惦记的女人，我还不是说不搭理就不搭理了，至于吗？！我开始莫名地生强哥的气，手中的烟正好抽完，我把烟头掐灭，从烟盒里取一支新的，递到对面。强哥不接，歪头像没看见一样。我把烟叼回自己嘴里，从烟盒中另取出一支。这次我把烟送到了强哥眼皮底下。强哥依旧不动。过了一会儿，他抬眼看我，说，这里没你什么事，小文先回家吧。说完眼皮又耷了回去。我站起来，把烟直接递到强哥嘴边，回道：为了一个女人，你至于吗？！强哥没说什么，两个小兄弟紧张地盯着我们俩。我听见雨水正顺着屋脊的瓦片哗哗往下流，接着一双大手伸过来，把我隔着桌子揪过去，两个大耳刮子重重打在脸上。强哥一撒手，我整个身体就朝后面跌过去，我张开双臂，一屁股坐进了院子里的雨水中。隔着一道雨帘，强哥指着我：赵小文你赶紧给我滚！没人他妈的欠你什么！强哥指着我说：别觉得人都得跟你一样！——泪水是先于哭声来到这个世界上的，我感到委屈，是说不出来的那种。我坐在院子里的雨水中哭了起来，我仰起头，泪水滚滚而出。我哭着，从地上爬起来，走过强哥家的院子，走出了强哥家的大门。我就这么大声哭着，眼泪滚滚来到了街上。强哥在我身后，继续喝起了闷酒。我走在街上，不顾颜面，依旧大声痛哭，雨水混着泪水流进我张开的嘴里。我别无念想，只是大声地哭，伤心欲死，流泪朝家的方向走。强哥的儿子打外面回来在巷口看见我，不敢上来打招呼，站在原地看我走过。路过的街坊见我这个样子，就撑起了雨伞，驻足观看。路边梧桐的叶子被雨打下来，复打在我身上。他们都不明白——这所有的一切——他们都不明白我为什么哭得这么悲伤，所有经过我身边的人，都一副疑惑不解的表情。我仰着头，自顾自哭着，流着泪，只是朝家走。直到临近家门，我才止住了哭声。我停下来，抹了抹脸上不知是雨水还是泪水的东西，我看清了自己。强哥说得没错，这个小镇没有人欠我，他们忍让我，是因为可怜我，我的不幸怨不得别人，要怨也只能怨自己，还有大武。一切都不同了，主啊，一切都不同了。哭过之后，我感到我的内心变得松软而又坚定，就像刚被犁过的肥沃土地。我感到轻松又平静，积藏多年的愤怒、委屈和不甘，全被我的泪水带走了。只有一样，只有一样东西被留了下来，那就是对大武的恨。这恨，已在心里住了下来。

感谢主的爱顾,让我不受伤害,让我活着,让我远离世俗的诱惑,让我持续地恨,让我一直等到大武回来的那一天。

再没别的时候了——就是现在。我洗完澡,冲去一身汗腻,然后把衣服穿好,走出家门。临走前,我开亮了家里所有的灯,然后我就走向那条贯穿小镇的东西大街。一件工装样式的长袖外套紧紧裹住我的身体,两边口袋里放着将要用到的杀人刀具。隔着厚厚的布料,我能感觉到刀尖正在渗出寒意。现在空气里没有风。我走在街上,天气和昨天一般炎热。眼下行人稀少,只有几辆老旧的公交车打我跟前驶过,每到一个站点就传来一阵尖利的刹车声。除此之外,一切都安安静静的。我在一家兼卖冷饮的报刊亭前停下脚。隔着一堆大众读物,店老板上下打量着我——是这身装束的缘故。我要了汽水,转身站在遮阳帘下面,一小口一小口地喝着,任由这个中年人去发挥想象吧。空气里依旧没有风,树叶在枝头一动不动。我看着眼前这条街道。这十年里,小镇每一处地方都改变了原有的模样,脚下这条马路几番修建,变得更宽也更长了。忘了是哪一年开始,一道白色栏杆出现在路中间,将车道一分为二,宣告混乱无序的年代正式落幕。现在我心情平静,内心没有牵挂,除了喝汽水,我什么也不做。我不再去想过去的事,让思绪回到当下。这让我感到满足。现在只差一点儿耐心,等天色再暗一些,我就可以出发去取回属于我的东西。现在天空还很明亮。我站在原地,耐心等天色一点点暗下来。要不了多久,这天色就会暗下来。眼下还有一点儿时间,我想再说一下强哥——最后一次。那年秋天的事情过后,我俩并未反目,这个男人待我一如过去,像我的大哥,像"另一个"父亲。有一次,是一个冬夜——他喝醉了,等身边的人都走了,只剩下我一个,他俯倒在桌子上,用一种近乎呻吟的语调反复说着一句话:都他妈是假的,到头来全是一场空!他将这句话重复了十几遍,接着便睡了过去。那晚他醉得很厉害,后来我也醉倒了。之后很长一段时间,这个男人在白天也会喝醉。就是从那时起,我开始帮他照看一间位于菜场近旁的熟食铺子。他会定期发我工钱,我也会把这些钱中的一部分留给我那仿佛不存在已经很多年的父母。我在心里一直念强哥的好,但从未说出口过——一次也没有。因为我知道,有些话一旦说出口,就不再是它原来的意思了。况且,现在也没讲的必要了。近处一栋高楼前的霓虹广告亮了起来。天空只剩了最后一点儿颜色。没多久,这颜色消失了,几颗淡淡的星点出现在我的头顶。天色足够黑了。我侧过身,把汽水瓶留在一边的小桌上,跟店老板说声谢谢,然后迎着喧闹的人群走进这个盛夏的夜晚。没有风,汗水浸湿了我的外套。我裹挟在拥挤的人流中,快步来到这条大街的尽头。在这里右转,踏上直通小镇北郊的一条旧马路。大武家就在前面,离教堂不远,沿脚下这条路往前过两个路口,再经过一个废弃仓库,右手边第二条胡同紧里面一户就是。我放缓脚步,让后背的汗慢慢冷下来。这块儿没有路灯,没有商店,没有拿着小旗指挥交通的老人,路两旁尽是黑着灯的民居。我贴着路肩一点点往前去,手始终放在口袋里。经过第一个路口，我看到街角有早先烧完的纸钱，余烬里还残存着最后一团暗红。从这熄灭的火堆旁走过，我想到了死亡，顺着空空的街道一直走到大武家的胡同口。胡同里一片寂静，一个熟悉的声音从里面传来——是风正从槐树间吹过。起风了，我举目四望，一轮巨大的月亮不知何时已悬在东边天际。我想起了张寡妇，还有那些过去的日子。那些过去的日子就那么过去了，那些日子里发生的事，此后再不会有人记起。我静静注视着月亮。过了一会儿，我收回目光。胡同里没有灯，我朝黑暗深处走去。

　　手稿至此结束。

第六章
新的发现

深夜,羊圈里传出一阵骚动。我和牧羊人摸黑起身,从门板后面取下油灯点亮。外面繁星点点,不点灯也不妨碍走路。

我站在羊群中,擎着灯,看牧羊人帮母羊分娩。天微微亮时,羊圈里多了三只小羊,两公一母。我吹灭油灯,让母羊跟刚降生的小羊羔待在一块儿,和牧羊人回屋去继续睡。再起床时,朝阳初升,金色的光铺满了大地。

接下去三天时间,牧羊人一直在那块耕地里劳作。我无所事事,吃过早饭就去塔尖下面的小房里打发时间,在那里阅读各类宗教书籍。下午沿着溪流而上,进行漫无目的的散步。牧羊人给了我一把刀子外加一个布袋,我把它们折好放在手里,回来时给那只刚刚做了母亲的母羊剜些青草。顺流而下,教堂在身后越变越小。我又禁不住去想:这是哪儿呢?洪水什么时候才会来?借着油灯的光亮,我把青草放到母羊跟前,然后提灯走出羊圈。夜色明净,星光寥落,这里也有些秋天的味道了。

次日下午，我向牧羊人借来一只羊皮桶，去溪边提水回来，将大殿中为数不多的条凳和台面擦洗干净。在我俯地干活的时候，祭台旁的老人双目紧闭，像第一次见到他时那样，连坐姿也不曾变换一下。我想既然他不反对，就只管照自己的想法去做，不必理会其他。唯一使我不解的是，这大殿里每条凳子的凳脚都用角铁和螺栓结结实实地固定在了石板地上。过道靠近门口的地方有一个表面积尘的石柜，我用水洗去外面的灰垢，正面三个阴刻的汉字告诉我这是教堂的献仪箱。我用了很大力气，才将被污泥封死的柜门打开，把里外擦了个干净。柜子里面的干泥堆了足有半尺厚，我用石头将其敲碎成几块，丢到溪水里冲刷。泥沙散掉后，16枚古西班牙金币像神迹一样出现在清澈见底的溪流中。我伸手到水中拣出一枚，这些金币跟之前到手的那四枚一模一样，如果我可以带走它们，那么距离愿望实现就只差最后一步了。不过，即便老人答应了我的请求，我又该去哪里寻找羊和柯西莫男爵呢。我把金币和其他的钱币拢在一起，将羊皮桶汲满水提回教堂，打算天黑前再擦一遍大殿的地面。牧羊人却说不必了，因为洪水就要来了。他是对的，当天夜里，洪水来了。我们连夜把食物和但凡能搬动的一切，灶具、毯子、床板等，全部搬去那间窗户完好的位于楼上的房间。

第七章
洪水来了

这天夜里,我们3个人和43只羊挤在不足40平方米的塔尖下面,等待洪水一寸寸没上来。

起先,只是溪水的哗哗声越来越响,接着声音逐渐平息下去,一切复归沉寂。大约一顿午饭的时间,水无声地漫进了教堂,淹没了地面。一切都是在黑暗中进行的,几乎意识不到正在遭受洪水的威胁。水位于无声中一寸寸涨上来,没过条凳(现在我知道那些条凳为什么会被固定在石板上了),没过祭台,没过没有窗框和玻璃的高窗,没过摇摇欲坠的吊灯。牧羊人把老人背在身后,一手提灯,我负责他那把高背座椅,三人沿着黑漆漆的楼梯向塔尖爬去。安顿好老人,赶在洪水光顾教堂之前,我们还要将羊群赶上来。这倒也不费事,牧羊人抓起两只新生的羊羔熟练地甩到背上,我抱起余下的一只。领头的公羊走在前面,后面的羊就跟着走动起来。我们把三只新生的小羊羔和母羊安置在屋子中央炉火的边上,这时感觉上已经是午夜了。水安静地流着,流势不算凶猛,下面的大殿已完全没到了水里，教堂能够安立不倒在我看来不能不视作一个神迹。我有种强烈的预感，这仅剩的塔楼随时会被这深沉如梦境的洪水带走。

牧羊人在窗边摸索了一阵，推开一扇窗。我走过去，借着外面朦胧的月光，观看洪水盛况。水依旧无声地流着，就像在梦里流过一样。我怔怔地望着水面，不知该作何打算。黎明时分，月亮消失了，天空飘起了大雨，不久脚下的大水开始变得浑浊起来，这感觉就像处在一座海中孤岛上。我将手中的火把从窗外收进来，插回壁上的孔洞里，然后惊讶地发现，牧羊人和老人已裹着毯子沉入梦乡，仿佛此等境遇对他们来说早就习以为常。我坐在火把下面，听着外面雨落在塔楼上的声音。不禁又去想那个问题：我这究竟是在哪里，羊和柯西莫男爵又去了哪里。后来，我又想了很多，天亮前我睡了过去。

醒来时，我不自觉地又去看腕上的表，依旧是一串虚无的0。我想现在大致是正午。牧羊人斜靠在窗前，面无表情地望向外面。从窗口看出去，一片浑黄，水充斥着整个视野，天空也是混沌沌的。雨还在下。大颗的雨点斜着掉落在水面上，激起一个个水泡。牧羊人转身往煮花生的锅里丢了块盐巴，又往临时搭起的炉灶里添了把柴。

"洪水什么时候会退去？"我问他。

"还要几天时间。"他说，头也不抬。

我望着面前无边的水流，不觉间把手从窗口伸了出去。我感受这真实的雨点打在我的手心和手臂上。半响,我一动不动。

一连几日都是如此,窗外的风景毫无变化。夜里,我也开始不去想洪水,得以睡得踏实。白天,除了吃饭,就是和羊群挤在一起。因为整日下雨,房间狭小,羊群开始散发出难闻的气味。白天大部分时间里,我都是站在窗口呆望远处(其实没什么可看的,除了水就是水),任由绝望的心情折磨自己。我这究竟是在哪里!

这天晚上牧羊人告诉我,洪水至少要一周才会退去。如果我着急离开,可以乘坐他的羊皮筏。这天夜里,我决定离开这儿。

征得老人和牧羊人的同意后,我将16枚金币放入夹克的胸袋拉合拉链。俩人一起把羊皮筏从头顶的夹层中取下来,逐一检查皮胎的充气情况,然后一前一后扛着筏子沿楼梯往下走了一段,来到一个墙壁的豁口处。雨还在下,天空阴沉。不过,可以确定的是,天已经亮了。牧羊人一手拿缆绳,将一个束口的布袋交给我,里面装的是红薯和羊奶酪,还有少量的水。

"水的问题不必担心,这里到处都是水。"他笑着说。

我说声谢谢,把身上仅剩的两包烟给了他。他接过烟,松开了用来稳住羊皮筏的缰绳。

第八章
我将去往何处

羊皮筏顺流而下,洪水覆盖了整个地面,毫无方向可言。羊皮筏无桨,只能任凭水流带我往下游去。教堂很快在我的后方消失了。

半天过去,雨停了,挡在头顶的黑云渐渐退去,天空又变得跟先前一样灰蒙蒙的。到了夜里,天彻底晴了。我躺在羊皮筏里,仰面看着满天的星斗,星光彻夜闪亮,那光芒似乎要落到我的身上。面对这一整片星空,我顺流而下,久久不能成眠。这是很久之前曾在某处体会过的一种感受。

白天,我闭目养神,或侧卧或仰面躺着,尽量不活动身体,减少体能消耗。因为我记得牧羊人告诉我,洪水不会很快退去。我每天只吃很少的食物,喝少量的水,以至于没有尿液排出。

第三天午后(大致是午后),羊皮筏在经过一段湍急的水流时,和上游漂来的一大块浮石撞在一起,羊皮筏当场被掀翻,我落入水中。我将装着食物的袋子紧紧抓在手里。又一块浮石向我漂过来,我赶紧潜入水中避开。等我再次浮出水面,羊皮筏和那块撞翻它的大浮石已被水冲出去好远。我用双手和双腿划水，让身体浮在水面上，感觉自己像只露了个脑袋在外面的河怪。河水裹挟着我的身体朝下游去。我看准时机，在一个水流相对缓慢的地方，爬上一块从身边漂过的浅色浮石。这块石头很大，在水中漂浮得很平稳，水面以上的部分平坦光滑，我得以在上面躺下来，沉入久违的梦乡。

我不知在水上漂流了多久，洪水的流势逐渐平缓下来。这一天又下起了雨，不过不等我身上的衣服被淋湿，雨就停了。雨一停，天空又恢复了这个地区特有的那种浅灰色。我从浮石上坐起，观察洪水的情况。这时一大堆从上游冲下来的枯枝败叶，打着转地从浮石边上漂过。纷纷细雨，时下时停。不多会儿，又见大片的栗子从上游漂过来，我小心俯下身，以免再次跌落水中，从水里捞了几把。栗子全都坏掉的，不是空壳，就是被虫蛀过。我干脆脱下外套，顶在头上，将目光投向下游水面。即便视野里除了滔滔大水，再看不见别的，也总好过什么也不做。这一天雨时断时续，总也停不下来。到了下午晚些时候，雨势突然变大。下过一阵过后，身后的水面上出现了大团白色的物体，远远看去就像是浮在水上的一大片新雪。等靠近来我才看清那是白色的羊群，足有二十几只之多。我猛然想起教堂里的老人和那位牧羊人，不知道他们两个现在如何，教堂的塔楼能否在这次洪水中继续屹立不倒。但到底我帮不上什么忙了，我能做的只有为他们祈祷（如果祈祷有用的话）。

到了夜里，雨彻底停了。气温紧接着降了几度，天空的繁星也不似前几天那么让人亲近了。感觉上，这里要进入深秋了。现在，我的耳边开始响起流水的声音。清晨，我在远处水面上看见一截露出的树梢。接着，更多的树杈从水底下冒出头。我认真辨识，发现全是栗树。又过去半日，布袋里的食物就要吃完时，水流再次平缓下来，两旁视野里开始显现出河岸。整棵的栗树在岸边露出，水流渐次清澈起来。这时，我睡了过去。

等我醒来，洪水几乎完全退去了。身下的浮石被搁浅在浅水滩上。我又饥又渴，把外套穿在身上，伸手摸摸胸口处的金币，从浮石上跳入水中。水流很清，刚没过我的膝盖。岸边堆满了被水染黑的鹅卵石，滑溜溜闪着亮光。我决定忍住口渴，不去喝河里的水。我朝着河岸边走了一段，尽量挑好下脚的地方走，然后就上了岸。我抬手看表，屏幕恢复了正常，现在显示是下午4点5分。

沿着河岸走了好一阵子，后背慢慢沁出汗来。这时，天空完全晴朗起来，风景由稀疏的栗树换成了杂木林。不久，人工种植的林木出现在我的视野里。远远地，我看见加油站上方的大广告牌出现在对岸。它就在我的右前方。我涉水而行，朝加油站走过去。沿着加油站前面的马路，我顺利回到酒店。我一副邋遢模样，想必胡子已长得不像话了，从大堂前台走过，竟没引起值班人员的丝毫注意。跨进陈旧的电梯，上六楼，摸黑走过过道，找到603号房间。我伸出手敲门，门开了（是羊开的门），我一头栽倒在遍布霉味的地毯上。

第九章
从未体验过的黑暗

一个模糊的身影出现在我脚的前方，和一大片白色叠在一起。接着，我听见柯西莫男爵在说话。它说要立刻离开这儿，等我一醒来就出发，这地方令它感到不安。它还反复强调要我们相信直觉，猫就是靠这个才能活这么久。接下去我的视线开始聚焦，看清了那个模糊的身影，原来是羊一直站在那道没了墙纸的光墙前面。

"你醒了。"柯西莫男爵说。

我点点头。

"能动吗？"

"嗯。"

"开车没问题吧？"

我继续点头，撑着身子从床上坐起。紧跟着一阵晕眩，像是喝醉了酒。我知道自己现在非常虚弱。

"你就像是走了很远的路。"柯西莫男爵接着说，"你瞧羊在水箱里找到了什么。"

"16枚古西班牙金币。"我说。

"你看见了?"

"没有。"我说。

"你还好吧?"羊凑上来问。

"还好。"我说。

羊为我打开一瓶水,递给我。我小口喝着,喝了大半瓶下去。然后我从床上下地,花了10分钟适应地面(像一个刚学走路的婴儿),接着我开始整理行李。我把20枚金币包在一块儿丢进行李箱,拉上拉链,上了锁。临走前,我低头看表,时间显示:9月13日,下午,5点1分。

办理退房手续时,我发现前台值班的人换了。现在是一个30岁左右的女人,正在低头看一本时尚杂志。柜台上摆着当天的报纸,离开时我顺手抄了一份。

走到停车场,我绕车一圈,逐个查看轮胎状况;又伏在地上,扫了几眼车底盘。然后我打开车门,坐进驾驶座。行李箱紧挨着我,就在副驾的位子上。油箱是满的,羊提议去加油站的便利店再买些食物和酒。我看了眼后视镜,发动车子,朝加油站开去。

我把车停在路边,没有熄火。

"波本威士忌还有香烟,越多越好。"

"好的。"羊说。

等待羊采购的时间里，我翻了翻那份报纸。是份日报。我花了不到3分钟快速浏览了一遍，就随手一折扔到后座。过了一会儿，我又伸手取回那份报纸，展开来，头版位置上醒目地印着当天的日期：2010年9月13日星期六。这时，羊回来了。我挂上挡，松开离合，顺着加油站前的马路朝远离城镇的方向开去。我打开广播，等待某个节目能报一下今天的日期。直到夜幕降临，也没能等到。

"时间似乎出了些问题。"我对他们两个说。

"没什么，时间经常出问题的。"羊说。

我接着说："迷路那天是9月10日，我们在旷野里总共待了4天，所以今天应该是9月14日。"

"这没错呀！"羊说。

"可我的手表和报纸显示今天是9月13日。"我说。

"报纸可能是昨天的，表也有可能出错。"羊说。

"这种可能性很小。"我说。

车子轧上了一块拳头大的石头，颠了一下。

"也可能你记错了，人长时间睡眠不足，神智是会错乱的，虽然我不想这么说。"羊说。

我皱皱眉头，伸手关掉收音机。

"有道理！"我说。

"别说这个了，快帮我把这该死的瓶子打开，我要喝一杯。"柯西莫男爵打断我们，说，"没法在乎那么多了，没时间了，快去海岛把那该死的最后一枚金币找出来。"

"如果情况属实,反而比实际多出一天时间,这对我们有利。"我说。

"我不在乎,时间想咋地就咋地吧。"柯西莫男爵说。

也许,也许。

天色真正黑下来,是在这天晚些时候。入夜时,车子开始攀爬山路。群山之间充斥着我从未见过的黑色,这黑暗跟先前见过的黑暗都不相同。车灯勉力照亮前方不到两米的路面。被黑暗和恐惧驱使着,我整夜开车,不敢停留。我紧握方向盘,小心避开那些从山上滚落下来的横在路中间的石块。山川深处不时响起尖利的警报声,划破这静寂的和漆黑的夜,传进车里尤为刺耳。午夜后路面开始变得崎岖难行,我不敢懈怠,双手握紧方向盘,让车速一直保持在五十公里以上,仿佛一慢下来,整个车子就会被身后的黑暗吞掉。我一面喝威士忌打起精神,一面盯紧车前灯照亮的有限视野。路面愈发狭窄,连续拐过数道急弯后,迎面开来一队赶夜路的货车,十几束白亮的光柱几乎是同时打在了本田车上。我不敢减速,眯起眼睛,凭感觉向右打了把方向,路肩上的碎石子随即被车轮带起打在车底盘上,发出好似冰雹落在门窗上的声音。巨大的卡车车体犹如抹香鲸一般,在黑夜里浮游着,车头射出的光柱恰如海底搜寻猎物时的目光。双方会车时,我下意识地又把车子向外掰了十几厘米,能听到路边灌木刮擦车身的声音,再过去半步就是万丈深渊。可我不敢停下车等车队过去再走。整个人紧紧绷在座位上，握着方向盘的手心里全是汗水。黎明前警笛声再度响起，声音较入夜时大了数倍，让人难以忍受。我们此时正小心驶入一条漏水的长隧道。隧道里非常昏暗，望不到尽头。水沿着坑洼不平的地面向隧道的一头流去，轮胎从上面压过去逆水而行。路面湿滑，我小心稳住油门，借着隧道顶上仅有的几处照明，注意观察两旁的水泥墙面。二十几分钟后，在靠近隧道出口的地方，我看见左边的洞壁上不知什么时候裂开了一个大口子，山水从那个口子里倾泻而出，发出瀑布般的声响。我警觉此处随时会塌陷，深深踩下油门，因为这时前方的路面已经干燥起来了。

到了拂晓时分，山势开始放缓。三瓶波本威士忌已被我们喝个精光，然后化为一身身冷汗排了出去。我整夜驾车，竟没有想小便的感觉。现在天开始亮了，我们盘过一道道山弯，向山下开去。窗外已是一片葱郁景象。打开车窗，已经可以嗅到大海的味道了。

我把车子停在路边，到外面吸烟。他们两个跟着从后座上下来，在车旁活动身体。我们身后是一道从山上修建过来的引水渠，看上去已经相当有年月了。引水渠每经过一段公路，就用坚固的石块砌成一座高高的拱桥，让水从人们头顶上流过。我深吸一口烟，闭上眼睛，仿佛听见了远处传来的海浪声。

"一切都过去了。"羊说。

"一切都过去了。"柯西莫男爵重复道。

我冲他们两个笑了笑，双手举过头顶，深深吸了口这山中的空气。

　　半个小时后,我们来到渡海口。把车开进等待的队列。在轮渡船的舱门口,我们兵分两路,由我将车开进舱底的车位。我把本田车开去舱底三层,然后沿着逼仄的楼梯上到船甲板找到他们两个。我们将在那里等待轮渡船起航,把我们带去海的另一边。

第四部
别无选择

第一章
渡海，登岛

船起航时，初升的太阳为左舷涂上了一层浅浅的玫瑰色。一夜未睡，羊和柯西莫男爵落座便依偎着睡去。我睡不着（自然睡不着），想着回舱底取来科塔萨尔的小说阅读，但一想到通向底舱的几十级近乎陡直的台阶，以及凉冰冰的金属扶手，再穿越几百辆并排停靠的汽车队列的跋涉，就觉得此事不必急于一时。

无事可做，从前排椅背的网袋中取出两本小册子——乘船注意事项和逃生指导——认认真真地看了一遍。轮渡船的引擎发出柔和的突突声，以一成不变的固定节奏按摩人们的睡眠神经。没多会儿，周围乘客像是中了古代迷药一般，在各自座位上坠入了深沉梦境。现实世界里，只剩我一个了。我站起身，穿过狭窄的船舱过道，一直走到通向二层甲板的电梯间，伸手按下上行按钮。

外面风平浪静，太阳已升到距离海平面一个旗杆的高度。我沿着右舷朝船首走去。作为一艘载客渡海的普通轮渡船，甲板收拾得还算整洁，或许无法跟柯西莫男爵口中言述的"甜蜜公主"号的甲板相媲美,却也不令人生厌。原以为甲板上会有许多观光客——毕竟是日出时的第一班轮渡,不想却空阔得很。悬吊橘色救生艇的铁架下面,站着几个操南方口音的男子在吸烟,用我听不懂的家乡话说着某个令他们开怀大笑的话题。十几米开外,一个穿白袍的穆斯林正将一方印花毯子收起来,方才想必是在朝拜。一个人面对茫茫海面诵经是怎样一种心情,我无从得知,但热带地区独有的蓝色海水却让人身心如一。到对岸还需两个小时,耐心等待亘古不变的河床静寂流逝即可,我想。

*

太阳的轨迹和在北方时不同,自海平线升起后,径直向头顶爬来。在船首站了20分钟,感到有些闷热,返身走去船尾,想从那里看一看岸上的风景。

船尾的护栏几日前新漆过,白得很不自然。从这里望过去,依稀可见岸边的景色,古老的镇子,几座高楼,群山的轮廓……那曾是我置身过的地方,是来时走过的道路。回想起来,竟生出不可思议的感觉,仿佛昨晚驾车穿越山岳的人不是我,不顾一切从黑暗中冲出来的人不是此刻正站在甲板上望向陆地的这个我。也许,只是睡眠不足导致的意识错乱罢了,我想。——的确,太久没能好好睡上一觉了。在心里默默计算,快有三个月那么久了吧。

岸边的风景渐渐消失在海平线下,眼前只剩平静和缓的海面。

我从上衣口袋里掏出一支云斯顿牌香烟点燃,凝望脚下白浪翻滚留下一道长痕,不由得陷入沉思。想的是什么来着,过后全忘了。这样过了好一阵子,忽觉有人在同我讲话。

"烟头要烫到手指喽!"

转头去看。

是一位大学教授模样的老者,电影里常会见到的那种。年龄六十上下,头戴一顶蓝色渔夫帽,穿一件半袖格子衬衫,下身是斜纹布短裤,一副黑色圆框眼镜架在长满色斑的脸上,下巴和脸颊上的白胡须精心修剪过,给人故意不修边幅的感觉。怎么说呢,像是刚从某部电影的片场急匆匆赶回来,还未来得及换上日常便装。

"您好。"我回话道。

"年轻人你好,借个火好吗?"

老人举起右手握着的一个黑色直烟斗。我将印有银鸽子图案的火柴盒递过去。

烟草事先装好的。老人取出一根长火柴,在打火层上擦燃,双手护着火苗防止被海风吹灭,凑到烟斗边,旁若无人地把烟丝点着。做完这一切后,老人打开挂在胸前的一个小铁盒,将半截烧黑的火柴杆丢了进去,那个铁盒是专门用来盛烟灰的。接下来,我俩没再说什么,像事先约定好似的一同望向陆地方向,半天一动不动,如两尊石像,又像是一老一少两代水手在各自回忆旧日历险的经历。甲板上不闻一点儿声响,先前吸烟的人们和穆斯林早已返回舱里。周围安安静静,唯有脚下的白浪翻腾不息。

"第一次来这里？"老人打破这宁静，问道。

"第一次。"我说。

"喜欢海？"

"喜欢。"我诚实回答，"不过这里的海跟北方的不一样。"

老人咬着烟斗，微微点头。

"这里没有冬天，准确地说是没有四季。一年到头明晃晃、热乎乎的，天空永远这么干净，海水永远这么蓝，连下雨时太阳都不会被云遮住，自然也缺少了些味道。"过了几秒钟，他将烟斗握在手中，补充说："也许吧。"

"也许。"我说。

"很难想象这世界上有将近一半人的一生全是夏天。"

"是。"我说。的确，很难想象。作为一个生于北方长于北方的北方人，还从未从这个角度去打量过人生。

二人重归沉默，将目光再度投向海面。陆地的影子这时已彻底从视野里不见了。

时间又过去了不知多久。

"船要靠岸了，年轻人。"

等我回过神来，老人已经收起烟斗，朝我伸出右手。

"谢谢你，后会有期。"

我握住老人伸过来的手。

"不客气，"我说。"再见。"

*

船靠岸了。

轮渡船的舱口一打开，车辆就像洪水过后重返家园的动物们一样急不可耐地冲向陆地，不久便四下散开藏身去了城市丛林。我们开车驶出渡口，驶上环岛高速，已是上午11点。目的地在海岛的最南端，是一座人口只有60万的热带小城市，不出意外3个小时内即可到达。我打开三分之一的天窗，让外面带着海洋气息的凉风吹进车里。在一个靠近海岸的服务区，我们吃了简便午饭，脱下夹克，换上清爽的夏衣，给车子加满油，买了杧果、椰子，还有当地用土法制成的提神饮料（这对无法入睡的我有些讽刺）。休息过后，三人（猫）继续南下。对比上午困在船上哪里也去不了，此时的心情舒畅了不少。海就在附近，离高速路不远的地方，车窗外不时闪现一片粼粼波光。奇怪的是，整条高速上只有我们一辆车在赶路，后视镜中一辆车的影子也没有（可是，渡船上的那些车都去了哪里）。我打开冷气，调大收音机的音量，一面感受沿途旖旎的热带风光，一面专心驾驶。

"不虚此行啊！"羊感慨道。

"是呀。"我附和。

"好想让时间停下来，车永远跑在路上，路永远没个尽头，海水永远是蓝的，头顶的阳光永远闪耀！"

"嗯。"我再次附和。

"你们人类的想法,傻得要命!"

"只是想想嘛,柯西莫男爵干吗这么扫兴。"

"只是想想就很蠢!"柯西莫男爵说,"原谅我的直白,川上小姐,现实是个修罗场,一刻不得松懈,有时'只是想想'就叫人吃尽苦头。"

"唉,这是怎么了……"羊叹道。

也许是猫的直觉,也许是巧合。柯西莫男爵的话说完不过五分钟,广播里传来一则报道。播音员用无不担忧的语调告知,来自太平洋的强力台风即将登陆本岛,提请岛内居民务必做好防范措施,并一再强调这将是近50年来本地遭遇的最大台风。

"太不走运了!"羊说,没了刚才的高兴劲儿。

"台风也好,海神也罢,无论如何我们不能再等下去了。"柯西莫男爵用异常平静的语调说道,"我们别无选择!"

情况比预想的还要糟糕,等我们驶下高速进入市区,灰色的云层已彻底遮蔽了天空,横风将路旁的椰子树吹得左右摆动,发出呼呼的啸声。要不了多久,天就会开始下雨。得抓紧时间做登岛的准备才是。在一家专营户外用品的店铺前,我停车入位,和羊花了20分钟进去一通瞎买——不确定到底需要哪些,但凡觉得用得上的一律都要——雨衣、电筒、登山杖、斧头、燃气炉、打火棒、压缩饼干,以及过夜用的帐篷等等。付过钱,不等找零,便驱车继续沿海滨大道向东面驰去。我惊讶地发现海水的颜色不似先前那般碧蓝,逐渐变成沉重的铅灰色了。岸边的沙滩上已不见游客身影。

根据藕片先生提供的地址,我们在离那座岛屿最近的一处位于半山腰的酒店入住。房间开好后,将登岛用不到的物品统统留下,20枚古西班牙金币锁入房间的保险箱。三个人(猫)换好衣服,迎着大风徒步下山,朝着山脚下的景点码头走去。这时,风刮得更大了,混浊的海浪斜着向岸边扑来,撞上防波堤后迸溅起高高的浪花。我走近售票点,伸手敲敲紧闭的窗口。一个黑瘦的女人隔着玻璃冲我摆了摆手。我大声向对方讲明来意——希望在这个特别的日子里能登岛参观一番名胜古迹。只见对方的嘴唇在动,说的什么完全听不见。如此相持了一会儿,女人将拦在出票口的小隔板移开:"不发船了,最后一艘马上进港,然后景点就关闭了。"说完,对方特意指了指外面的天空,意思是台风就要来了。我说声谢谢,小隔板翻个面儿又挡在了出票口,紧跟着窗帘在玻璃后面落下来。

三个人(猫)沿着景区外面的人行道往另一个方向走去,打算找个避风的地方商量下对策。走了一百多米,发现景区外围的铁丝网不知被谁铰开了一个豁口(可能是偷钓者),豁口后面是一片矮松林,再后面就是海滩,直通停泊游船的码头。没有多想,三人(猫)弯下腰钻过豁口,穿过呼呼作响的松林。最后一艘搭载游客的渡船正向岸边停靠,隐约可见舱里的少量游客。风卷着沙粒从我们脚边急速掠过。依旧是无计可施。三个人(猫)迎风朝远离码头的方向艰难寻去。

前面大约三公里远,有一处深入海中的岬角,假若那里有渔村,或许可以请渔民们想想办法。我们抱定一试的决心——也只有一试,没有别的选择——沉默走向希望之地。

岛屿就在海中,离岸不过五海里。尽管天气很差,却能清楚望见岛的侧影。正对陆地是一大片白色的断崖,像露出海面的一截断骨。从酒店赠送的小册子上得知,此座岛屿历史悠久,有人类居住的历史可追溯到数百年前。岛上主要景点有古代炮台、妈祖庙、断崖和一座沉寂多年的死火山。岛在地图上呈海星状,火山口就位于岛屿的正中央。

"快看!"

顺着羊指的方向,我看见一个矮壮男子的身影,他正吃力地把一艘小艇拖进岸上的椰树林。这时,我们已沿着被海浪打湿的沙滩走了约一半路程。我定睛看了看,确定那是一艘至少可乘坐六人的轻便小艇,就走上前去,直接问他可否带我们登岛。

"那座岛?"男子指了指远处的岛屿。

我点点头。这一片没有其他的岛。

"今天?"

"现在。"我说。

"你们是游客?"他又问。

"算是吧。"我说。

"去岛上做什么?"

"事出有因,很难解释,不过我们愿意付船钱。"

"这种天没人出海,不吉利的。"他眯起眼望了望远处的海面，露出为难的神情。

"帮个忙。"我恳求道。

男子沉默着，想了想，问：

"你们愿意出多少？"

我伸出一个手指。

"一千？"

"一万。"

男人想了想，说：

"阿爸要是知道了我拿你们钱，会拿桨打断我的腿。"

"能理解。"我说。

男人又想了想，说：

"只管去，不管回，台风过去你们自己坐渡船回来。"

"成交。"我说。

男人把覆在小艇上的雨布折起来，我帮忙将小艇推回到海水中。然后他扔过来两件救生衣，我和羊穿上。男人发动小艇尾部的引擎，小艇激水分浪载着我们奔向岛屿。

在码头近旁的一片浅滩上，我们除去救生衣跳下小艇，海水立马灌进了鞋子。男人没有收钱。我再三坚持，他还是拒绝了。他告诉我他的阿爸两年前去世了，他很想他，不想做让阿爸生气的事。

我们跟男人挥手道别。

"万事小心呀，今年的风小不了！"他大声嘱咐。

言毕，调转小艇，原路返回。没多久，小艇的引擎声就听不到了。我回首去望，除了这艘孤零零的小艇，海面上什么也没有。

第二章
哪里出了问题

台风真正来临是在第三天中午。第二天，风势较前一天既未变大，也未变小，以固定不变的力度吹了一整天。

海岛东南方向的半山，横亘着一座未完工的七层建筑。从外观和房间的数量来看，是那种不欢迎穷人的会员制度假酒店。向海的一面开有一百多扇窗，远远望过去，像半山俯卧了一只浑身生满眼睛的水泥巨兽。不过，欢迎也好，不欢迎也罢，我们决定在巨兽的肚子里安营扎寨。

绕过外围层层叠叠的脚手架，从大约是酒店正门的一处入口进到建筑内部。工地现场不见一人，该是早就通知疏散了。三人（猫）四处走动，想找一处避风的角落。在一面显眼的墙上，羊发现了一张A4纸打印的告全体施工人员书。

"这样看来，整座岛上只有我们仨了。"羊说。

"难得清静。"我答。

帐篷支在粗糙不平又潮乎乎的水泥地面上。做好过夜的一切准备，差不多快要天黑了。寻找金币的事只能等明天再说。

这天夜里，我听着外面呼啸的风，喝下半瓶威士忌，吸了差不多一整包烟。

第二天，天刚蒙蒙亮，羊和柯西莫男爵先后醒来。吃过我做的海岛度假早餐，三人（猫）便动身外出寻找金币。

照昨晚制订的计划，先去了最近的妈祖庙，然后是古炮台遗址、火山口，最后是位于岛屿北面的断崖。结果一无所获。

妈祖庙太小了，小得可怜，只有两个报刊亭那么大。门上没锁，就那么敞开着，褪色的门板被风吹得吱嘎乱响。正对门口的供台上，杵着五尊形态各异的泥神。两间耳房，一间设有桌椅，一间放一张单人床榻，都用明黄色的帘子布同正堂隔开。只用了10分钟，我们就确定最后一枚金币不在此处。退出来时，我从林子里拾来一截粗硬的树枝，别入木门的锁鼻，防止庙里的神像被风吹倒。

古炮台那边的光景更为凄凉。七座古炮中的三座如今只余炮台，炮身不知所踪。烈日暴晒，加上海风的侵蚀，仅存的四座古炮全部锈迹斑斑，用来调整射击角度的传动装置早就不起作用，炮管上覆了一层厚厚的鸟粪和黑色苔藓，不免生出败落之感。曾经威慑敌人守护疆土的火炮，亦难逃命运的摆布，如今成了游客合影留念的背景。

我们仔细搜寻了工事各处，用手电筒照亮炮膛的深处。自然，这里也没能见着金币的影子。

离开古炮台，沿由火山岩铺成的林间小道，朝岛的正中方向步行了大约20分钟，地面忽地陡峭起来。不多会儿工夫，踏上同样是由火山岩砌成的石阶，又向上走了约一刻钟，道旁茂密的草木不见了，代之以黑色的岩浆岩。整个火山口都是由凝固的岩浆形成，因此不着一木。

火山口的人工护栏后，是一大片安静的水面，离脚边也就三四米，深度不得而知。我猜里面应该是淡水，由常年下个不停的热带雨水积存而成。水面平整如镜，映出阴沉的天空。风从火山口的四周吹过，池水纹丝不乱。只有一小阵低空疾风打脚下掠过时，才会吹皱起很小的一方水面。凝目细看，天空中的一切，厚重的云层，头顶飞过的海鸟，三人（猫）的身影，都丝毫不差地印在了水面上。

就在这时，我忽觉这是一个很久以前我曾来过的地方。

然而我并未到过此地。

——既视感！

时间有限，我们只绕着火山口转了一圈，没有特别发现，就赶往岛屿最北端的断崖去了。时间已是下午3点，三人（猫）饥肠辘辘，登上山顶，脚下是四百米高的悬崖。除了一大段沿崖边修建的用来防止游人坠崖的白色石墙外，我们别无发现。崖后的坡上长满繁密的林木，只得祈祷金币不在此处。如若不然，那么除了放弃，可说是没一点儿办法。那是连猴子都难以深入的丛林。商量过后，我们决定先返回营地。

吃过午饭——从时间上讲，难说是午饭了——我走去一边吸烟。羊打开一瓶矿泉水，喝了几口，说："能找的地方全找了，一定是哪里出了问题。等天气好转一些，再去火山口那边看看。"

"我也是这样考虑，再去一次也许有新的发现。"我说。

"希望如此。"羊说。

我点点头。

谈话就这么告一段落，柯西莫男爵少见地没有发表意见。我在这栋未完工的建筑里四处走动，有意无意地看上一眼，也不指望能发现什么。走累了，我拿过酒瓶，将酒倒进三个一次性纸杯。气温比起昨日似乎又下降了几度。

夜里，风声呜咽，像极了冬夜里女人的哭声。仔细辨听，风似乎不只怀有一种心情，时而粗犷，时而尖厉，时而哽咽，时而一阵怪啸。总之，想着法儿地从各处缝隙灌进来。我无法入睡，一直等到柯西莫男爵和羊睡去，我还是没有困意。索性从帐篷里钻出来，走到窗前。

不知现在是什么时辰（时间已经不重要了）。可能是风声扰乱了思绪，我蓦地想起少年时代的那位朋友问我的问题：石匠为什么要挥动手中的锤子呢？——这一切有什么意义呢，当飓风刮过地表，人类只能躲进自认为安全的石缝。当滔天巨浪吞没整块大陆，我们又能躲到哪里去呢！这样一想，石匠似乎毫无挥动锤子的必要。一阵冷风打窗口吹过，我感到一阵突如其来的空虚，赶忙点上一支烟，大口吸着，强迫自己不去想这些乱七八糟的问题。

(然而无济于事,我还是止不住去想那些没有答案的问题。)

什么才是正确的人生,抑或是不正确的人生?眼前唯一能确定的是,台风正在这座岛屿上肆虐。

回到帐篷边坐下,为自己倒一大杯酒,小口喝着。记得在哪里读到过这样的话:没有人是一座孤岛,我们都是连接大陆的一部分。不过,一若孤岛的人生也是存在的吧。

也许。

也许。

风声渐强,岛上的第二天就这么过去了。

第三章
三天大风

第三天一大早,雨毫无预兆地落下来。豆大的雨点打在人行道上,化成一个个硬币大小的墨点。不大工夫,片片墨点连成几条蛇形的墨带,将整座岛盘绕起来。日中时分,雨愈发大了,台风正式登场。如注的雨水泼将下来,不等碰到地面,就被强风吹散,如片片碎玉飞溅着砸向四下。窗台下很快积起了水,雨水顺着混凝土墙壁直往下流,朝帐篷这边漫过来。我从一个堆放建筑材料的房间找来半袋黄沙,挨墙筑起一道小小的阻水堤坝,将水引向通往下层的楼梯口。心里想着实在不行,就将帐篷拆了移到别处。

到了夜里,雨就下得更大了。风力明显又攀升了一个等级,外面开始传来脚手架接连倒塌的声音。我心怀忐忑钻进帐篷,喝一口威士忌,让心情平复下来。总感觉要不了多久,风就会厌倦这种无聊的缠斗,进而一举摧毁这最后的栖身之所。地板不时震颤,那是有局部强风打外头刮过引起的。更多的水从窗口灌进,我不得不摸黑再去寻来沙子和多余的水泥,来加固那道可能会被雨水漫过的堤坝。岛上没有光，电力设备早在人们撤离前就关闭了。借着手电筒的光，羊躲在帐篷里阅读科塔萨尔的长篇小说。她读得很入迷，完全忘记了身在何处。我从敞开的窗口向外面望着，看不见海，只有黑夜和风声。海上不间断地闪出一道道闪电，打亮小块的天空和海面，几秒钟后复归黑暗。闪电亮起时，隐约可见黑色的浪头一个个打着滚儿扑向陆地来，仿若一头头可怖的饿兽。——不！这是比群奔的獠牙野兽更为可怕的景象！一种来自远古时代、蕴含人类共同记忆的恐惧力量，在这一刻抵达了我的内心，以这般纯然又完美的方式。

我激动（紧张）得喉咙一阵疼痛。

及至凌晨两点，我吸完半包烟，酒喝得一滴不剩，金鱼暂未有现身的预兆。雨在这时停了，大约有20分钟时间，云开雾散，月亮出来了。

柯西莫男爵走出帐篷，跳上我的肩头，望向夜空。风仿佛也在这会儿小了一些，银色的月光洒满了岛屿。

"月亮说什么了？"我问。

柯西莫男爵摇摇头。

"风什么时候会停？"我接着问。

"什么也收不到，电台被彻底摧毁。"柯西莫男爵说。

"这么大的风，也难怪。"

"雨也不会停。"

说完，柯西莫男爵回了帐篷。几分钟后，雨又下起来，云层合拢遮住了月亮，就像是拉上了帘子。骤然间，风声又大起来。

"如果这（台风）是上帝的愤怒，我在其中感受到了痛苦。"我听见柯西莫男爵在帐篷里对羊说。

羊的注意力完全在她的小说上。

"也许吧。"

我听见羊说。

大风接连刮了三日。三人（猫）困在未完工的酒店里动弹不得，除了耐心等待大风过去，暂时什么也干不了。吸烟，喝酒，读小说，加固堤坝……离中秋夜只有五天了。

第四章
第六日

第六天。

黎明时分，海上的风渐渐平息下来。帐篷里不见了羊的身影。三个小时后，仍不见羊返回。我决定再去火山口一趟。

一如前回，水面平静如画。羊的身影分毫不差地映在水镜中。她哭得红肿的双目，亦看得真切。我挨着她坐下，一时不知说什么。于是，我的影子也映在了水中。凝目看向水面，影子由之前的一个变成了两个。我双臂抱膝，羊头戴初次见面时的黑色棒球帽。一时间失语，并不觉得尴尬。

"那天夜里的事，实在对不起。"羊开口道，"一直没机会向你道歉。"

"请别放在心上，"我说，"过去即石头，还记得吗？"

镜中，羊的眼泪顺着脸颊滑下来。

"那天夜里，你昏倒后，准确地说是睡着后，是我和酒店的工作人员把你带回房间的,但后面的事全是我自己的决定,或者说是选择,跟别人无关。这么说,你能明白?"

"明白。"我说,"我十分确定我明白。"

"真明白?"

"有时候是这样,我们根本不能决定自己能做什么,不能做什么。"

"还是头一次听到这样的回答,我很感动,"羊拂去脸上的泪水,"我跟他们讲过多少次,可他们就是不懂。"

"他们,是谁?"

"我的朋友们。"

我点下头。

见我没了下文,羊又说道:

"想听我的故事吗?"

"想听,"我说,"只要别把自己讲哭了,这个世界上没有什么事值得一哭。"

"至理名言。"

"除了开心,开心时可以哭一哭。"我说。

我说完,羊破涕一笑。

"不会的,过去是石头嘛。"

我也笑了笑,但自觉笑得不太好看。

"其实我是中国人,所以我的中文才讲得这么好,这一点你们是知道的。"

我点头。

"我是10岁那年跟着母亲改嫁去日本的，那之前一直生活在中国，从未想过自己的人生会有这些波折。我的继父——川上先生，我一直这么称呼他——是名专职律师，在母亲上班的地方担任驻华律师代表。那时，我还不知道父亲和母亲感情不好，这些都是成人后母亲才告诉我的。说起来，川上先生是个很了不起的人，忠厚、可靠、值得信赖。他也是苦孩子出身，地道的农家子弟。川上家的事，往上说真是穷到根儿了。川上先生的祖父在20岁那年，也就是1935年春天，搭乘军方的货运船来到中国东北，成为第一批来中国拓荒的移民。这些人里大多是穷人，在本国吃饭都成问题，根本看不到活下去的希望。那时，坊间流传要对中国发动全面战争，在这么个节骨眼儿上，能吃上饭的人家是断不会拖家带口去异国开创什么'新生活'的。当然了，这背后少不了军方的宣传和鼓动。这些脑袋坏了的人计划用什么20年的时间，向中国东北输送500万劳动力。可怜的人们，要么被洗脑，要么被逼迫，要么也是脑袋坏了，一心只想着吃饱肚子，到头来都成了军方实施侵略和掠夺的棋子。你说，一个人的命运到底掌握在谁手里？哎呀，扯远了，还是说回川上家的事吧。

"这么着，川上先生的祖父在中国一待就是10年，后来和一个中国女人结了婚。到了1945年初夏，川上的父亲出生了。这时战争已近尾声，日本战败只是时间问题。消息传来，侨民们开始担心起自己的将来。其中一些人在中国已经成家，有了妻儿和少量家产。这部分人就想着干脆不走了，留下来，因为回去免不了又要受饿。川上的祖父也有这种想法，何况妻子刚刚为他生育了一个儿子。可是好景不长，没等孩子过百日，孩子的父亲却失踪了。后来，川上的祖母听人说，丈夫是被军方遣送去南洋补充兵力了。连告别都没有，一个平常的日子，人一走就没了音信，祖母后半辈子再没见过祖父。等到日本投降，战争告一段落。祖母想尽办法打听祖父的下落，结果一无所获。无奈之下，祖母只得一个人将孩子抚养长大。可想而知，一个寡妇在战后独自抚育一个敌国侨民的后代，要承受多大的非议，付出多少的艰辛。真是了不起的女性啊！"

羊喟叹着，我默然不语。

"就这样，到了1965年的冬天，川上先生来到了这个世界上。川上的母亲是邻村的女人。帮儿子张罗好这门亲事不久后，祖母便因病离世。命运这玩意儿可真是难琢磨，川上这家人，像是被下了诅咒。川上6岁那年，父亲得了肠绞痛，没几天就过世了。这回倒是死得明明白白。可苦了的是活着的人，是孩子的母亲。每次听继父说到这里，我就想，这个家族是怎么回事？上一代和下一代对照，简直就像照镜子。祖父不明不白地消失了，留下祖母一个人养育孩子，然后是父亲早早离世，留下母亲一个人把孩子拉扯大。我这么一说，川上先生笑了。的确是很形象的比喻啊，他说。可我一点儿不觉得好笑。战争遗留下来的问题，加上血缘方面的关系，两代川上家的女人在世时活得都异常艰难。因为家中男性全是早逝，川上先生有一次开玩笑说，我能活到35岁简直是个神迹！他就是35岁那年向我母亲求婚的，这是后面的事了。还是先说回川上先生吧。

"到了20世纪70年代，中日两国邦交正常后，两边的人开始互有走动。当年的百万侨民中有不少因为这样或那样的原因留在了中国大陆。川上的母亲曾听祖母说起，祖父在日本还有个亲戚，大约是表叔伯家的哥哥，就千方百计联系上对方，将9岁的川上君送去了日本。难过的是，两年之后，川上便跟母亲失去了联系，自此音讯全无。川上先生每回说到这里，都会潸然泪下。他还记得当初母亲为送他离开付出的努力，只为寻得一个地址，花了近两年时间，最后在侨民后代的帮助下才心愿得偿。不想，这次别过就是永别了。叫我说，川上先生的母亲是顶了不起的女人。在送走自己孩子这件事上，她定是含痛才下定决心的。那么一意孤行地要将孩子推到离自己那么远的地方，是怕孩子会一再重复父辈的命运。

"如此一来，1974年的春天，9岁的川上来到了位于横滨的亲戚家。这一年，川上祖父的表兄刚刚去世，留下独子大伯40岁，在乡下一家小轮胎厂上班。大伯家共有兄弟姊妹四个孩子，算上9岁的川上君是五个。全由伯母一人照顾。托时代的洪福，大伯顺利养大了五个孩子。五个孩子个个出息，全部考上日本知名的学府。其中川上君最出色，一举考入东京大学法学部，让伯父在家乡人面前赚足了面子。川上先生说，这位辛苦养家的伯父，曾在弥留之际把他叫到跟前，对他说自己这辈子没白活，所有的付出都得到了回报，可以放心去了。1987年，年轻的川上从东大毕业，回绝了好几家东京大公司的邀请，执意回了横滨，去了一家生产电子产品的企业。这样做，主要是为了方便照顾伯母。大伯家四个孩子全在外地，留在横滨的一个也没有。川上先生觉得自己有义务留在家里。就这样又过了十年，川上先生的伯母去世了。不多久，川上先生就职的企业要来中国建厂，他自告奋勇成了第一批员工。这样，才有了和我母亲的故事。

"我家的历史就很普通了——父母是普通的国企员工，后来下岗，父亲开起了出租车。母亲运气好一些，经人介绍去了川上先生工作的厂子做了会计。总之，穷归穷，日子还能过下去。一切得从爷爷的死说起。爷爷去世后，父亲就像忽然之间换了个人似的，天天夜不归宿，跟一帮司机混在一起，喝酒，打牌，家里的事甩手不管，全是母亲一个人忙前忙后。我那时已多少懂事，记忆里父亲脾气很差，为一点儿小事就对母亲破口大骂，甚至拳脚相加。母亲呢，常背着我抹眼泪。那时我毕竟还小，不明白家里发生了什么，怎么本来好好的一个家就变了样，就跟着母亲一起哭。后来，母亲实在忍受不了父亲——他甚至在外面有了别的女人。在家吃在家喝，从来不交家里一分钱。我上学的钱是母亲一分一毛省出来的。母亲提出离婚，父亲爽快答应了。这倒出乎我的意料。两个人很快办好手续，我跟了母亲。那年我9岁，读三年级。因为父母离婚，好长时间在学校里抬不起头。不久，母亲和我住进工厂附近的出租房。那时川上先生正忙着寻找他的生母，还未见过我的母亲。

"有时你不得不信命，川上先生前后花费三年时间，跑去东北老家十几次，愣是没寻着母亲的一点儿线索。他花光了全部积蓄，用上所有能动用的关系，最后只能放弃。我想他内心深处一定是难过的。肯定会责备自己，为什么没有早一点儿回中国寻亲。不管怎样，川上先生很快从这次打击中恢复过来，一门心思用在工作上。这一年，川上先生已35岁，仍是孑身一人。大家觉得这样下去不是办法，一个男人好好的，长得也不赖，中国话说得和中国人一样好，怎么能一直打光棍呢。单身汉不急，反倒是周围的人坐不住了，挨个介绍年轻漂亮的女人给他认识。碍于情面，川上先生去见了几个，当然没结果啰。他那会儿压根就没打算考虑自己的终身大事，直到遇见了我母亲。

"听母亲说，那是一年秋天，川上先生任职的这家企业，要向日本总部进行一次工作汇报。结果汇报当天账目方面出了纰漏，相关负责人正在国外度假。只能从这位负责人的下属里找一位，将上个季度的所有账目报表重新核对一遍。你猜怎么着，除了我母亲，部门的其他人搬出各种借口。总之，就是不想负起责任。结果，负责人从国外打回电话，指派由我母亲出面负责，而这项事务的高层主管正是川上先生。那一时期，川上先生已是这家驻华企业的二把手。他和我母亲两个人加班加点，花了一周时间，圆满解决了问题。川上先生亲口承认，就是在这一过程中，他对年龄大他一岁的母亲有了最初的好感。关于我母亲的过去，川上先生多少也知道一些，近距离接触后，对我母亲又生出一份恻隐之心。但说到底，是我母亲自身的品格，工作负责到底的态度，以及守护女儿的决心，打动了这个男人的心。

"川上先生决定追求我的母亲，并投入实际行动，这让身边的人很不理解，再怎么说，我母亲也是离过婚的人，样子嘛，普普通通，身边还有我这个'拖油瓶'。在外人眼中，川上先生和我母亲这一对怎么看都不般配。可川上先生丝毫不顾及别人的眼光，'那是别人的看法，与我何干！'他这个人骨子里是有这么点执拗劲儿。他以十分坚定的态度，向我母亲表达希望共度余生的意愿。我母亲这方面呢，冷淡得很！面对川上先生的攻势，压根就没当回事，认为这个男人只是头脑一时发热。母亲有过一段失败的婚姻，已没了人生的幻想。无论发生什么，她总把我放在她前面考虑。离婚后，她一度认为人生已提前结束。就这样过下去吧，把女儿抚养成人，然后一个人老去，死去。她从没想过会发生川上先生的插曲，从没想过要和一个外国人结婚，更没想过要带上女儿前去另一个国家重新开始人生。

"我母亲为了避开川上先生的追求，想过换一份工作。却又担心收入减少，再来，换了工作势必要搬家，那样一来，女儿上学就不方便了。我当时的学校离住的地方不远，走着只要十分钟。思前想后，怎么办都不合适，这事就放下了。

"半年之后，川上先生初心不改，我母亲这才正视起来。不能说对这个执着的男人没一点好感，可我母亲那时没有人可以商量，离婚后跟娘家那边闹得很不愉快，姥姥姥爷认为母亲丢了娘家人的脸。两个舅舅也不跟我们打交道。那些日子，我在夜里醒来，又看见我母亲在黑着灯的屋里抹眼泪。终于，我母亲下定决心，跟川上先生见面谈了一次，将自己和家庭的情况毫不保留地和盘托出。我母亲最大的担心是我，担心她的选择会使我的人生转向另一条轨道，而那条轨道又是未知和不幸福的。我母亲征求我的意见，我那会儿只有9岁，跟川上先生偶有接触，只觉得那个男人不坏，会说奇怪的外国话，似乎很喜欢妈妈。母亲又问我，若是让这位叔叔做你的爸爸，咱们三个一起去另一个地方重新开始生活，你愿不愿意。我先是摇了摇头，接着又果断地点了点头。时间过去了那么久，已经不记得当初自己为什么会摇头，又为什么点头。9岁的我能懂些什么呢。可我母亲就是那么一个人，只要事关自己的女儿，不管什么事都会跟我商量，听取我的意见。

"婚礼是在中国举行的。川上先生特意请了婚假带着我母亲和我，去北方玩了十几天。又过了半年，已经成为我继父的川上先生工作告一段落，打报告申请回国。2000年的春天，我和母亲随川上先生一起来到日本横滨。川上先生在市区租了新公寓，里外忙了半个月，把家安下。接着安排我入学。我母亲因为语言不通，只得放弃工作的打算，在家做了全职主妇。讲到这儿，我和川上先生的人生对比，也像照镜子一般。川上先生是9岁那年被母亲送去日本的，我呢是10岁。跟当年的川上君一样，初来乍到，一头雾水。前面的不算数了，一切从零开始。我像1974年的川上君一样，改了日本名字，每天去补习班学日语。'羊'这个名字，就诞生在那时候。我用'川上'做姓，用'羊'替换了原先名字中的'场'——是为了纪念去世的爷爷，特意这样做的。川上羊，这个怪异的名字，曾让周围的人困惑了好一阵子。

"一家人为融入新环境努力着，三人各司其职，不敢松懈。这么着，不到一年，各方面慢慢安定下来。直到我读高中前，可说一切顺遂。那一阵子，我总是不自觉地拿自己的人生同川上先生的人生对照。前面说了，感觉就像照镜子。总觉得自己的人生列车，不知不觉间开上了当年川上先生的人生轨道。这位父亲大人常说，虽然有着日本名字，在日本生活，喜欢日本菜，讲日本语，但骨子里他认为自己是个中国人，一个地地道道的中国人。这话也不无道理，就他血管里流淌的血液成分来说。加上继父这个人天性乐观，待人体贴周到，和一般的日本男性大不相同。不过，叫他那么一说，就更觉得是在照镜子了。只是，我的人生旅途不似川上先生那般顺利。

"麻烦出现在我17岁读高二那年。其实，那之前早有预兆。

"15岁那年，我交了人生第一个男朋友，一年后分手。第二个，半年多一点儿，也分开了。我当时真的很苦恼，两个混蛋像是商量过，分手时竟说了差不多的话，什么'毕竟我们不是同一类人'！这话说来轻巧，对我却是没顶之灾。'不是同一类人'到底是指两人性格不合，还是说身份本就不同呢？我天性敏感，容易多想。打那之后，便开始留意周围的同学和自己相比有哪些不同。这一比不要紧，我发现自己和他们没一样地方是相同的。说到底，在那样一个环境，又处在那个年纪，我不知道怎么应对。整个人很迷茫，常感到莫名的压力。每天早上一醒来，脑袋里就响起一个声音——川上羊！川上羊！你到底是谁？你是中国人，还是日本人？想念爷爷呀，那时候无比想念爷爷。爷爷在世时是最疼我的那个人。可是，爷爷却选择以那样的方式了却自己的生命，至今也不明白是为了什么。想起这一点，我就悲哀得无法自已。"

羊的眼中噙满了泪水。

"可以不说的。"我说。

羊抽抽鼻子。

"没关系，十几年前的事了。人不能总活在过去啊。"

我点点头。

"爷爷的故事说来不长。爷爷是个体面的人，在大学的图书馆里担任管理员，勤勤恳恳工作了40年。60岁生日那天，爷爷穿上心爱的西装，一早出门，先是去附近的老店吃了最喜欢的灌汤包，然后一个人步行去了老城区的跨江大桥，走到江心位置，没一点儿犹豫，纵身跳了下去。这些都是事后知道的。爷爷失踪之后，家里人报了警，我从学校里跑出来，跟着街坊和亲戚们一起去找爷爷。爷爷打小就管我叫'羊羊'，常学羊叫逗我开心。我那时瘦得可怜，拖着两条细腿，跟在大人的后面沿江岸往下去找我的爷爷，一边学羊叫的声'咩、咩、咩'，一边喊'爷爷你快出来呀，羊羊想你了'。找了三天三夜，爷爷没找到，自己昏倒在路边。

"等我醒来,爷爷已寻着了,在江下游十几公里处的一条沟渠里找到的。据说,爷爷身上裹满了黄泥,脸上糊着一团脏兮兮的水草,戴了几十年的眼镜不知去向。爷爷回家时,母亲怕吓到我,送我去了姥姥家。火化那天,母亲把我留在家里,我没能见上爷爷最后一面。再次见到爷爷时,已是装进骨灰罐里的爷爷了。

"最难熬的是高中那几年。孤独像影子一样分分秒秒跟着你,怎么也摆脱不了。不!是比影子还可怕的东西。只要你醒着,你就逃避不了。情况越来越差,到最后,我成了别人口中'跟谁都能睡上一觉的女孩'!离开'性',我便感受不到自己的存在。只有两人交合的那一小段时间里,我才能体会活着的意义。完全就是在放逐自己,我心里很明白,可无论如何也做不到不去做这种事。可以说,'性'在一定程度上抚慰了17岁的我。这么说旁人或许很难理解,不过,这本就是很难解释的事。总之,我的坏名声很快传遍了那一带的高中校园。很多男生慕名而来,希望同我交朋友。不是每一个我都会跟他约会。这方面,我有自己的选择。

"纸到底没能包住火,母亲还是知道了。她很难过,认为全是她的错,她没有照顾并保护好我。我最怕母亲伤心,将事情的经过原原本本向她讲述一遍,请她不要担心,可能只是阶段性的问题。总不会一直这样下去吧,等上了大学或许就会有所改变。不承想,我解释完,母亲反而更难过了。她又开始在没人的时候抹眼泪。我那时正值青春期,脑袋很不对劲,觉得母亲有些小题大做，心里很反感，故意冷落了她很长时间。如今我懂了，母亲那时候难过，是在懊悔当年嫁给川上先生的决定。如果不是嫁给川上先生，我也不会跟她来日本，自然也不会有后面的事。可是母亲大人呀，这命运的事，谁又能说得准呢。您不能将所有的错都揽到自己头上啊。你说是不是？后来，反倒是我安慰起母亲来了。那一时期，我深深感受到了母亲内心的不安和对我放心不下的心情。

"偶然间，一个和我关系不错的女生，建议我去看看心理医生。但到底没去成。一来，穷学生根本拿不出那么多钱。二来，17岁的我固执地认为自己一点儿毛病没有。那个年龄段，自己什么都是正确的，如果有问题，也是这个世界出了问题，跟自己无关。不过，我决定找川上先生谈谈，想听听他的意见。一直以来，我把他当作最为重要的朋友。但就一般情况而言，我们很少主动谈起性质严肃的事情。

"一个星期日的午后，我将这件事一五一十地诉诸川上先生，比告诉母亲时还要更为详尽。你猜怎么着？他听完后，眉头紧皱，目光低垂，久久不语，一副极为难的样子。我在一旁耐心等待。终于，川上先生开了口，没有谈我的事，而是告诉了我一个他的决定。两个月后，我们举家搬去东京。

"原来，川上先生有个大学时期的好友，一年前就邀请他前去东京，俩人合伙开设律师事务所。川上先生没有答应，考虑到我和母亲的生活，不想做冒险的事情。这位朋友再三邀约，川上先生再三推却。不过，那天在听完我的话后，他当场下了决心。

"川上先生正是用这种方式，来帮助我脱离困境。他没有说出口的话，我全部一一领会。换一个地方，重新开始，新的环境，新的人际关系，一切都是新的，没有人认识川上羊，没人知道你的过往，跟过去一刀两断，放下之前所有，重新开始。就这样，我和川上先生各自翻开了新的人生篇章。

"起初，川上先生的律所不温不火，经过半年的苦心经营，慢慢有了起色。第二年，事务所雇了新职员，业务稳定下来。到第三年，居然红火得不得了。我这边呢，没有川上老板那么幸运。一开始，什么都好。新的城市，新的公寓，新的学校，新的同学，那感觉就像从地狱回到了天堂。可是一年之后呢，你再看，一切回到老样子。我又变回了那个'我们不是同一类人''跟谁都能睡上一觉'的女孩。这一点，恐怕川上先生也不曾料到。我是后来想明白的，年轻人往往有一种错觉，认为只要换一个地方从头开始，一切都会跟从前不一样。殊不知，不管你是谁，去了哪里，你就是你，不会因为换个地方，你就变成另外一个人。那段时间，我一直琢磨，掌管人间的神的手边一定有一本关乎命运的笔记簿，若把谁的名字填入其中一栏，这人便要承受相应的人生。唉，这也是没办法的事！

"我去看心理医生了，和电影里演的差不多。你躺在一张椅子上，咨询师在你边上扯东扯西，你根本没心思回答问题，心里想的是每分钟都在增加的咨询费。结局可想而知，仅仅过了两个月，我就不再去了。因为那毫无意义。穿着阿玛尼衬衫的男医生，只会说车轱辘话儿。什么你要放松呀，不要有压力、不要觉得羞耻、多跟亲近的人倾诉，什么有时间多去旅行呀，远离城市、亲近大自然什么的，我听都不要听。当然了，除了帅，那个医生也不是一无可取。有一回，他问起我小时候的事，我的原生家庭。可是年代久远，我那时太小，很多事已记不清。连亲生父亲的脸长什么样，都没了一点儿印象。医生建议我去中国做一次旅行，见见过去的亲人和朋友。思来想去，觉得这个建议还算地道。这么着，趁着暑假的当儿，我决定飞回中国，去见我的父亲一面。"

"见着了？"我问。

"见着了，好找得很。母亲给我说了父亲的名字，下了飞机到辖区的派出所一打听，就知道父亲的住处了。"

"久别重逢，两个人都哭了吧？"我说。

"没有，说起来，见面的场面十分可笑。"

羊忍不住笑了。

我等待她说下去。

"我和母亲去日本后没几年，父亲就搬家了，后来再没结婚。如今，他一个人住在老城区一栋上了岁数的红砖楼里。我乘出租车到那附近，一路打听着就到了楼下。没等我看清楼号，远远地，一个灰白头发的男人朝我走来。我一眼便认出那人是我的亲生父亲。即便过去了那么多年，我还是一眼认出了他。他老了许多，比起印象里也瘦了许多。可笑的是，他的手里拎着一只死鸭子。就那么大模大样地拿着。你能想象吗，一个中年男人拎着一只褪了毛的鸭子，慢吞吞乐呵呵地朝你走来，不知心里在想着什么，当你不存在一样，打你面前经过，径直上了楼。这就是我和父亲分开十年后再次见面时的情景。那天过后，'父亲'这两个字，在我心里总是和一个手拎死鸭子的中年男人挂在一起。像不像在讲笑话？"

"竟然没认出自己的女儿。"

"简直是看都不看我一眼。"

我叹口气。

"不过，我不介意，也不觉得自己受到了伤害。父亲有没有认出我不重要，重要的是我见到了他，看见他的第一眼，我心里的一块巨石落了地，身体立马感到轻快起来，呼吸也较过去顺畅许多。这样说绝非夸大其词，我的的确确需要一次现实然则具体的行动同过去的自己告别。或者说，以某种形式将过去的自己全盘接受下来。怎么说都行，总之，我需要跟亲生父亲见一面，需要这样一次'对话'，哪怕是沉默的'对话'。你能明白？"

"明白。"我说。

"之后的事不消多说，我没有上楼，站了一会儿就离开了。第二天，我乘大巴想去北方看看，命运派来一个粗心的司机，把我扔在了半道。"

我微笑："命运编排了一切。"

"是啊，命运！"羊喟叹。

我抬头看向天空，比早上风又小了些许。

"心底的话一旦说出口，真是畅快，谢谢你的倾听。"羊说。

"谢谢你的故事。"我说。

羊报以微笑。

"说说你吧,一股脑儿向你倾倒了这么多垃圾,作为交换可好?"

"我没什么可说的,一个没有故事的人。"我说。

"不想说?没关系,不勉强。"

"或许……"我说,"重要的不是治愈,而是带着病痛活下去。"

羊想了几秒钟:"这话说得委实不俗!"

"阿尔贝·加缪讲的。"

羊点点头:"这人的人生观真是了不起。"

我点点头。

"知道归知道,实施起来却无比艰难。"我说。

俩人望着脚下的水面沉默了一阵子。

羊又开口:"你是怎么认识柯西莫男爵的,谈谈可好?"

"这个可以一谈。"我说。

我决定从四月份说起。事情的经过是这样的:今年四月和女友分手后,我一度无事可做,每天去家附近的电影院看通宵电影。电影看烦了,就去隔壁的电玩城玩捕鱼游戏。其实没多少乐趣,不过是打发时间。我没有得失心,无欲无求,脑子里没有输赢,反而赢得盆满钵满。一会儿工夫,币子就在手边堆得老高。总有很多人围过来看，大多是年龄不大的学生。我玩腻了，就把赢来的币子全给他们分了。自己留下一枚，当作明天的本钱。那段时间，我认识了一个15岁、谎称自己19岁的女孩。我和她交往了几个月。准确地说，不是交往，不是男女那种关系，更像是在一起打发无聊的时光。后来，我知道了她的真实年龄，果断同她断了联系。那之后，我没再认识新的异性。和柯西莫男爵相识，是在今年春夏之交。我住的公寓楼下面，有一个小广场，正中是一个喷水池。每天黄昏，附近的流浪猫会挨个去那里报到，喝点儿池里的水，吃几口好心人投喂的猫粮。等天一黑，猫儿们就四下散去。这时候，池边只剩柯西莫男爵一个。它常独自凝望夜空，不知道在看什么。打一开始我就发现，这只猫不太合群。当然了，世界上没有合群的猫。只是说，当别的猫都在忙着抢食儿，它却爬上高高的树杈，蹲踞在上面，两眼一闭，好像树下发生的一切与它无关，或者说压根不在乎下面发生了什么。就是这么一只猫咪。一来二去，我为它取了'柯西莫男爵'这个名字，是意大利小说家伊塔洛·卡尔维诺笔下一个十分有趣的主人公的名字。这个人自12岁那年跟父亲赌气跑到树上，终生没回地面。猫似乎不讨厌这个名字，每次唤它，它便在树上微微睁开眼，看看你，再缓缓合上眼皮。有一次，我回家很晚了，打水池边路过，看见柯西莫男爵蹲在那，昂首注目天空。顺着它的目光望去，头顶是一轮黄灿灿的明月。我没打招呼，而是和它一起看了会儿月亮。那晚月色很美！我是后来才知道，柯西莫男爵每晚来水池边，是在看月亮。等天黑了，别的猫走了，它从树上下来，开始这一天最重要的工作——和月亮交谈！

就这样，五月结束了。总觉得要发生，但事实上没发生任何特别的事。日子平稳地滑入六月。一个下着雨的午后，我一个人在家，忽听到有人敲门。会是谁呢？家里的门很久没响过了。想了半天，猜不到访客是谁。从猫眼里看出去，一个人影没有，敲门声始终响个不停。我不得已将门打开。柯西莫男爵站在门外，身上淋得透透的，口中衔着一本薄薄的小书，像一位远道而来的客人。我请它进来，它没有客气，迈着轻快的步子走进客厅，地板上留下它的一串湿脚印。这天过后，柯西莫男爵在家里住了下来。

"它是什么时候开口说话的？"羊问。

"八月底。"我说。

羊又问："那它有没有说过，你老是梦见金鱼跟那个15岁的少女有关？"

"没说。"我说。

羊点点头。

"它说跟命运有关。"

"了解了。"羊再次点点头。

*

水面平静如镜，两个人的身影纹丝不动地印在上面。有那么一刻，我和羊同时抬头看向空中。风势渐息，但见团团烟云打火山口的上方急速向岛的西北奔去。不知是其中的哪一块，行至半途，即兴落下一阵牛毛细雨，在水银镜面上激起一圈圈不易察觉的细小皱纹。

羊望着不停洒泻到火山口的雨丝说：

"总觉着水面下藏着什么。"

"我也是。"我说。

少顷，我站起来，将身上衣物一一褪去，直到赤身裸体。我攀过护栏，脚踩在火山口的边缘，回过身对羊说：

"如果我回不来，请带柯西莫男爵去它想去的地方。"

第五章
在水中

水温比预想的温暖得多,不需刻意划水,身体即可悬于半水中。稍一用力,便能潜至水底。

水深目测约八九米。

火山口的内部宛如一口巨大的石碗,整个由岩浆冷固而成,表面十分光滑,呈深邃的黑色。

水下并不黑暗,相反比水面上明亮。睁开眼,发现四下明晃晃的。暗淡的天光经过巧妙折射,将水底照得如同白昼。入水那一刹那的恐惧,瞬间消散。

我定了定神,向水底潜去。下至六七米处,温度、压力不觉有什么变化。再向下几米,就到了"碗底"。

我贴着平坦的石面游了一圈,水底无草又无泥。

不知什么时候,肌肤的表面聚起了一层密密的小气泡,我仿佛在用全身的毛孔呼吸。

的确,入水至少过去了五分钟,我不曾感到憋闷。

"碗底"巡游结束，我用力一蹬，只几秒钟，身体又回到半水之中。

我感到一种前所未有的心安，那种小时候在母亲身边才能体会到的心安。

我忘记了呼吸。

这时，一群鱼儿朝我游来，至少有几百条。大小不过手指长短。像某种部落的仪式，鱼儿环着我游，伴着我的动作，寸步不离，和我一起游在这不为人知的水底。

鱼吻触上我的身体，我感觉痒痒的。而从眼前经过的一只只圆圆的、黑色的鱼目，让我联想到冰冷黑暗的宇宙深处。

金币会在这种地方吗？

平滑的石壁，不见一条沟壑。除了鱼和水，别无他物。金币该不会藏在鱼肚子里吧。

虽说如此，我还是划动双臂，和鱼儿们一道，挨处搜寻了一番。

到这时，我仍没有感到憋气，身体似乎真的可以在水中自由呼吸。

我干脆仰面向上，卧于水的中央，以一个放任不管的姿势放松不动。等翻身引起的水波在上方慢慢止息，隔着近乎透明的水面，我看见几个墨点在浅灰色的天空下往复来去。接着视野里出现了一小片蓝，蓝色面积越来越大，我知道那是天空正在驱走命运已至末途的乌云。

命运——这个词总让我想到河流之类的东西。准确地说，是一条浮在无边水面上的无桨小船。

我现在更放松了,干脆闭上双眼。

耳际无声。鱼儿环绕身旁。我感觉自己正在与这水融为一体,而这水又跟这火山成为一体,而火山则跟岛屿成为一体,岛屿又与海洋和陆地连成一体。最后,地球作为其中一个不起眼的点,将整个宇宙连在一起。此刻,我正漂浮在无边无涯黑沉沉的宇宙里呢。这么想着,竟慢慢睡了过去(这点很难讲明白,知觉上说,我的确在那时候睡着了)。

蓦地,我梦到了我的母亲,紧接着肺部传来强烈的窒息感。我猛地睁开双眼,憋住气,朝水面拼命划去。

太阳已经出来了,在头顶的正上方。出水时激起的波浪打碎了镜面的安谧,阳光在一圈圈扩散而去的涟漪上跳着舞。

我大口喘着气,问道:"刚才……时间过去了多久?"

"大概两分钟。"羊回答。

"感觉上——过去了很久。"我说。

"你再不露面,我都开始担心了。"

我点点头,呼吸渐渐恢复正常。

"有什么发现?"羊接着问。

"没有,"我摇摇头,"水下没有金币。"

羊若有所思地点点头。

"在水中的感觉如何?"她又问。

"像是死过一次,"我说,"又活了过来。"

"那是一种什么感觉?"

"难以言述。"我如实说。

第六章
暂时没有更好的办法

回到营地,天已经彻底放晴,仍不见渡船开来。直到第二天上午,我们才搭上回码头的渡船。

回到酒店,沐浴更衣完毕,三人(猫)凑在一起考虑下一步的计划。一时间没了对策。

"哎呀呀,直觉就像断了线的风筝。"羊边用毛巾擦着头发,边问,"昨晚月亮透露什么消息了吗?"

柯西莫男爵一言不发,隔了好一会儿,才应道:

"没有。"

"明天就是中秋。"羊说。

房间里弥散着淡淡的绝望。不知怎地,我忽然想起了约翰李。

"先回市区,"我说,"海岛已搜查过,没有发现金币。作为一件多少有点儿价值的东西,被人们收为私有的可能性很大。"

"对,金币可能在某个人的手中。"羊说。

"既然没有更好的办法……"柯西莫男爵点了点头。

我们迅速收拾好行李,驱车赶往城区。

新酒店紧挨一片热闹的海滩,通向前门的车道上,两旁种着王棕,每一棵都有三四十米高。办完入住手续,去三层的露天餐厅草草吃了午饭。跟服务员要了三瓶冰啤酒,三人(猫)干脆原地开动起脑筋。

等啤酒送来的时间,羊打开手机(之前在岛上一直关机,以备不时之需),收了一通短信。叮叮当当的收件声令我想起夏日原野上的牧铃。

喝第三口啤酒时,我突然有了主意。

"有个古老的办法可以一试。"我说。

"我也想到个主意。"羊放下手机,刚好回完最后一条短信。

"发布寻物启事。"我说,"如何?"

"想一块儿了!"羊露出一个大大的笑容。

我们等柯西莫男爵表态。

"不只是金币——"它沉默了一会儿说,"请在寻物启事上加上这么一条——'除金币外,寻白色母猫一只,岁龄三年,双目蓝色,性情暴烈,人不容近。'"

我和羊一时没明白怎么回事。

"我欠你们一个故事,但现在不是讲故事的时候,告示请先这样写,过后我再跟你们解释。如何?"

羊照刚才说的起草了寻物启事，请酒店的前台帮忙，发布到几个本地的网上论坛。电话留了酒店房间的电话。我去街边的复印店，将这则启事打印出来，复印了三百份，买了胶水，和羊一道去了海边的一个雕塑广场。那里有三个公告栏。花了半小时，我们将公告栏上上下下糊了个密不透风。不惜将别人刚张贴上去的广告压在下面。

"这样做或许不太道德。"我说。

"完全合乎道德的人生不值得一过。"羊说。

"谁说的？"

"我说的！"羊冲我笑笑，"可还行？"

回去路上，我又想到了可以通过报纸打广告。

"这年头还有人看报纸吗？"羊问。

"报社倒是还在。"我说。

我和羊离开这段时间，房间的电话一次也没响过。柯西莫男爵守在边上，一筹莫展。

两个小时过去了，电话就像睡着了一样。

我抓起话筒，打去查号台，问了本市最大的两家报社的联系方式。其中一家的电话怎么也打不通。另一家则回复说，报社马上要关张，广告业务已全面停止。我叹口气，挂掉电话。

"出去走走吧，听说这一带的落日很美。"柯西莫男爵说。

"嗯，干等也不是办法，出去走走说不定会转运，你们去，我留下等电话。"羊说。

"祝我们好运!"我对羊说。

*

已是黄昏,海滩上挤满了等待日落的人。太阳离海面只剩不到两根旗杆的高度,正向海的另一头沉去。我和柯西莫男爵沿着被浪头打湿的沙滩边缘向前迈步。

"你觉得这会儿的太阳像什么?"柯西莫男爵问。

"像个年迈色衰的妇人。"我说。

"这个说法有趣。"

不知怎的,话题就说到了失败上面。

"你是否想过,我们做的这一切毫无意义,改变不了什么,我们失败了。"

"不,这一切自有其意义。至少,我是这么认为。而且,还有时间,我们还没有失败。"

"从台风登陆,我就有种不祥的预感,这件事恐怕到底难如人愿。"

"交给命运,你不是这么说过吗。我们只管照自己的想法行事,剩下的,交给命运。"

"命运……命运就是个娼妓!你没法跟她讲那么一点点感情。"

"若是如此,大不了一死了之,倒也换个轻松自在。"

"你才27岁,不该有这样的想法。"

"你才3岁,面对困难更不能灰心。"

"你倒是会安慰人了。"

"跟你相处久了的缘故。"

"故事怕是就要这么结束了。"

"不管结局怎样,这件事不是你的责任,也不是任何一个人的责任。我很感激!很感激你,没有你,没有这几千公里的跋山涉水,我还是那个躲在卧室里自写自话的蠢蛋……"

"哎呀呀,我刚发现,你开始变得不像你了。"

"无论如何,"我说,"我会和你在一起,一起把这件事做完,无论是什么结果。然后我们会一起生活下去,直到死亡将我们分开。"

"你这么一说,像是来到了婚礼仪式现场。接下来,是不是新郎该亲吻他的新娘了?"

"你开心就好。"

"我很开心,谢谢你,我的朋友。"

这时,海滩上响起一阵喧哗,人群激动地拥向一个方向。日落开始了。我屏息凝神,远眺天际。只见偌大的太阳宛如披着红色面纱的新娘,一寸寸向海面下沉去。天空像被海水点着了,一片火红之中,粉红色的亮边爬上了云彩的边缘。几分钟后,太阳坠到了海的另一面。望着空空如也的天边,我心里涌起一阵莫名的悸动,像是什么时候有人紧紧捏了一下你的手,如今你已忘了那人是谁,那种触感却刻印在了心头。

"刚刚,"我说,"时间仿佛静止了。"——海涛的声音,孩子的尖叫,我全听不见了,像被风吹去了别的地方。

"的确摄人心魄!"柯西莫男爵答道。

我点点头。

"美这个东西不但可怕,而且神秘。"柯西莫男爵接着说。

"谁说的?"我问。

"一个病人——陀思妥耶夫斯基!"

"很有道理,"我说,"打刚才开始我的心就突突跳个不停。"

"我也一样。"

"不过,柯西莫男爵,看过这样的日落后,平生也不觉得有什么遗憾了吧!"

"还是有的——"见我不语,他补充道,"没能及时来一杯上好的威士忌。"

我们笑笑,沿着被晚霞涂成彩色的沙滩继续向前。这里的天空要日落后很久才会彻底黑下来。

沙滩上聚起了更多的人,岸边餐厅里的乐队开始演奏。一个三岁的褐发男孩,被他的父亲托在肩头,尖叫着冲进海里。年轻的母亲身穿性感的泳衣,追在父子俩后面,用手持摄像机在拍摄。

"你会有一个孩子的,也许是两个。"

"你怎么知道？"

"你知道，我知道很多事情。"

"我知道你知道，可这方面——"我欲言又止。

一个浪头打过来，躲闪不及，打湿了我的鞋子和柯西莫男爵的四个白爪子。就在这时，忽听有人在身后喊我的名字。

"喂，XX先生，请等一下。"

没错，是在喊我。

转身去看，迎面上来的却是一只成年的黑色拉布拉多犬。呼哧呼哧，吐着鲜红的舌头围着我嗅个不停。等盘问完我，又想去嗅一嗅柯西莫男爵，被柯西莫男爵一爪子拍开，悻悻地跑回主人身边。

狗主人从二十步开远的地方走来，向我伸出一只大手。

"又见面了，年轻人。"

是那个在轮渡船上有过一面之缘的教授模样的老者。

我握住他的手，问了声好。

"我姓熊，大家叫我熊教授。其实不是什么教授，长得像教授而已。这位是熊太郎。"他指了指身边的爱犬，"边走边聊怎么样？"

熊太郎又一次靠近柯西莫男爵，想去嗅上一嗅，又一次挨了柯西莫男爵一爪子。

原来，我们贴出寻物启事后不久，经过此地的熊教授就看到了。当时因为有事在身，没联系我们。等忙完打电话到酒店时，我和柯西莫男爵已经出来了。于是,熊教授急匆匆赶来海边找我们。

"如您所见,一筹莫展。"我说。

"川上小姐在电话里跟我说了大致情况,再说启事上写得明明白白。"

"可——明天就是中秋节。"

"来得及,金币就在我一个老朋友手里,跟启事上登的一模一样。"熊教授拍拍胸口,"百分百错不了!"

"猫呢?"我说,"除了金币,我们还在找一只小母猫。"

"猫也小意思。"熊教授爽快作答。

"猫也在?"这回轮到我们吃惊了。

"无巧不成书嘛,有时候事情就是这么顺利,到时一见便知。"

听口气不像在开玩笑。

"什么时间出发?"柯西莫男爵问。

"明早7点,我去酒店接你们。"

约定好时间,闲聊几句,熊教授便领着熊太郎先走了。这时,天边的晚霞只余一抹绯红。

"去喝一杯!"柯西莫男爵提议。

"去喝一杯!"我说。

*

这天夜里，三个人（猫）都喝醉了。我们在海边的一家小饭馆吃的饭，吃饭时就喝了很多酒。后来，我们买了整箱啤酒，去了海滩。啤酒喝完时，潮水已经涨上来一半。我们没有回酒店，躺卧在沙滩上睡着了。我睡不着，眼望繁星，听波涛阵阵涌上岸来，心里却总想着昨天黄昏落日时的景象。

——美这个东西不但可怕，而且神秘。
——谁说的？
——陀思妥耶夫斯基！

第七章
山上的白房子

醒来时,天已拂晓。看表,不多不少,两个小时。海风很快将眼前的金鱼残像带走。我走到几米开外一棵横着长向海里的椰树旁,靠在树干上,掏出一支烟,点上火。深吸一口,缓缓吐出。眼望大海,微波细浪拍打着沙岸,一个热带海边的清爽早晨正从梦里醒来。

2010年9月22日,农历八月十五,中秋节。

半个小时后,羊和柯西莫男爵醒来,拍去身上的沙粒,三人(猫)走回酒店。这时还不到6点,中秋节的太阳仍在海面以下。——事实上,因为气候的原因,这一整天,我都没能跟记忆中的中秋对上号。

7点差2分,一辆白色大众高尔夫停在了酒店门口。副驾侧的玻璃刚一落下,熊太郎的脑袋就冒了出来。熊教授隔着车窗冲我们挥手,他今天穿得很正式,像是要去参加典礼活动。三人(猫)坐进后排,车子朝着东边一路开去。

大约一个小时后,一段深入海中很远的岬角出现在视野里,岬角朝向陆地的一方是块绿色的慢坡，坡上散落着十几栋白色的建筑。这时，熊太郎的喉头发出呜呜的声音。

"马上到了哦。"熊教授说。

说话间，车子驶上一条紧挨着海的平坦马路，白色的浪花不时越过窄窄的堤坝溅到路面上。隔着车窗，波浪声清晰可闻，令人感到惬意。

在岬角跟海的交界的地方，车子开上一条通向山顶的柏油路。几次掉头后，停在了半山坡一幢白色的宅子前。

房子周身白色，共有三层。二层正对大海有一个露台，上面支着几把巨大的白色遮阳伞。

熊教授下车，按下门铃上一个按钮，对着说了声"是我"。几秒钟后，门开了。一个四十几岁的女佣站在门口。

我们跟着女佣花姐穿过庭院，来到一层的餐厅。

房子的主人等候在此。是位女士，或者说夫人，年龄乍看之下与佣人相仿，走近后，才发现实际要比佣人大很多。夫人穿一身白色的高级套装，胸前别一支翡翠胸花。

熊教授介绍大家认识后，夫人请大家落座，花姐为大家杯中倒上红茶。

"先吃早饭，人生最重要的事就是吃早饭。"

熊教授拿起刀叉，摆出吃饭的架势：

"各位，我就不客气啦。"

夫人对我们露出浅浅的微笑，说："你们也不要客气。"

房间里冷气很足。熊教授一边吃煎蛋，一边和夫人讨论一个艺术展开幕的细节。从举止来看，二人的关系应是多年前就十分相熟。熊教授没一点儿拘束，吃完自己那份煎蛋，又跟佣人要了一份。他亲切地呼这位年纪小他至少二十岁的女佣为"花姐"。

我不是很有胃口，宿醉引起的头痛仍在继续。我边喝红茶，边打量起这间宽敞的餐厅。餐桌差不多近四米长，两边摆了十二把椅子。尽头是一个明亮的玻璃落窗，有五米之高。贴墙设有一排现代风格的黑色屉柜，台面上摆着几件素雅的瓷器。空余墙面上，挂满了油画，全是我看不懂的抽象派。

熊教授吃完煎蛋，点上烟斗吸起来。夫人又帮我们添了红茶。我一时竟体会到家的感觉。我不由得想到了母亲，母亲的年龄应该和夫人差不太多。可是，母亲现在在哪里呢？

熊教授磕烟斗的声音将我拽回现实。

"时间差不多了，"他一边将烟灰磕进一个水晶烟缸，一边说，"金币该现身了。"

"已经准备好了，"夫人说，"就是不知道是不是你们找的那一枚。"

我说："这样的金币共有21枚，我们已找到其中的20枚，只差这最后一枚。"

羊取出背包里的金币，排列在桌上。

夫人看了看，说："一样的，花纹图案全都一样。"

熊教授接话："这么说，问题解决了。"

说完，对我们挥挥手中的烟斗。

"我说过，事情有时就是这么顺利。"

"猫呢？"柯西莫男爵问。

夫人先是一怔，随即恢复笑容，答："猫也在。"

"我说了，这猫会说话的。"熊教授把烟斗咬在嘴里，不过没装烟丝。

夫人点头，看腕上的表："差不多该走了。"

"嗯，要迟到了。"熊教授收起烟斗。

这时，花姐取来了最后一枚金币。我拿在手里看了看，仔细辨认花纹，又掂了掂分量。

"金币送你们了，"夫人说，"既然总共有21枚，那么所有的金币就该在一起。"

不知怎的，我忽然感觉到夫人内心存在着某种伤痛，抑或是空洞的情感。就像小时候，我能察觉到母亲的快乐或悲伤。

（事实上，这种感觉很快得到了验证。）

随夫人和熊教授走到庭院里，夫人再三嘱咐花姐要照顾好我们。家里很少来客人，请大家务必不要客气。

夫人最后说：

"猫就在东边那间小会客室，奎妮（Queenie）十分怕人，成天躲里面不出来。"

"今晚就住下吧，要看月亮，没有哪儿比这里的露台更合适。——熊太郎你也留下。"

我将酒店的房卡和车钥匙交给熊教授，然后目送他们离去。等再见面时，事情就不像现在这么顺利啦。

第八章
"嘶嘶……嘶嘶……"

这间小会客室有十几平方米,地上铺着厚厚的蔺草垫子。窗下置有一方小几,两侧各摆一个圆蒲团。几上空空如也,不见饮茶用的碗盏,蒲团上同样不着一物。后面墙上开窗,窗子糊了障子纸,打外面照进来的光线少了几分聒噪。

屋里阒寂无声,不见猫的身影。

将目光移至另一面,贴墙是三扇障子门,门格由竹木加工而成。门后定是用来储物的暗格。

我走上前,滑动最左边一扇。门后黝黯肃寂。随着手的动作,一条细长的口子在眼前缓缓展开。

除了滑轮在轨道上滚动的声音,这屋子实在是太过安静。

不过,等那条黑色的口子开到约十厘米宽的时候,黑暗中传来一阵令人汗毛直立的"嘶嘶"声。

"是她!"柯西莫男爵叫道,随即凑近缺口。

"嘶嘶"声更大了,一声比过一声,像极了把冷空气吸入牙缝时的动静。

柯西莫男爵止住脚步，瞪大眼向黑暗处探看，嘴两旁的白胡须一动也不动。

如此过了一分钟，柔声说道：

"是你吗小雪饼，别怕，是我，小肉饼，我来找你了。"

"嘶嘶"声停止了。

房间安静得就像一个记忆里的梦。

柯西莫男爵向前迈了一步，"嘶嘶"声立地响起。我两臂的汗毛跟着竖了起来。忍不住打了个寒战。

"小雪饼……"

柯西莫男爵的话起不到任何安慰作用，它越是靠近那条通向门后的缺口，里面传出的声响就愈是瘆人。

"嘶——嘶——嘶嘶——嘶——嘶嘶！"

紧跟着传来躯体撞击墙板的声音，那声音很大，就像挥拳打在门上。

我看见两只发着绿光的灯泡一般的猫瞳，在黑暗深处剧烈摇晃。

柯西莫男爵伸出前爪，拨动门框，闭上开口。回过身，叹一口气：

"没办法，还是老样子。"

"是她吗？"我问。

"错不了！"

"接下去怎么办？"

沉默，柯西莫男爵平视着面前的空气。

"过了今晚，一切都会过去。"

我欲言又止。

"小雪饼还活着，就是最大的希望。她若是死了，我这一生算是完了。"

我们蹑足而行，离开这间小会客室。

*

午饭可谓丰盛，可我不想在这里描述这些方面。在那间小屋里见到小雪饼在受苦受难，我感到十分难过。竟有生命以这样的方式活在这世上。为此我感到不安和痛苦，然却无能为力。

*

三人（猫）躺在巨大的遮阳伞下，一时无话，默默看海。

花姐送来三大杯冰葡萄汁，问我们还需要什么。我说不需要什么了。其实，这会儿大家都很想喝冰啤酒。这附近没有便利店，不然可以买了去防波堤那里喝。或者沿着海岸一直走到防波堤的尽头，那里有一座白色的灯塔。我很想登上那灯塔，边喝冰凉的啤酒，边远眺大海。我仿佛听到了塔顶呼呼而过的风声，白肚皮的海鸥从四面飞来，围着我和塔顶打转，尖尖的翅膀划过塔尖，它们似乎在寻找什么。

我将漫无边际的思绪收回，扭头看他们两个。

羊兀自观望大海，脸上没有多余的表情。

柯西莫男爵保持一个身姿不动，看上去却是心事重重。比起上午那会儿，现在多了几分烦躁。

此刻，我明白无误地感觉到了柯西莫男爵内心的不安和变化。

"只差最后一步了。"我说。

羊歪歪脑袋，从太阳镜后面递出一个微笑。

"我真喜欢这房子，不过这辈子不指望了。"

她开玩笑似的叹一口气。

我也叹口气：

"我也喜欢，不只因为房子，有海的地方都叫人喜欢。"

羊点下头，说：

"海这种东西百看不厌，什么时候看什么时候喜欢，纵是同一片海，每次看也不尽相同。"

"每一分钟都不同。"我说。

"据说，喜欢海的人都是人生不能自足的人。"

"很有道理，谁说的？"

"某人。"羊笑笑。

"这话可以刻在石板上。"

羊被逗笑了，她转过脸：

"喂!柯西莫男爵,别那么严肃嘛!"

柯西莫男爵像是没听见,羊没再往下说。

我将目光重新投向大海。不知什么时候海平线的西侧,多出来巴掌大小的一块灰云,像留在蓝色衬衫上的一块污渍。那块云随风向东慢慢飘移,悄然变幻着身形,当它来到灯塔正对的位置时,已是之前两倍大小。

我将这块云指给羊看。羊摘下太阳镜,眯起眼看了一阵。

"不像是好兆头啊!"

柯西莫男爵保持先前姿态,只目光追着云的移动。

云正在变大,以肉眼看得见的速度,像一团正在水中舒展开来的布幔。

等到这块云有足球场那么大,我们就明白了那意味着什么。

蓝色的海面不见了,代之以冬天北方大海的铅灰色。无声的闪电在那团云下面接二连三地闪起。很快,雨雾填满了云和海之间的空隙。

羊抬眼望望,头顶仍是一片晴空。

"这地方的天气真是古怪!"

"热带气候一向如此,"我说,"雨说下就下,没什么缘由。"

"希望只在海的那边下下就好,这些天我们淋了太多的雨。"

"放心,雨很快会停。"

"希望如此。"

"会的。"我说。

其实,雨到底会不会停,我心里是没底的。下雨的事谁又能说得准,只是一种心情上的希冀吧。

我拿眼看雨,灯塔已处在雨中。

下午四时,夫人返回家中。这时雨已在我们头顶连续不断地下了两个钟头。只是雨势不似先前在海上那么大。天空灰乎乎的,微弱的雷声间或从海上传来。夫人和熊教授一人撑一把黑色的雨伞打门外进来,庭院里树木的枝干全被雨涂成了黑色。

等雨又小了一些,羊帮我撑着伞,去车里取回行李。

出得门外,羊问:

"今晚月亮不出来,是不是一切就结束了。"

"不确定,照旧历上的推算,明天才是满月,仪式是不是可以推迟一天呢。"我如是说。

"这得问柯西莫男爵。"

"嗯!"我点了点头。

我关上后备厢,心跟着咯噔了一下。我又想起小雪饼,假如月亮不出来,小雪饼的命运又该如何?以那样的活法活在世上,无论对猫还是对人而言,都是极不公平的。

第九章
没有月亮的夜晚

晚饭时，雨开始变小。

雨停之后，我们坐在客厅里等月亮出来。天空始终被一层说厚不厚说薄不薄的云絮笼罩。云块与云块的裂隙间透出淡淡的月光。没有月饼，没有花灯，没有桂花酒，没有牛肉面，中秋节的夜晚在一种无可奈何的默然氛围和期待中悄然登场。

夜色降临后，夫人用葡萄酒招待大家。喝着葡萄酒，一边闲聊。慢慢地，话题转到夫人已故的先生身上——准确地说，是消失，不是故去。这一点后面会讲到。

无可奈何的夜晚，无可奈何地等待，喝着不习惯的葡萄酒，我默默倾听。

*

我的先生是一位画家，非常纯粹的画家。他大半辈子都在画画，靠画吃饭，靠画活着，平日工作也是画个不停。从他这辈子第一次拿起画笔，到他离开那天，一直如此。他常开玩笑说，除了画家，还有一个更重要的身份，就是一位女士的丈夫，他却常常忘记这一点。其实，他不喜欢这个家、那个家的称呼，说自己就是个画画儿的。他能否记得自己是某人的丈夫这一点，我不在意。跟先生一起这些年，我经历了不同常人的经历，见过了人生少有的风景，已然很满足。这并不是说，跟别的什么人在一起，你的人生就会平庸，乏味，就不会遇见美丽的风景。不是。跟任何人在一起，都意味着一种独一无二的可能。但我知道，我之所以是我，之所以感到摆脱了命运的摆布，完全是因为我先生。只有和他在一起，我才是完整的我，才是令自己满意的我。这么说也许有点儿形而上学，但大致的情况就是这样。人一旦上了年纪，总会不由自主地考虑这些。

　　我的先生比我大三岁，他永远不会考虑我考虑的这类问题。我俩之间，他始终是更像孩子的那个人，像孩子一样思考，像孩子一样表达。绝不是因为懒惰或惧怕，放弃作为丈夫的责任，而是他脑袋里根本就没装着这些东西。这类世俗的事情于他来言，太过多余，是一种人生重荷。他像个孩子一样，只拣自己喜欢玩的玩，只拣自己喜欢吃的吃，不觉得有什么不妥之处。因此，我说他是个十分纯粹的人。至少，我见过的人里面，他是最为纯粹的。这么说，我想他自己也不会反对。

　　其实，无论世俗生活方面，还是艺术创作方面，先生的内心是极度渴望安定的。他这一生，自成年之后就一直在漂泊中度过。

我们两个于1989年秋结婚，如今已过去整整二十一个春秋，从没在一个地方定居超过两年。这方面，作为先生知己的熊教授最了解不过。

先生接触绘画这一行，比较晚，已经17岁。这跟他的出身不无关系。先生出生在西北一个靠近荒漠的村子，村子干旱，吃不上水。周围一圈光秃秃的矮山寸草不生。先生的父亲去世时，我跟他去过一次。村子边上倒是有条河，挺宽，就是没水，河床常年干着。据说，那河是两百年前闹旱灾时干了的，之后再没见过水。村里人吃水全靠一辆驴车到十里之外的一口井去拉，一天三趟，供应全村百余户人家的用度。这个驾驴车运水的人，由村人选举轮流担任，一干就是一辈子。两百年来的规矩一向如此，除非这人没了，或是老得干不动了，才由下一任接手。先生很幸运，他出生不久，村里的水夫因为生病死在了运水路上。这样一来，按照事先排好的位子，水夫的工作就由先生的父亲接替。因为吃水是头等大事，水夫在村里就受到格外的尊重。每户人家每个月按人头凑一笔钱，交给水夫，算是雇工的钱。钱不多，但比起各处刨食的人家，却好过不少。村子是没有耕地的，曾经有过，但离了水什么庄稼也长不成。这么多口人，祖祖辈辈是靠什么活下来的，没人说得清。神奇的是，这个村子两百年来人口始终不见减少，这也没人说得清。总之，有了这笔微薄的收入，先生得以离开村子入学读书。

等到读初中，先生去了二十公里外的县城，并在学校遇到了一位很谈得来的老师。这位老师是知青下乡时留下的，成了家，再没回去。在这位老师家里，先生第一次见到了画册。先生随手一翻，就被映入眼帘的作品吸引住了，那是西班牙著名画家毕加索的《亚威农少女》。几何造型的抽象画风对当时的他造成了一些困扰。先生之前没有接触过绘画，尤其是现代作品。严格说来，我先生那之前没有任何艺术方面的积累，学习成绩也是马马虎虎——但他还是从一道道线条和单调的色块之间看出点儿什么，那种神秘的感觉在那个时候打动了他，跟他完成了一次秘而不宣的对话。因为自那天后，先生对画画儿彻底着了迷。

先生没有受过系统训练，一开始的作品，多是信笔胡来。完全谈不上画什么，怎么画，更不知道自己为什么要画。谈起这段历史，先生总说那是他的"红墙白灰时代"。那时候穷，大家也好，小家也好，哪里都是捉襟见肘。先生买不起作画用的纸，就拿石灰块在红砖墙上乱抹。直到上了高中，才开始接受正规的美术训练。从画正方体、圆柱体开始，三年下来，他成了美术老师最得意的门生，顺利考进全国最好的美院，师从一位很知名的油画家。

离开家乡，先生首先面临的是生计问题。那个年代大学不收取学费，可单是日常开支就让先生犯难，别提昂贵的油画颜料、画笔画布这些必备花销。仅靠家里人的辛苦收入，不足以长久维持。先生的导师，那位知名的油画家向来反对自己的学生在外面接活，像帮出版社画插图、写美术字、给企业画广告牌这类，认为这类工作会损害一个有志于成为艺术家的人的心灵,进而毁掉这个人的艺术生涯。这话不无道理,可吃不饱肚子的人怎么做艺术家呢。油画家也不是不食人间烟火的仙人,嘴上这么说,私下里却请别人给先生介绍活儿,自己装作不知道。这么着,先生于1980年春节前夕,画了人生的第一块广告牌,报酬是20元人民币。从此一发不可收。

先生这辈子画了大约500块广告牌。我们结婚的钱,婚后的生活开支,都是他画广告牌画回来的。沾了时代发展的光,价格一路看涨,从起始几十块钱,到后来几百,再后来上千。但总归赚的是个辛苦钱,跟那些做生意或有固定工作的没法比。广告牌也不是想画随时就能有。有一次,我问先生,你到底画过多少块广告牌。他眉头紧皱想了两天,告诉我,大大小小加一块儿,500块,只多不少。我说,如今怕是一块也不在了吧。他点点头。我问他,怀念那些画广告牌的日子吗?他又点点头。

受画广告牌的影响,先生至今完成的作品中,多是三四米尺寸的大幅油画,无一例外全是横幅构图。每次看他作画,尤其是手拿画笔踩在梯子上,总觉得是在重操旧业。他倒是觉得,画广告牌那段漫长的时光,是他一生收获最丰沛的阶段。

生活教会了我很多东西,他说。

另一个被生活影响的,是先生的创作主题。因为长期——差不多有20年吧——为生计逼迫,始终活在吃完这顿没了下顿的窘迫中,先生早期的绘画主题全部关乎食物,面包、水果、稻米。这一时期的作品,后来被评论家们称为"黄色时期"。用颜色来区分一个艺术家不同的创作阶段,是从毕加索那来的,对先生来说是一种过誉。这种提法,先生既不赞成,也不反对,只说评论家的话与他无关,大家各干各的。

1983年,先生大学毕业,导师推荐他留校任教。两年后,这段亦师亦友的关系宣告破裂。二人在创作和教学两个方面,全都不对付,是根本上的理念不合。不久,先生即出走。临别时,先生想起父亲讲过的早先私塾里的规矩,跪下来给自己的恩师磕了三个头。这头一叩下去,年过半百的导师就沉默了。后来,尽管二人的创作八竿子打不着,甚至可说是南辕北辙,消失的友情却随着岁月的更迭复现了。二十几年后,在这位著名油画家的葬礼上,先生曾对我说,当年放弃教职离开大学,更多是出于自身考虑,和恩师关系不大。

"学校里没有我要的东西,我不知道我要什么,但知道自己不要什么。"先生这样说。

谈及和导师失而复得的友谊,先生淡然道:

"人是人,画是画。"

离开学校后,先生在郊区租了房子,继续靠画广告牌为生。我那年23岁,刚从医学院毕业,在一家医院做实习医生。不出意外,三年后我将成为一名外科大夫。怎么看,我和先生也扯不上关系。偏偏那么不凑巧,那年夏天,医院新盖的大楼正式投入使用,领导吩咐下来,要借机打造一番新气象。不久,新楼前面竖起了两块广告牌。一个身形瘦弱，戴两条黑套袖的男人，每天扛一副人字梯过来，拿把刷子在那里画个不停。我和我的先生就这么认识。

那年，先生27岁，还没有谈过恋爱。

和先生交往的过程就不细说了。总之，没有文学作品中的那种跌宕情节。平平常常，一天又一天，就像河水沿着河床向下游流。

若说障碍，也不是一点儿没有。主要出在我这一方。我是家中的独女，父母都是知识分子。俩人一个比一个固执，打一开始，就反对我和先生在一起。理由七七八八，总之就是不行。我这个人也相当固执，可以说完全继承了家里的顽固基因。最先失去耐心是母亲，她打出底牌，要跟我断绝母女关系。我只淡淡地回了句"随时"就挫败了她。

我和先生到底在一起了，从此，两条河变成了一条河。

我的父母十分沮丧，很长一段时间不愿面对现实。我从市中心的家搬到郊区丈夫的住所，每天乘公交去医院上班。

大概有五年时间，我和家里几乎不打交道。后来，先生的父亲去世，我母亲又生病住院需要照顾，阴差阳错搅在一起，这才恢复了交往。不过，也不似一般家庭那么亲密。我的父母始终觉得我背叛、伤害了他们，没有按照他们的意愿去展开人生。于是他们就想着收回自己的感情，却因无可奈何的血缘，做不到彻底割舍。两个人始终放不下这件事，临终前，若我能对他们讲一句"我不幸福"，怕是他们都会感到极大的慰藉。也许，这就是常见的知识分子困局吧。

婚后生活十分清苦。由此，先生正式进入创作生涯的"蓝色时期"。

这一时期先生的作品，大多围绕生活场景中的人物——沉默的人物展开。

而我，到底没能成为一名外科医生。

两年后，先生受邀前往美国做驻地艺术家。我辞去工作，跟他一起在纽约州一处偏荒地带，和二十几个来自不同国家的艺术工作者一起，住了整整一年。那里只有古老的林子，人烟稀少，连鸟都很少见，我和先生几乎丧失了与人交谈的能力。

那之后，海外漂泊成了常态。这边住几个月，那边待上半年，仅靠艺术机构提供的少量赞助过活。

在国外没有广告牌可画的。那个年代已经开始流行电脑绘图，没人再站在梯子上画巨幅的广告牌。

七年时间，我和先生先后去了十几个国家。期间先生父亲过世，曾回来短暂住过一阵。

就这样，我和先生搭乘人生的孤舟，顺流而下，不觉得难过，也没有所谓遗憾，只是把日子一天天过下去。

我们决定不要孩子。

在这一点上，几乎是先验式的共识。

漫长的孤寂过后，先生的好运还是来了。

1995年春天，圣彼得堡举行当代艺术绘画展。先生在展上认识了同样来自中国的熊教授。先生与他一见如故，二人彻夜长谈，引为知己。

熊教授是一位研究尼古拉·费欣的艺术评论家兼画廊经纪人。

一来二去，教授成了先生作品的海外代理人。

教授撮合先生跟伦敦一家知名画廊签约。之后几年，先生在欧洲有了点儿名气。可以说全是教授一个人的功劳。先生是一个只知道低头作画的人，不愿花费功夫与人打交道。至于画能不能卖出，是否被人赏识，不在他的考虑范围。有一回，我回老家看望母亲，离开了几天。晚上他打来电话，问我电卡在哪里，原来家里停电了，我告诉他在哪里。没一会儿，他又打来电话，问我电表在哪里。我一边忍着笑，一边耐心说给他电表在什么地方，以及怎么使用电卡充电。这么一说，你们应该可以了解，我丈夫在现实生活中是怎样一个人。

先生崭露头角，是在40岁那年。

1999年，伦敦白教堂画廊（Whitechapel Art Gallery）为先生举办首次个人画展。那是自他拿起白灰块，人生第一次个展。画展很成功，评论界一片褒赞。只有一处意外，先生拒绝出席画廊为其安排的记者会，并推掉了所有采访。他不愿多谈自己，也不愿谈论作品，一个人待在房间里看电视，把教授忙得那叫一个狼狈。

我和先生终于不再为一日三餐犯愁。

先生迎来了教授文章中描述的"乱色时代"。

接下来几年，先生的名气直线攀升，一幅"蓝色时期"的作品以我们看来简直是天价的价格，被一位法国收藏家买走。

又过了几年，多家知名博物馆向先生抛来收藏画作的橄榄枝。

先生不擅长应付这些，全权交由我来负责。那时候，教授已经退休，回国安心做起学问。不得已，我张罗起这些事。

花了很长时间，我才上手了这份工作。另一方面，还要照顾丈夫的饮食起居。他生活方面的能力，似乎随着画艺的精进在同步退化。我母亲去世前曾问我，女儿，这半辈子过得辛苦吗？我说，辛苦。母亲又问，那你觉得幸福吗？我说，幸福。母亲没再说什么。我想，临到离世，父母两个人都没能真正理解我，就像我不能理解我会选择别的人生一样。或许，这就是人的悖论。

或者说，人生根本无从选择。

先生45岁生日那天，天阴沉得厉害，下午开始下雪。我和他在一个公园里散步。那时我们在柏林已经住了近两年，打算房子一到期就回国。默默一算，在外面已经漂了15年，该回家了。冬天一过，我们就回来了。那一年，先生的名声在国内传开，开始有人专门研究他的作品。

回头来看，先生走过的人生之路是何其幸运。几乎没有刻意去做什么，便收获了如今的声誉。

一位像先生这样的职业艺术家，其艺术生涯能够得到如此程度和范围的肯定，照理说该是了无遗憾了。许多艺术家一旦到了这个地步，且取得世俗意义上的成功后，艺术创作便进入半退休状态，或对原本擅长的领域失去兴趣（很难更近一步了嘛），转而把精力投向别处。当然，也有极少数像富冈铁斋那样的画家，以80岁的高龄，创作出比年轻时代更为出色的作品。巴勃罗·毕加索直到生命最后一刻，仍在突破自我，且不失水准。——然而世界上只有一个毕加索。

反观我的丈夫，他没有丝毫停下的意思，更不打算改弦易辙。但他跟毕加索那样的艺术天才不同，他没有走向更为开阔的艺术地带，而是潜入一道窄而又窄的窄门。

在给教授的一封信里，先生言道：

"距离真实越近，反而开始怀疑那不是真实本身。"

不知从什么时候开始，先生对自己的作品也开始持这种怀疑态度。我明确感知到他身上所起的变化，不对劲儿的状况陆续出现。他把自己关在画室里，不吃不喝，不允许别人打扰他，一待就是一整天。一个人面对巨幅的画布，画了涂掉，涂完再画，或是对着空白的画布半天不动一笔。那段时间，我十分担心他的健康，但他的身体一点儿问题没有。有一天，我收到一个包裹。先生让人给他寄了一把斧子，砍柴用的斧子。像举行仪式一样，每个星期一次，将新画的画儿，搬到院子里，用斧子砍个稀巴烂，再用火点着。为此，还专门买了煤油。

火烧着了以后，火苗蹿得老高。先生站在跟前，一言不发注视火焰。有时候，我担心他会被火烧伤。画布、画框都是易燃烧的东西，烧完后，不会剩下什么，一小堆灰烬留在原地。夜里风一来，第二天就看不见了。

我帮不上任何忙,眼看着局面越变越差。终于有一天,先生停止了烧画,因为他什么也画不出了。我们开始搬家,不停搬家,每到一个新地方,情况会有所好转,先生可以静下心画上一段时间。可要不了多久,我们就得再次搬家。这种由陌生环境带来的感官刺激,就像服用某种药物,时间一长效果就打了折扣。为了获得这种感觉,只得更加频繁地搬家。三年时间,我们换了十几处住所。奎妮就是那时候收养的。她溜进厨房来找吃的,腿上受了很严重的伤。我把她留下,照顾到康复。这只猫很特别,不容任何人靠近她,但有时会去先生的画室,看他画画。再后来,先生彻底不画了。每天坐在椅子上,看着窗外发呆,再不然就是写信。大部分是写给教授的。信写得很长,却没多少内容,只是试图从不同角度把问题说清楚。

像如:

"现在的情况十分明了,既不能抵达真实,又不是纯然自在,那每日工作的意义何在?"

"或许我应该不去思考,只是去画,可是过去的三十年,我画了太多这样的画,已经没有气力再去重复。"

"我们必须做减法,哲学,思想,甚至是意识,负担无疑。"

"里希特的方式不是正确解!"

"我们正是阻碍我们获得真实与自由的巨石。"

"假如西西弗斯弄丢了他的石头,又会怎样?"

诸如此类。

先生陷入了只有他自己——至少我理解不了——才能理解的痛苦之中。

我束手无策，作为结发妻子，只能默默陪在身边，不去打扰他。

不过好歹，情况有了好转。今年春天搬来这所房子后不久，先生决意不走了。我们这条船终于要靠岸了。从房东那儿得知，他们一家正在办理移民，有卖掉房子的打算。我们买了下来，对房子进行了简单改造，将三楼那间有天窗的屋子改成画室。这么着，先生又开始画画。只是不似以前画得那么快，他画得很慢，像婴儿在学习说话。

另一个显著变化，就是先生不再画那种广告牌大小的巨幅作品，代之以浴室镜子大小的尺寸。

那张画是先生最后的作品，前后画了近三个月，始终没有完成。现在摆放在画室里。一定意义上说，算是先生的遗作。

开始画那张画后不久，先生养成一个习惯，下午四点一到，就停下手里的活儿，一个人去海边散步。大约一个小时后回来。有时会晚一点，但大体上不会超过两个钟头。先生的状态越来越好，有时从海边回来会面露微笑。我渐渐放下心来。记得是四月的一天，那次先生回来得特别晚，一见面就将一样东西塞到我手里。我以为是贝壳之类，张开手，是枚古旧的钱币，感觉上大约是金币，手心里沉甸甸的。我问他哪来的，他说沙滩上捡的，赤脚走着一下踩到了。我对这类事物一窍不通，拍了照片发邮件给熊教授看，暂且将金币收着。

那天晚上，我迟迟没能入睡，心里感到莫名的温暖。因为最近这几年，已经很少见到先生的笑容。那天他对我笑，我一下子想起了很多过去的事。那些日子对我来说，曾是无比幸福。

我还记得最后一次见到他的情景。

那是四个月前的一个下午，四点整，先生从画室出来，换了鞋子，冲我笑笑，没说什么，就去海边了。之后再没有回来。

因为先生是名人，一开始我没有报警。和花姐找遍了海边，没找到先生，只在沙滩上发现一堆烧完了的灰烬，边上是先生的打火机，和一支只抽了一半的雪茄。后来警察化验，灰烬的成分与先生常穿的衬衫的面料是相同的。另外，那雪茄也是先生抽的。

先生，我的丈夫，和我携手走过21个春秋的那个人，就这么消失了。什么也没说，什么也没交代，只是笑笑，就那么从沙滩上不见了。警察将这次事件定性为失踪，大约这类活不见人、死不见尸的案件都是这样处理，只是时间问题，法律上应是有相关规定。

有时我在想，先生是去了另外一个世界。他对我笑时，我若是问问他要去哪里，说不定他会告诉我。现在为时已晚，那天下午，先生的笑容，就是他想对我说的最后的话语。

*

夫人的讲述到此为止。

这天夜里,月亮始终没有露面。只有远处的灯塔亮着微弱的灯火。那灯火默默无言,面对黑色的海面,仿佛在等待什么,又像是在守护什么。我望着那灯塔看了许久。

第十章
仪式

　　这是异常酷热的一天，对一个九月的热带城市来说，亦是如此。早上天微微亮，遮挡天空的云层散开了。不到9点，气温升到30摄氏度以上。我们驱车前往山坡另一面的商业街，找到一家便利店，买了12瓶冰啤酒。返回海边，坐在滚烫的防波堤上边喝边看海。阳光直射，头顶没有一片云彩，连海鸟的影子都见不到。脚下的浪无精打采，全没了前两日的气魄。汗水顺着胳膊滚到混凝土面的堤坝上，留下梅子干大小的一个个黑点，随即变淡，几秒后消失。喝完6瓶啤酒，我们朝灯塔方向开去，路上像是结了一层盐，望上去明晃晃的。灯塔建在一处高出海面不少的礁石上，与防波堤隔着一大片水。想要登塔，须有一艘小船。我们没船，只能遥望，站在被太阳烤焦的礁石上，喝余下的啤酒。喝到最后，啤酒没了丝毫凉意。正午一过，温度骤然升至近40摄氏度。我们把车开去山坡背面，找了处阴凉地，放倒座椅，蜷着身子睡了一觉。我睡不着，闭上眼，脑海中浮出上一个夏天发生的事。早上看过日历,今天是秋分,可我还在想着去年夏天的事。我不由得笑了。下午3时,温度没有丝毫妥协的意思,比中午那会还要炙热。我躺在驾驶座上,车门四开,风热热地吹过肌肤,只待天黑到来。

*

下午6点38分,惨白的月亮从天边现身。两个小时后,夜色勾兑了一切,一轮黄色满月悬在海的正上方。因为体形之大,我一时觉得是个假月亮。

月光下,一张提前置好的桌子,21枚古西班牙金币,全部人头向上,摆成一个正圆。金币下方,是打开的无字小书。月光流泻,书页上现出一道道符号似的文字。文字明灭不定,像是拿月光写成的。柯西莫男爵后腿蹬地,一跃跳上桌面。像初次开口说话的那个晚上,以蹲姿面向月亮,尾巴顺势归到身下。

忽然间,柯西莫男爵的胡须抖动起来。它对着月亮念出书中的符文。听不到声音,只见嘴巴两旁的白色胡须越抖越快。十几分钟过去,胡须仍在抖个不停。

恍惚中,我看到白色胡须在慢慢变大。已经不是猫须大小,更像加工完的鲸须,那么长,那么粗。

鲸须缓缓摆动,像极了海龟的鳍。

我被这缓慢的动作吸引,移不开目光。动作越来越慢。与此同时,古老悠远的鲸鸣从海上传到耳际。

鲸须停止了摆动。

我的眼前出现一座隐秘的山谷。山谷似曾相识。我看见自己置身其间,赤脚涉过溪水。溪中有小鱼追逐。林中挂满白色吊床。我朝其中的一处走去。

鲸叫停止了……

我眼前一黑,彻底失去知觉。

第十一章
灯在水中燃烧

我做了一个梦，梦见自己从一个不安的梦中醒来。只见虚空里有一小片火光，同时，有什么异况正在发生。是水！水已经没上我的大腿。我完全清醒过来——这里是一间老房子的阁楼。而我，正踩在梯子上，头几乎碰到屋顶。——不只是我，对面还有一架梯子，同样站了一个人——一个穿黑斗篷的老人（我看不清对方的脸，只感觉是个老人）。老人手举一支火把，火光就是从那儿发出的。转眼间，水已没上胸口。老人不说话，只将手中的火把递来。接过火把的一刻，我就明白了他的意思。老人是叫我去地下室取回一盏铜灯。我将火把往前凑了凑，想看清这人是谁，可斗篷下仍是一团阴影。这时间，水已经卡上脖子。不得已，我深吸一口气，沉入水中。火把在水下刺刺燃烧，不受丝毫影响。我还发现只需绷紧身体，仅凭念头就可以在水中来去自由，如鱼一般。我用这个方法，来到房子的二层。二层有条长长的廊道，墙纸是猩红色的，左右各有四扇黑色的房门，感觉上这些房门有几个世纪没打开过了。廊道的尽头，连接一层的木楼梯，我数了数，共十四阶，其中两阶断裂。我庆幸自己用不上这些，仅凭思想即可移步换景。当我这么想的时候，我已经来到了房子的大厅。寻找地下室的入口，颇费了一番工夫。火把从左手换到右手，又从右手换回左手，往复十几回，我才从一堆家具和摆饰中绕出来，找到藏在楼梯后面的那扇小门。不过，还是不小心碰倒了屏风旁的一个梅瓶。门极窄，没上锁，手一放上，就自动开了。通向地下室的石阶很长，满布蛛网。火把在这里只能照亮半米见方。我无法去一个念头里没有的地方，只得沿石阶一步步向下，花了数分钟，才下到地面。我拿火把朝四边扫了扫，这里简直是个旧货市场。旧家具，旧电器，旧书本，旧衣物，锅碗瓢勺，锄镐镰犁，盛粮食的大缸，套牲口的辔头……我能想到的，几乎全有。问题是，从哪里开始下手，若是像割麦子那样，从地垄的一头干起，肯定行不通。第一，我不知道这间地下室有多大。第二，我不知道这间不知道有多大的地下室里存了多少物件。按部就班，时间上无法保证，火把撑不了那么久。我决定试试运气，将火把扔向屋子深处。火把落在一个靠墙放的雕花碗柜前。柜子有三层抽屉，两个柜门，打开来，里面是些碗碟刀叉。另有十几个大小相框（无一例外，相中人的脸全是模糊的）堆在台面上。火光之下，有什么倏忽一闪，像是玻璃的碎片。我凑上火把照了照，一张全家福的后面藏着一个破成两截的油灯罩。捋着这条线索，我将碗柜向外抬了几寸，手伸去柜子和墙之间的夹缝，立马触到一个硬硬的物件。摸来一看，正是那盏铜灯。攥在手里,灯出奇地沉——简直像梦一样沉!我用行将熄灭的火把引燃灯芯,灯火如炬,水下景象毕现。这里如同被人遗忘的地底石牢,蛛网罗布,杂物成山,不见光日。即便在梦里,也不记得曾到过这么一个地方。我呆呆地看了会儿,地上的火把熄灭了。回过神,我动动念头,来到地下室的入口,回身关好门。又去到一层的屏风旁,扶起倒地的梅瓶。然后,我手擎铜灯,巡梭一周,确认这栋房子再无被我改动之处,便万念归一,浮出阁楼的水面。——老人将灯拿在手里,仔细端详那团灯火(这是感觉上的说法,实际看不到他的脸,斗篷下始终笼罩着一团暗影),似乎在确认这是否是他所要求的东西。我等待着。没有任何先兆,老人和灯不见了。黑暗立马涌了进来,身下的水急遽退去,而后房子开始摇晃,梯子也跟着摇晃起来。我醒了。这里不是阁楼,而是夫人家的客房。

第十二章
最后的画作

　　我拍拍脸颊,确认已经回到现实世界。从敞开的窗望出去,可以看见绿色的山坡和不远处的海。毫无疑问,这里是夫人家的客房。从光线上判断,大约是上午10点。坡下吹来的微风经过窗口,纱帘随之飘离了地面。我的记忆跟着苏醒过来,记起了前一晚的仪式——也许是前一晚——月亮、金币、无字的书,还有柯西莫男爵抖动的白胡须,以及……然而,当我正要把这些记忆逐一归位时,一束关切的目光从床尾投来。——猫很瘦,只有平常猫的一半大,全身白色,一对眸子像海水一般蓝,直盯着我看,像是要在我的脸上确认什么。

　　"你醒了?"猫问。

　　"嗯。"

　　我回答,一边撑起身子。

　　"你睡了好久。"猫接着说。

　　"多久?"我问。

"四天四夜。"

"你一直守在这里?"

猫轻点下头。说:

"是小肉饼吩咐的。"

"你是说柯西莫男爵?"

猫又点下头。

"你是小雪饼?"我接着问。

"我是小雪饼,也是奎妮,随便什么,猫不在乎名字。"

片刻的静默。

"你做梦了,你的眼球一直在动。"

"很多,很乱的梦。"我指指自己的脑袋说。

"我能感觉得到。"

"谢谢你一直陪着我。"

"你帮了我,我也想为你做点儿事。"

"过去我很怕一个人在房间里醒来。"

"我懂你的意思,现在你不怕了。"

我点头。

"你睡了太久,最好下床活动一下身体。"

"梦里我不知道时间过去了这么久。"

"有时是这样,猫也会做梦,也会陷到同一个梦里出不来,误以为那就是现实。"

我点点头。

"柯西莫男爵在哪儿?"

"它在露台,这几天它总是待在那儿。"

"谢谢你,小雪饼。"我再次说道。

我穿好衣服,走出那间光线柔和的卧房,去到二楼的露台。柯西莫男爵独坐在遮阳伞下,默然望着对面那片海。海风拂起他白色的颈毛。过了好久,它才注意到我的存在。

"羊已经走了。"它说。

"感觉到了。"我说,"应该好好谢谢羊,她帮了大忙,不知道她的麻烦解决了吗?"

"不存在了,一切归零!"

"金鱼好像去了别处。"

"嗯,往后你可以好好睡了。"

"仪式比计划晚了一天,不会有事吧?"

"不用担心。那个——你见过小雪饼了?"

我点头。

"小雪饼很漂亮,就是太瘦了。"我说。

"她以前吃了很多苦,不过往后可以过好日子了。"

我突然有种想落泪的冲动。

"别难过,这是值得高兴的事。"

"我知道,柯西莫男爵。"

"咱们都要坚强一些,世间就是这样,充满苦难,没人能轻易活着。"

"谢谢你，柯西莫男爵。"

接下去，我们没再说什么。只是眼望大海，看厚墩墩的云絮在海平线上自东向西慢慢飘移。

过了好一阵子，它才又开口：

"你知道一只北方的猫咪，在这儿最大的麻烦是什么？"我看着它，等它说下去。

"这里的冬天太暖和了，我这身过冬的行头，根本用不上，只会添麻烦。"

我的眼眶湿润起来。

"你会给我寄冰啤酒的，对吗？"它又问。

"猫牌五星，每周都寄。"我说，忍着眼泪问，"你会给我寄明信片吗？"

"这年头还兴寄明信片吗？"

"不知道，给我寄灯塔的明信片吧。"

"我跟夫人已经谈过了。"

"你说过我会有孩子，你不想跟我的孩子一起玩吗？"

"我喜欢看孩子睡着时的样子，简直就是天使。可小家伙们一旦醒了，就没我的好日子过了，孩子太吵了，我会疯掉的。"

"所以呢？"

"看看海吧，这玩意儿百看不厌。"

我不再追问，和柯西莫男爵各自看海，尽在不言之中。这一刻,我们就是同一个人(猫)。云低得就要挨上人的面颊。

*

下午4点,怀着感伤的心情,我向夫人提出想看一下先生最后的画作。夫人爽快答应了,并开玩笑说:

"若是在哪里碰见他,记得提醒他去散步。"夫人指指腕上的手表。

画室在三楼。除画室外,这层另有两个空着的小房间和一处空中小花园。

我来到画室门口,旋动球形把手。门开了。画就在屋子中央的一副旧画架上,用白色的防尘布罩着。屋内光线充足,高高的房顶上开了面巨大的天窗,差不多占去房顶一半面积。阳光打那儿流泻下来,照在画架上。四面墙全是白的,浅色的原木地板一尘不染。

我在画架前站定,等待了一分钟,伸出手,取下上面的白布。

画幅不大,立在架上,大小好比一张电影海报。

漆黑的底色上,一团狂乱的火焰在燃烧。这便是画上的内容。

我默默注视这团火焰,眼前的光柱里有细微的粒子在飘浮。

我靠近一步去看。这不是火焰!

"是金鱼!"

我几乎喊出声——数不清的金鱼堆叠在我面前的画布上。那一条条跃动的火舌,分明是游动的金鱼鱼尾。

天边传来一阵滚雷,那是吞咽口水的声音。

金鱼……火焰……

海滩……灰烬……

我意识到时,整个人快要被这幅画吸进去了,赶忙将手中遮尘用的白布罩了回去。我深吸一口气,在原地站了片刻,然后退出了这间画室。

第十三章
酒吧长谈

"如果可以的话,我希望这样开始。"

"当然。"我说。

柯西莫男爵蹲在酒吧的高脚凳上,开始向我讲述那个故事——先前欠着的那个。

"讲述自己是个非常困难的事,我最讨厌跟人谈起自己了。"它说,这时它已经喝了一杯金酒做底的螺丝起子,"一来不知道人家对什么感兴趣。二来,不知道从哪里讲起。我可不想啰里啰唆讲一堆我是谁、打哪儿来的、父母是做什么的、有没有兄弟姐妹、童年是快乐还是不幸——或诸如此类的废话。——可是,仔细想想,不讲这些又能讲什么呢?一只猫的自我介绍,总少不了说到这呀那呀的,十分讨厌!"

"从你喜欢的地方讲起。"我说。

"就从那天说起吧——去年这个时候,九月份,也许是十月,我已经在荒野里游荡了40个日日夜夜——也许是50个。谁又能记得清。一开始，我还依照月相的变化，在心里计着数。后来找不到吃的，饿昏了头，就不再上心这类'生命中的小事'了。那片荒野，跟你见过的任何地方的荒野都不同，无边无垠，怎么也走不到头。能吃的东西很少，没有村庄和工厂，只能靠少量的野果子、蚂蚱和偶然一见的脏老鼠充饥，喝洼地里积存的雨水。——我一度以为这是一片概念上而非实际上的荒野。除了整片正在走向衰败的荒草，那里什么也没有。我就是在这样一个地方跌跌撞撞跋涉了40天，或50天。

"一天下午，一条臭水河拦住了我的去路。当时天空正在飘雨，雨势渐大。我想着赶紧过河，好找个地方过夜。因为河的这边处在下风口，河面上飘着的恶臭一股股扑来，直叫人恶心想吐。我琢磨着过河的事。这条河其实没多宽多深，很像是工厂附近常见的那种臭水沟。只要找到个能垫脚的地方，很容易跳过去。我沿着河岸朝上游走了几百米，还真找到了。过了河，又走出几里远，就找了个芦苇窝子钻了进去。这时天色渐昏，雨大得没法赶路。我蜷在草窝子里很快睡了过去。

"到了半夜，我隐隐约约感觉雨停了，就醒了过来。我发现自己又回到了臭水河边，只是闻不见那股臭气。河的对岸，是一轮巨大的月亮。实际上也没多大，大概有一只骆驼那么大小吧。你千万不要误会我的意思。我说河的对岸有一轮巨大的月亮，不是指河对岸的天上有一轮巨大的月亮。而是河的对岸，像我坐在河的这岸一样有一轮圆月，就落在岸边的泥地里，比周围已经结穗的芦苇高出不少。我说过,有一匹骆驼那么大。别提有多震撼了——我隔河静静望着月亮,上面的每一处凸凹都看得清清楚楚。河水被柔和的月光映得一片鲜黄,我因战栗说不出一句话。

"当然,是猫话。那时我还没有学习你们人类的语言。

"是月亮先开的口。谈的什么,全忘了。只记得,月亮告诉我,要离开那片荒原,就得向西去。她教会我怎么辨识北极星和它的位置,告诉我说,要让这颗星一直出现在头顶的右边天空。我将这些一一记下来。说着说着,打河的上游漂来一个纸箱,打着转从我面前漂过。月光下,我一眼就认出,那是小时候我睡过的纸箱,里面的花布垫子也在,上面沾有我过去的毛发。不过重点不在这里,箱子里还有一样我不熟悉的东西——一本小书。书页翻开着,上面没有一个字。我的记忆里,从没见过这件东西。那时,我心中升起一股冲动,想要一跃跳进河中的纸箱。但不知为什么,仅仅只是一瞬间,然后冲动就消失了。我眼看着纸箱从我和对岸的月亮之间向下游漂去。后面月亮说了什么,我全记不得了。天快亮时,月亮走了。说了句再会,就那么从原地消失了。月亮回到天上后,我也立马走了。因为那股令人作呕的臭气又回来了。

"那天过后,我就改为白天歇息,夜里赶路。只过了几天,就抵达了荒野的边缘。矮房、工厂、破败的村落、东倒西歪的电线杆,陆续出现在视野里。我又走了三夜,路过大片夜里不亮灯的住宅楼,一座湖边的古塔,一条真正的河,水流湍急,上面有混凝土大桥的那种,进了城。"

"很奇特的遭遇。"我说。

"再来杯酒吧。"

我叫了酒。

"进城之后,我还是一路向西。街边的垃圾筒成了那段时间对我全天开放的免费伙房。只要你用点儿心,不怕脏,总能在里面找到吃的。有时,还能喝到酒。多数时候是啤酒,装在易拉罐里喝剩下一半的那种。大约就是那个时候,我染上了喝酒的毛病。啤酒的味道像马尿,可它能冲淡嘴里的垃圾味,还能舒解痛苦,抚慰受伤的心。——嗯,我爱啤酒,胜过夏日的玫瑰。"

侍者把新调好的酒倒入我们的空杯。

"那个城市的秋天很短,冬天很快来了。我思前想后,决定找个安身的住处。我循着半条青花鱼的香味,潜入了一户人家。那户人家住在一楼,说是人家,其实只有一个青年独居。我从厨房的窗口溜进去,把那半条烤鱼吃了个一干二净。后来我发现,厨房的这扇窗是常年不关的,一直朝外打开着。我一旦饿了,总是先想起这处地方。有一回,我正在大嚼特吃,被那个青年抓了现行。他手里拿着一把壶,正打算进厨房烧水。我还在想着要不要逃跑时,他已经接了水,打着火,转身出去了。日子一久,我发现这人不讨厌猫,至少不讨厌我。那时已经下了第一场雪,外头冷得很。干脆心一横,住下不走了。起初的几天,我留意和他保持距离,也没什么交流。那是个不爱说话的青年,一脸倦意,年龄差不多快30岁的样子。见我赖着不走,倒也没表示反对。于是我就踏实住下了。一个星期后,他买回全套的养猫用品,以及可笑的猫玩具。

"先让我喝口酒,再跟你讲。这个青年的事,值得一说,比起我的故事,更值得书写下来。

"据我的观察,这个青年是靠写色情小说为生的。倒不是说他靠这门手艺养家糊口,而是,他这个人之所以能在世界上成立,全靠他写色情小说这一点来实现。一句话:他因写作色情小说而存在。这个人不缺钱,没有家人,没有朋友,没有工作,除了自己他不跟任何人打交道。我甚至不知道他的名字,家里从来没收到过信件、信用卡账单或类似的东西。每天早上六点,他准时坐到电脑前,开始一天的工作。每周六天,从天亮写到天黑,有时会早一点,黄昏时分结束。他一天只吃两顿饭,全在家门口的拉面馆解决。有时叫外卖送到家里,通常是工作进度落后于计划没时间外出吃饭时。他最爱点的是日式酱油拉面,配一条炭烤青花鱼。假如青花鱼卖完了,就换作秋刀鱼。他吃鱼的习惯很特别,总是把鱼的一面吃得干干净净,再翻过来吃另一面。偶尔会嫌店家的口淡,自己在鱼身上撒盐。因此厨房里常备两袋盐。除此之外,厨房就只用来烧水喝。锅碗瓢勺杯盘碟盏,一律没有。星期天他不写作,一大早起来,就给某个人打电话。然后坐在沙发上等对方回话。通常要到上午十一点左右,对方才会回过来。几次过后,我算是明白,大约是去那种地方,解决性欲那类问题。时间地点一旦定下,他就会驱车前往。这个人开的车不错,所以我断定他不缺钱。

"他中午出发,回来多是晚上,有时是深夜。他离开这段时间,我趁机读他写的小说。我那时已经跟着月亮学会很多词句包括发音,读这点儿东西不成问题。他写的不是人们常见的那种疏于加工的粗制滥造之作:男女主人公一照面就知道彼此什么货色,立马找一处地方开始大干特干。他的小说不是这样,他用写侦探小说的方式写色情小说。在他的故事里,主人公仅仅想见对方一面,都要大费周折。更别提小说的关键情节——性交这回事,更是要打碎迷宫,突破层层迷雾方可实现。遇到三人或三人以上的性交情节,仅是把这些人物凑到一处,就要写上三百页。我亲眼所见,他花两天时间,什么也不干,只写了一个人前去另一个人的住处,仅在路上就用去三十页篇幅。他不厌其烦地描述笔下的每一个角色:年龄、性别、哪里人、喜欢吃什么、几点上床睡觉、是否裸睡、有无宗教信仰、几岁失去童贞、性取向、特殊癖好、父母是否在世——如果在,现况如何?有无兄弟姐妹——如果有,挨个介绍一遍……诸如此类吧。我曾读到这样一章:一个小角色去见另一个小角色时路过一条街,他把铺地的花砖、街边树木的品种、树叶的颜色和形状,全部写了个明明白白。他行文讲究,用词准确,描写栩栩如生,从不使用肮脏字眼。因此他写得很慢,每天要在书桌前坐十二到十四个小时,写下四千字。第二天再将这些完成的段落,删掉或是重写。这样删了写,写了删,他的故事进展缓慢。此外,他的小说还有一个特点:出场人物众多,却一概没有名字。只使用他或她,以及它,来指代角色。如此一来,便惹出不必要的麻烦:一旦某个场景中参与性交的人物超过两个或两个皆为同性,读者就会感

395

到费解。通篇的他或她，间或还有它，究竟是指哪个角色，只能凭个人理解判断。为避免混淆角色，他倒是专门有一个小本子，上面密密匝匝地写着当前各个角色的情况，生或死，在什么地方，做什么事等。此等小说，你读过后，一定会为其中的人物和作者本人感到痛苦。换作任何人，宁可自渎，也不要受这份罪。除我之外，没人看过他的作品。他从不给人看他写的东西，也不打算出版。再说，哪家出版社会收这样的东西？可那个人就是这样，凭不知哪来的劲头把枯燥的日子一天天重复下去。

"总的说来，那个冬天，我和这位整日忙于编织性交故事的青年相处不错。白天，他写作，我睡觉。夜里，他睡觉，我跟着月亮学习。双方相安无事，各忙各的。只有一事他是蒙在鼓里的，他不知道我是他小说的唯一读者。除了色情小说，我还读别的东西。这个青年有一间房，专门用来放书，四面书柜全部顶到天花板，大约有五千册书。使我感到迷惑的是，书的摆放毫无秩序可言。既不按照作者排列，也不遵从类型划分。比如：在《论人与人之间不平等的起因和基础》的边上竟是一本《蛤蟆先生去看心理医生》，《推销员之死》则紧挨着《米芾蜀素贴》。无奈，我只得把这间房看作世界，就像厨房之于莎翁。这个冬天，我重点读了《堂·吉诃德》《悲惨世界》《资本论》这三本书，以及陀思妥耶夫斯基的全部作品，尼采和亨利·柏格森的部分作品。阅读是一方面，更多的知识和见解来自月亮的传授。你知道月亮无所不知吗？"

"你说过。"我说。

"前面提到的那本无字小书,是我在青年书房的一面书柜上发现的。就在最顶上一层的一个书格里,夹在德文版的《资本论》与英文版的《查拉图斯特拉如是说》中间,很不起眼。可是我想不通,这东西是怎么从河中的纸箱里跑到书柜上的——我解释不了。不久,我的注意力被另一件事吸引。我发现在月光下,尤其是满月时,空白的书页上会显出文字。这我也解释不了。再后面,我从月亮那儿知道了更多关于这本小书的玄妙。但我答应过月亮,不把这些讲给别人听。现在,请把我的酒杯倒满。——不喝一杯,我是绝没勇气讲下面这一段。"

我叫了酒。柯西莫男爵喝下一半,继续说道:

"日复一日,时间来到旧历除夕这一天。我起了个大早。这天是周六,是我们色情小说家雷打不动的工作日。无须多讲,仍是老一套,这里就不提他。我独自来到外面,在雪地里逛来逛去,兜着圈子,试图寻觅半夜时听到的一个声音。我沿着一溜灌木丛,走到地下停车场的入口。臭狗屎的味儿从一道矮墙后面飘出来。妈的,这个小区的开发商是奸商,房子卖了,可地下停车场烂了尾,生怕住户进去免费停车,又分别在出入口砌了道矮墙。施工队走了之后,附近的野狗全来这里过夜。满地的狗屎狗尿垃圾破烂,臭不可闻。我憋住气,翻过墙头,循声找去。停车场十分空旷,昏暗的地下,那个声音断断续续,越来越清晰。只有幼猫才会这样叫,我知道,那是饥饿混合着恐惧的呼喊——在寒夜里传得尤为远。我因此一宿难眠。猫叫声,从一堵水泥墙的后面传来。这墙很厚，离地两米有一扇单窗。我跃上去，隔着块裂了纹的脏玻璃往里看。墙后是一处很深的管道井，暖气管道贯穿上下，共有三个入口：我面前的窗、左手边墙上的木门、高出地面部分的通风口。不消说，门是紧闭的。通风口离井底至少有七八米，惨淡的天光打那儿洒进来，风一吹，跟着往里落雪星子。夜里的猫叫就是从那儿传出的。我将大致情况看个明白，推推身前的窗。窗没上锁，合页很吃劲，我的气力顶不动，只能抹抹玻璃上的灰继续往里看。

"我看到了那只彻夜号叫的幼猫，确切地说：是四只猫崽和一只白色母猫。白猫是母亲，四只猫崽至多两周大。我猜想，是母猫临盆前找到这处隐蔽又暖和的场所，待生完小猫要外出寻食时，窗户却关上了。通风口那么高，外面罩了铁丝网，四面光滑的水泥墙，只有身形娇小的鸟才可能从那飞出去。这位母亲，一定想尽了办法——为饥饿的孩子想尽了一切办法，然而无济于事——对一只猫来说，此地便是死牢。

"我正想着要帮这家人脱身时，门吱嘎一声响，由外向里打开了。从门外挤进两个穿深蓝制服的人，走在后面的那个飞快地把门关上。——是小区的两个保安，一个寸头，一个卷毛。我听到一个对另一个说：

"'没错吧，就是这儿。'

"卷毛那个点点头，没说话，一对无神的眼睛四下里扫看。

"'咋弄？'我听见寸头又问。

"'老样子。'卷毛这回发话了。

"'没意思。'寸头说。

"卷毛笑笑,没再搭话。

"'那抓紧的……'寸头又说,背过身又嘟囔了几句。我没听清,大意是:一会儿领导见不着他俩,又该发火了!

"我隐约感觉不妙,躲在那扇窗后面屏住呼吸看他们要干什么。不一会儿,我被惊得四个爪子全汗湿了。

"只见那个寸头朝墙角的猫窝走去,弯腰从窝里拎出一只猫崽。母猫上前阻止,被他一脚踢飞。他提着那只猫崽的颈后,拿到眼前瞧了瞧,露出满意的微笑。母猫再次冲上来,高高跃起要夺回自己的孩子。他轻巧一闪,躲开了。然后他看准时机,等母猫的身子将要落地,又飞出一脚。这脚踢得很重,母猫直接在墙根昏死过去。寸头看看四周,挥挥手,让卷毛让开点。然后他后退一步,将手中的猫崽像投掷标枪那样猛地扔向对面。我心里咯噔一声,吓得闭上眼睛。再去看时,猫崽已没了气。小小的身子僵在地上,墙上不见一星血迹。寸头如法炮制,杀死了第二只猫崽。

"我记得很清楚,死的第一只猫崽是米黄色,第二只全白。寸头杀猫的时候,卷毛就在一旁静静看着。那是张无动于衷的脸,嘴角浮着淡淡的笑,这个人恐怕对这一切已习以为常。接下去,卷毛登场,开始他的表演。接下去的画面我实在没勇气讲述,你可以自行想象。"我藏在窗子后,不敢出大气,脑袋里一片空白。对讲机里传来的人声,把我拖回现实。喊话的是个男的,口音很重,叽里哇啦骂了一通。只听那个寸头对着话机回了句什么,然后两人交换下眼色。卷毛站起身，收好刀子。两人心有默契地离开了。他们走后，我多少恢复些理智，飞快跑回青年家。他在厨房烧水，我跳上书桌，在当天他写的小说后面，用最大字号打出一句话。我拍着屏幕让他看，一边啊啊叫。然后我咬住他的裤脚，死命朝门口拖拽。这样，他领会了我的意思，跟我去了地下停车场。

"余下两只饿个半死的猫崽，被青年抱回了家。井底的情形，一定给他留下了深刻印象。接下去三天，他一个字也没写，这可不像一位小说家的作为。

"两周之后的一个早上，三只猫各自有了名字：褐纹猫是小布丁，白猫是小雪饼，我是小肉饼。

"哎，由此可见，这位小说家的确不擅长起名啊。"

柯西莫男爵喝一口酒，接着讲下去：

"春天很快到来，天气一天暖和过一天。小布丁出落成一只漂亮的猫咪，能吃能睡，体重比原先长了好几倍。一个星期天的午后，拉面馆老板的女儿和男朋友一道，欢欢喜喜地接走了小布丁。那只猫性格讨喜，又乖巧，用你们的话说，就是'相信它会有一个不错的人生。'

"不对！应该是猫生才对。

"另一只猫，小雪饼，却始终活在惊吓的阴影里。像是因为目睹了母亲的死亡，被吓掉了魂儿，终日惶惶，夜不能寐。可怜的猫儿，不敢见人，成天躲在床底、柜底这些不见光的地方。饿极时，才会溜出来吃几口，还是在半夜没人的时候。谁也甭想接近它,小布丁都不行。一旦靠近,嘴里就发出'嘶嘶——嘶嘶——'的声音,身子弯成弓,死命往后躲,等退到角落里无处再退,就露出利牙血口,做一副拼死的架势出来。它不信任人,不信任猫,一天只睡半个小时,其余时间就硬撑着不睡。实在撑不住了,也睡得很浅。但凡屋子里有点儿响动,立马跳将起来。以猫的性情来讲,我想人也如此,过这种日子等于慢性自杀。如此下去,早晚会死。

"那段日子,我也蠢得可以,比一个二傻子强不了太多。受性欲的影响——毕竟春天了嘛——整日心烦意乱,总想跑出去放荡。清早打外面回来,脑袋里的弦就像被人拧断了,什么也思考不了,什么也不想思考。所以说,那件事的责任全在我,是我忘记了关那扇窗。那天,我慌慌张张出门,脑子里只想着交配的事,结果忘了关上厨房的窗。之前我一直注意,外出定会关好那扇窗。因为小雪饼这种情况,一旦离了家,在外面的世界根本活不下去。至多几天,就要去见阎王。那天早上我从外头回来,一眼看到窗子开着,就知道坏了事。小雪饼不见了。我和青年把家里翻个底朝天,也没寻见。之后一个月,我每天都去外面找。方圆十几里找遍,不见小雪饼的踪迹,没打听到任何线索。我曾幻想某个清晨我回到家,小雪饼已经在家等我了。这幻想终究没有成真。可我知道小雪饼没死,她去了一个遥远的地方,她仍旧夜夜难眠,我必须要找到她。"

柯西莫男爵喝光杯里的酒,继续道:

"小雪饼离家后不久,家中发生了另一件事。——那是春天快要结束时的一个晚上,青年早早就睡下了。那周早些时候他已经完成了他的小说,故事的结局是这样的:主人公——姑且称为主人公吧,所有角色中他出场次数最多——因为苦寻不得一个在梦里和他屡屡交欢的女人,选择在四月的一个早上自杀。这人死的方式很特别,裸身躺进放满热水的浴缸里割腕而亡。那天夜里,我照例外出寻找小雪饼。天蒙蒙亮时分,我回到家,爪子刚一沾着厨房的地面,就惊觉气氛不对。凭猫的直觉,我直奔浴室,推门一看,青年躺在浴缸里——死了。头耷拉在胸前,双目紧闭,唇上没了一丝血色。一池血水齐到胸口,早就凉了。地板上有一个空药盒和一个空酒杯。跟他小说里的主人公略微不同,青年割腕前吞下了六粒思诺思,用威士忌服下的。我嗅了嗅酒杯,单一麦芽威士忌。

"我用青年的手机报了警,说家里死了人。警察上门前,我在浴室里一直盯着青年的脸看。心里想着,生和死,到底有什么区别,就像醒和睡。一个人死了,就像是一个人睡着了。恍惚中,青年的眼皮好像动了一下。我知道,那是我的幻觉。警察来了,封锁了现场,拍了照,将青年从血水里弄出来,抬上一辆救护车拉走了。我离开时,带走了书房里那本无字书,把它藏在一个隐蔽又遮雨的地方。遇到你之前,我在那座城市里四处流浪,直到月亮告诉了我21枚金币的秘密。往后的事不用我讲,你都知道了。"

等候片刻,我问:

"为什么是我?"

"什么为什么是你?"

"为什么选我,而不是别人。"

"没有为什么,"思考少时,"为什么老天爷让大雨倾盆落下,让疲惫思乡之人无家可归,让富人锦衣玉食,让穷人短吃少穿,有人为房贷奔劳半生,有人存款三辈子也花不完。——你说这是为什么?"

"我不知道。"我说。

"我也不知道,不是所有问题都有答案。"它望着面前的空杯,"若想明了存在的意义,就去太阳底下干体力活儿。人生的见解,我所知只这一句。"

我一时无语。我还没资格去谈论人生。我只知一个人的一生说来话长,可真要说起来,不过寥寥几句。

"两杯螺丝起子。"

我叫了最后一轮酒。

柯西莫男爵极为认真地说道:

"假如上帝存在,我同情他!"

我们将杯中的酒一饮而尽。

走出酒吧,外面下起了小雨。我们在雨中沿着海岸走。海水正在涨满海湾。

"往下有什么打算?"我问。

"没打算,你呢?"

"我要认真考虑一下。"

"你才27岁,做点儿什么都好。"

"我是这么想的。"

"你说我能干啥?"

"你可以上电视表演单口相声,猫说单口谁都喜欢。"

"我适合吗?"

"适合。只要你不说实话,他们什么都敢让你说。"

"他们会给我上五险一金吗?"

"可能不会。"

"我想在电视上表演拉屎。"

"你醉了,柯西莫男爵。"

"何以见得?"

"明摆着的嘛。"

"我没醉。"

"你醉了。"

"我没醉!我像女人一样清醒。"

"快从树上下来,咱们回家。"

"我不下去,你上来。"

这天夜里,我们走了很久。我们沿着堤坝走回夫人的房子。我感觉心里很温暖,同时又空荡荡的。雨下了整夜。第二天一早,我告别大家,一个人开车返回北方。

第十四章
尾声

各位，故事到这儿差不多要结束了。

说起来，我已经32岁，已正式告别我的年轻时代。五年前，我和柯西莫男爵一道南下去寻找金币，最后一个人回到北方。次年，我和戴水滴形耳环的女孩结了婚。

现在，我和妻子住在机场附近的公寓。

我卖掉了母亲留下的房子，在新家近旁开了一家面馆，主营中式牛肉面。营业时间是上午11点至次日凌晨3点。我和几个同事忙得不可开交，回家倒头就睡。因此夫妻关系特别和睦，很难腾出时间吵嘴。

如今，我不再对着镜子生出"我是谁？""我为什么会在这里？"的念头。无论多晚回家，妻子都会为我留灯。

我想，所谓幸福，便是这样一种东西。

因为卖房的关系，我联系了母亲，告诉她我结婚的消息。之后，每年的元旦和春节，我都会收到母亲从国外寄来的明信片。邮戳上的地址每次都变。

说心里话，我很高兴母亲能拥有一个完全属于自己的人生。我由衷为她感到高兴。

父亲方面一直没有消息。婚礼上，除了我，再没别的家人或亲戚。

……

家附近的公园里有许多流浪猫。天气不好的时候，我会跑去喂食。休息日，我和妻子早起手拉手去那里散步。

四月里，我参加了一个葬礼。大学时的同班同学，女，29岁。死因不明，听说是夜里睡觉时安然过世的。

约翰李于去年夏天不幸溺亡。喝醉了一头扎进路旁的水沟，藕片先生的管家说，沟里的水深只有10厘米。

羊常写来邮件。大学毕业后，她去了法国，目前在巴黎第四大学就读。最近的一封邮件中，她说将来打算成为一名小说家。那年和我们分别后，她去了中国的东北，想去川上先生儿时生活过的村子看看，村庄早已不存在。羊以此游历为素材写下人生第一篇短篇小说。

羊的邮件，我不是每封都回。

五年来，我给柯西莫男爵寄过几次啤酒（自然是猫牌五星），不知它收到没有。我不曾收到过灯塔的明信片，也没有它的任何消息。我始终记得分别前，它对我说：

"要去看见别人的生活，而不只是自己的，那样才能明白活着是怎么回事。"

我没有忘！

2015年立秋那天，妻子生下一个男孩（我们的第一个孩子）。第二天我便订了南下的机票。等孩子满月后，一家三口去看望柯西莫男爵。

夫人和花姐仍住在老地方。见面后方知，柯西莫男爵已于四年半前去世。夫人在白房子后面的山坡上一棵榄仁树上找到死去的它。望着那树的树杈，我知道那是柯西莫男爵和我开的最后一个玩笑。

奎妮一直很健康，不似以前那么瘦了。

21枚古西班牙金币和柯西莫男爵一起，埋在那片整日可以看见海的山坡上。夫人在边上种下了一株木瑾。

那天下午，32岁的我在海滩上哭了一整个下午。

这天晚上，妻子和我去了酒吧。我们要了三杯螺丝起子，在我和柯西莫男爵坐过的位子上，一直坐到深夜。

离开时，外面又飘起了小雨。听到涛声从漆黑的岸边传来，我又一次流下了眼泪。

……

三个一起玩纸牌游戏的朋友，再未见过他们。他们仿佛从这个城市里消失了。

谎称自己19岁的少女，不再发短信给我，就像从来没存在过。

12周大的奶黄色猫咪，一定去了它想去的地方，过上了自己想过的生活。

……

我和妻子先后收养过三只流浪猫,或是厌倦家里的生活,或是觉得我这个人了无生趣,或是经不住外面浪货的勾搭,又先后离我而去。

为此,妻子总笑我错把真心付猫郎。

总之,养猫就是这么回事。

如今,偶尔还会在深夜一个人的时候,执笔写点儿东西,只是身边没有了猫陪伴。就像现在——

现在是2015年12月24日凌晨3点19分,外头正在下雪,我伏在面馆的柜台上写下上面这些文字。我打算就此止笔。妻子来电话问什么时候回去,我说:

"写完这最后一句就打烊回家。"

后记

30岁之前不曾想过要写小说,不曾想过会写出这许多人物和故事。

于我而言,写小说是人生某个时节不得不做的一件事。

我是一个北漂。大约是在2010年冬,刚满29岁的我像是变了一个人,终日沉默着,躺在出租屋的床上,看灰尘在光里飘浮,不与任何人打交道;最没信心时,连楼都不敢下。那是一段难挨的时光,身边没朋友,远离故乡和家人,一段两败俱伤的感情差不多要了我的命。我感到孤独,前所未有地孤独。夜里不能成眠,唯有寒星做伴。孤独似鸩酒,蚀骨又入髓。又因生性要强,即便经负五阴之苦,也决不找人诉说。不给别人添麻烦,是我那时的人生信条之一。那些日子,我一个人吃,一个人住,一个人洗碗,一个人将地板擦洗得如同镜面。天黑后长久地伫立窗前。夜,总也过不去。天,总也不亮。我感到我被世人抛弃了。

时至2011年夏,陪一位老友去北京琉璃厂一条街买练帖用的纸墨。我误打误撞进了街角一爿小店，抬眼看见柜台上摞得一肘高的稿纸——正是学生时代写作文那种每页400字的绿格子稿纸——只能说是命中注定，因为至今我也没搞明白，九年前夏末的那个午后，我为什么要从那家阴凉的小店，买走一沓稿纸外加一支英雄牌钢笔。

真正坐下来写第一个句子，是在两个月之后。

迟迟不动笔，一是心里似乎缺少某种依靠，二是自认没啥非写不可的东西。这一年的中秋节，黑天后，我照例去附近巷里吃一碗牛肉面。说来也巧，平日生意兴隆的面馆，那晚却只有我和老板两个。我坐在一旁，看老板拨火煮面。本是极相熟的俩人，一时竟相顾无言。便是在这个时候，我有了"写点儿什么"的念头。

2011年9月，我去了三亚，借住在一位朋友的海边公寓。面对南中国的海，我用了两个月，写下一篇以牛肉面为主角的小说。小说写得很差，不能见人。我却十分开心，一种微然的变化正在身上发生。我意识到，写作或可作为一个"出口"，一个现实的出口，一种和孤独的相处之道。到了这年冬天，我又冒出另一个想法：一个人，一个孤独的人，一个夜里睡不着又无处可去的年轻人，面对空白的稿纸将会写下怎样的句子？这便是此小说包含之一切人与物的肇始。

这里必须要说一下"柯西莫男爵"。——柯西莫男爵是一只猫，是故事里一个十分重要的角色。

我养过猫，六只，全是外面捡来的流浪猫。后来因对猫毛过敏，引发严重哮喘，不得不舍爱送了人。我常说，猫咪和我的关系就像"梁山伯与祝英台"，相爱却不能在一起。因此，当我要为小说中的"我"找一个伙伴时，首先想到的就是猫咪。养过的猫里，有一只叫"短袜"的土猫，喜欢上树，蹲在树杈子上俯视人间，一看就是一个下午。我把这个形象拿过来，取名"柯西莫男爵"（名字来自《树上的男爵》的男主人公，伊塔洛·卡尔维诺著，1957年），和小说中的"我"组成寻宝二人组。我知道，像所有英雄的冒险一样，只要迈出那一步，旅程就会开始。只不过，我的故事里没有英雄，有的只是像你我这样的普通人和一只会说话的絮絮叨叨的猫。

这么着，我的故事开始了。这大概是在2013年初夏。

打那时起，往后许多年，我养成一个习惯：只要一有时间，就会坐下来写上几段，有时只是几句——像干针线活儿。从一碗牛肉面出发，到柯西莫男爵出场，再到后面形形色色的人物和遭遇。八年时间里，现实世界的我，同样走走停停，辗转了许多地方。北京到三亚、回北京、去山东、再回北京、再去三亚、三回北京。无论去到哪儿，我都将这个故事带在身边。

句子落在稿纸上，像莲子投入水里。时机一到，记忆里的人和事就活了过来，模糊的印象开始变得清晰鲜明。这些曾经发生过的又同那些未曾发生却也像亲身经历过的绕在一起，生出一种不可知的深沉力量，驱着我将一个个新句子与旧句子缝合在一起。

很长一段时间，我以为自己写的是一个离开家去远方冒险的年轻人的故事,一个圣杯传奇的故事。2019年9月最后一天,我写下最后一个句点时才恍然发觉,笔下创造的是一个现代奥德赛的故事——远行之路,即归家之途。

有先行读过小说的朋友问,故事中似乎有很多隐喻。比如金鱼代表的是什么?21枚金币又代表什么?为什么是21枚而不是22枚?这些符号背后有什么玄机吗?

这里统一作答下。

答案就是,没什么特别含义。金鱼就是金鱼,金币就是金币,21枚是不管三七二十一随口编的一个数字。都是方便我拿来构建故事的工具,换作它物未尝不可。就像一个"夜里睡不着觉的青年"就是一个夜里睡不着觉的青年,不会是什么"年轻一代焦虑征候群的具体代表"。有一点倒不妨一说,之所以选择金鱼,是因为那些日子,我的确常梦到金鱼,便顺手写进小说。至于金鱼为什么总出现在我的梦里,我答不出。那是心理学家和解梦大师的专长。

我不反对有研究心理学的朋友,从专业的角度对我笔下的这些人物和行为进行分析解读。这类观点往往会大出作者意料,或全然是作者未曾考虑之事,读来却是十分有趣。因此我不反对从心理学和精神分析的角度对这部小说进行评价。

毕竟,我反对也没什么用。

好了,就到这儿吧。小说的命运从来不是去教会人们如何自处与生活。

谨希望借书中几个人物、几段故事、几许淡漠的时光,给那些独行于人生路上的朋友，带去一点宽慰和力量。愿你同我一样，在走过夜晚之后能看见心灵之光。

2020年10月31日初稿

2022年3月28日二稿

2023年2月22日定稿